Spiel mit Risiko

Roman

AMÉLIE DUVAL

IMPRESSUM

Spiel mit Risiko

Covermotiv:

SelfPubBookCovers.com/thrillerauthor

Umschlag:

Amélie Duval

ISBN-13: 978-1516969296
ISBN-10: 1516969294

Alle in diesem Buch geschilderten Handlungen und Personen sind frei erfunden. Ähnlichkeiten mit lebenden oder verstorbenen Personen wären zufällig und nicht beabsichtigt. Das *Tahiti Grand* in Las Vegas ist fiktiv und steht am südlichen Strip, dort wo sich in Wirklichkeit das *Mandalay Bay* befindet.

Dieses Buch
widme ich den
Schmetterlingen
in Ihrem Bauch.

Amélie Duval

INHALT

...

Rien ne va plus

Der Schlüsselbund klimperte, als Bernard Fournier die Glastür aufschloss und das Foyer betrat. Stille schlug ihm entgegen. Eine Stille, die an einem solchen Ort abwegig, wenn nicht gar widernatürlich erschien. Der alte Mann durchschritt das Atrium aus Gold und Marmor, um den Hauptschalter zu betätigen, der hinter einem schweren Samtvorhang verborgen lag. Die Lüster im Foyer und in den daran anschließenden Sälen mit ihren bunten Fresken und hohen Stuckdecken erwachten augenblicklich zum Leben. Jetzt, da die opulente Pracht in hellem Licht erstrahlte, machte Fournier seine Runde. Er ging von Raum zu Raum, der dicke Teppich dämpfte seine Schritte, und überzeugte sich davon, dass die Reinigungskräfte ganze Arbeit geleistet hatten. In der *Salle Europe* fuhr er mit dem Finger stichprobenartig über das polierte Mahagoniholz eines Roulettetischs, in der *Salle Blanche* streifte seine Handfläche beinahe andächtig die Konsole eines Spielautomaten, während er im *Salon Renaissance* die ledernen Barhocker auf unliebsame Abdrücke untersuchte.

Der Hausmeister des Kasinos von Monte Carlo sah auf seine Armbanduhr: 13.00 Uhr. In Kürze würden die ersten Mitarbeiter eintrudeln: die Croupiers in ihren schwarzen Smokings, die Poker- und Blackjack-Dealer, die weiß gekleideten Garçons, die Diener vom Parkservice mit ihren rotgoldenen Manschetten, die Sicherheitsleute und natürlich die Kassierer, die für die privaten Spielräume Koffer mit Zweihunderttausenddollar-Chips vorbereiten würden. Doch bis dahin war Fournier alleiniger Herrscher über diesen Tempel, in dem Bettler zu Königen und Könige zu Bettlern wurden – wobei statistisch gesehen eher Letzteres zutraf.

Gegen Ende seiner Kontrollrunde passierte der Hausmeister den Paravent aus mattem Glas, hinter dem sich der goldene *Salle des Amériques* verbarg, wo vorwiegend Blackjack und amerikanisches Roulette gespielt wurde. Wie vom Donner gerührt blieb er stehen, als er die sitzende Gestalt an einem der Blackjack-Tische entdeckte. Sie kehrte ihm den Rücken zu, dennoch verriet ihm die schwarze Jacke, dass es sich nicht um jemanden vom Reinigungspersonal handelte. Ein Gast vielleicht, der versehentlich eingeschlossen worden war, während er seinen Rausch ausschlief. Solche Dinge kamen leider immer wieder vor. Hoffentlich ist es niemand von Bedeutung, fuhr es Fournier durch den Kopf. Das Kasino konnte sich nicht den kleinsten Eklat leisten.

„Monsieur!“, sagte er höflich, aber bestimmt, während er an den Tisch trat. „Monsieur, Sie dürfen sich hier nicht aufh...“

Er stockte mitten im Schritt. Die Halbglatze kam ihm bekannt vor. Aller Voraussicht nach hatte er einen der Croupiers vor sich.

„Monsieur Renard?“, wisperte er mit einem unguten Gefühl.

Zaudernd trat er näher. Womöglich hatte der Mann einen Herzinfarkt erlitten. Der Angestellte hatte sich niemals etwas zuschulden kommen lassen, bis seine Frau vor einem Jahr an Krebs gestorben war. Seitdem war es mit ihm abwärtsgegangen. Wiederholt war er alkoholisiert zur Arbeit erschienen, und nur seiner jahrelangen Kasino-Zugehörigkeit hatte er es zu verdanken, dass man ihn noch nicht hinausgeworfen hatte. Inzwischen war Fournier so nah dran, dass er den anderen hätte berühren können, doch aus einem unerfindlichen Grund zögerte er. Etwas hielt ihn davon ab. Vielleicht war es der ungewöhnliche Geruch, der ihm in die Nase stieg, oder die Stille, an der plötzlich nichts Friedliches mehr haftete. Er schalt sich einen Narren und berührte den Croupier an der Schulter. Dieser kippte nach vorn wie ein nasser Sack, wobei sein Kopf hart auf dem Tisch aufschlug.

Für gewöhnlich brachte Bernard Fournier nichts so schnell aus der Fassung, doch als sein Blick auf den Blackjack-Tisch fiel, musste er heftig würgen. Seinen faltigen Lippen entfuhr ein leises „merde", dann machte er auf dem Absatz kehrt. So schnell ihn seine arthritisgebeutelten Beine trugen, hastete er ins Büro der Direktion im ersten Stock. Er musste sofort handeln, sonst drohte ein Skandal, von dem sich das Kasino niemals mehr erholen würde.

Keine halbe Stunde später klingelte im zehn Kilometer entfernten Städtchen Menton das Telefon, genau genommen in einer Dachwohnung in der Rue Guyau. Amy Blanchard blickte von ihrem Schmöker auf, machte dennoch keinerlei Anstalten, aufzustehen. Ausgeschlossen, dass es ihr Bruder war. Erst gestern hatten sie miteinander telefoniert. Kurz blinzelte sie, dann steckte sie ihre Nase zurück in das zerlesene Taschenbuch. Heute war ihr freier Tag, und nichts und niemand würde sie davon abhalten, weiterzulesen, zumal es gerade schrecklich spannend war. Der Liebesroman in ihren Händen handelte von einer jungen Witwe, die mit ihrem Sohn in die Fänge eines gefährlichen, aber höchst verführerischen Marquis geraten war. Natürlich würde dieser der Heldin trotz aller Widrigkeiten am Ende sein Herz zu Füßen legen. So sollte es sein und nicht anders. Amy las für ihr Leben gern historische Schnulzen, in denen ein Wort noch etwas galt und sich stattliche Männer für ihre große Liebe ins Zeug legten, sich duellierten oder sogar Kriege anzettelten. Außerdem läutete hinter den Schlossmauern nicht dauernd das Telefon!

Das Klingeln brach ab, allerdings war Amy keine zwei Zeilen in ihrem Buch weitergekommen, als ihr Handy auf dem Wohnzimmertisch vibrierte. Entnervt verzog sie das Gesicht. Sie kannte nur eine Person, die so hartnäckig war. Charles, ihr Boss.

Sie nahm ihre Lesebrille ab und rieb sich die Augen, dann stemmte sie sich aus dem Liegestuhl. Barfuß ging sie ins Wohnzimmer, um einen Blick auf das Handydisplay zu werfen.

Nimm verdammt nochmal ab!, lautete die unmissverständliche Botschaft.

Wie aufs Stichwort klingelte es erneut auf dem Festnetzanschluss. Amy griff nach dem Telefon und schlenderte zurück auf ihren kleinen Balkon.

„Hallo, Charles“, flötete sie in den Hörer, während sie sich in den Liegestuhl fläzte.

„Ich brauch dich, und zwar sofort!“

„Heute ist mein freier Tag“, entgegnete Amy ungerührt.

„Jetzt nicht mehr.“ Er machte eine Pause. „Es geht um Leben und Tod.“

Von wegen Leben und Tod. Wahrscheinlich geht es um einen reichen Schnösel, der seine Frau in flagranti erwischen will, während sie sich vom Chauffeur nageln lässt, dachte Amy, sprach ihren Gedanken aber nicht laut aus. Das tat sie fast nie. Sie war ein zurückhaltender Mensch, neigte anderen gegenüber selten zu Überschwang oder emotionalen Ausbrüchen. Gerade unter Stress war sie gut darin, ruhig und kontrolliert zu bleiben. Nicht, dass sie nicht begeisterungsfähig gewesen wäre, vielmehr begegnete sie ihren Mitmenschen mit Misstrauen. Etwas, das Charles an ihr schätzte, basierte sein Geschäft doch auf Diskretion und der Fähigkeit, menschliche Verhaltensweisen nüchtern zu betrachten.

„Das ist mein Ernst, Amy“, fügte dieser eindringlich hinzu, was sie aufhorchen ließ. „Der Generaldirektor des Kasinos von Monte Carlo hat mich gerade angerufen. Er ist ein alter Freund. Es ist etwas passiert. Er wollte die Details nicht am Telefon besprechen, aber er klang ziemlich aufgebracht, deshalb bitte ich dich, sofort hinzufahren und dich der Sache anzunehmen."

Das Kasino von Monte Carlo?

In Amys Magen bildete sich ein Klumpen. Ein Pflasterstein, so hart. „Ich halte das nicht für eine gute Idee, Charles."

Die Stimme ihres Bosses nahm einen überraschend sanften Unterton an. „Glaub mir, hätte ich eine andere Wahl, würde ich dich nicht damit belästigen. Aber der Auftrag erfordert jemanden, dem ich blind vertrauen kann. Ich würde ihn ja selbst übernehmen, aber ich bin in Phuket, wie du weißt."

Amy wusste. Charles verbrachte dort seinen ersten Urlaub seit sieben Jahren.

„Wie spät ist es jetzt in Thailand?", fragte sie.

„Zu früh", brummte er, was ihr ein flüchtiges Lächeln entlockte.

Sie konnte ihm seine Übellaunigkeit nicht verdenken, sie selbst war auch kein großer Fan von „Morgenstund hat Gold im Mund".

„Also gut, ich mache es", bekannte sie schließlich.

Er stieß einen erleichterten Seufzer aus. „Sehr schön! Aber beeil dich. Soweit ich verstanden habe, geht es um jede Minute."

„In Ordnung." Ihre Neugier war geweckt.

„Ich danke dir. Ach, und Amy?"

„Ja?"

„Du packst das, ich weiß es."

Da weißt du mehr als ich, dachte sie. Doch auch diesen Gedanken behielt sie für sich.

Obwohl die Zeit knapp war, zog sie sich um, tauschte ihre sommerlichen Shorts gegen eine beigefarbene Leinenhose, während ihr ausgewaschenes T-Shirt einer nüchternen weißen Hemdbluse weichen musste. Ihre dunkelblonden Locken band sie zu einem festen Knoten zusammen. Helle Sandaletten und ein zartrosa Lippenstift rundeten das Bild ab. Sie schaute in den Badezimmerspiegel. Niemand, der sie sah, würde ihren

Sachverstand anzweifeln. Niemand würde auch nur im Entferntesten vermuten, dass ...

Sie verbot sich, den Gedanken zu Ende zu bringen, und reckte kämpferisch das Kinn. Für sie galt es jetzt, sich des Vertrauens würdig zu erweisen, das Charles in sie setzte.

Während der Fahrt nach Monte Carlo stellte sie das Radio lauter und genoss bei offenem Fenster die laue Brise, die vom Mittelmeer hineinwehte. Es war Anfang September, und die Côte d'Azur atmete auf. Nach zwei glutheißen Monaten waren die Temperaturen auf ein erträgliches Maß gefallen, und die Touristenhorden hockten wieder hinter ihren Schreibtischen in Paris, Reims, Straßburg, Dijon und weiß Gott wo sonst noch und träumten vom nächsten Sommerurlaub. Nachdem Amy den Hafen von Menton passiert hatte, fuhr sie weiter entlang der Küstenstraße, das Meer erstrahlte türkisfarben, vor dunkelblauem Fond wogen sich die Palmen im Wind. Ein Bilderbuchtag. Bald tauchten in der Ferne die Wolkenkratzer von Monaco auf.

So glamourös der Fürstenstaat auch war, um nichts in der Welt hätte Amy dort leben wollen. Sie bevorzugte das heitere, schon fast italienische Flair von Menton mit seinen gelben Häuschen und nach Lavendel und Melonen duftenden provenzalischen Märkten. Ihr gefiel der Gedanke, dass Eva der Legende nach eine im Paradies gepflückte Zitrone dort gepflanzt haben sollte. Das heutige Wahrzeichen der kleinen Stadt. Wenn Schwermut sie wieder einmal zu überwältigen drohte, schlenderte sie durch die engen Gassen, beobachtete die Katzen, die sich hinter schmiedeeisernen Balkonen in der Sonne aalten, und verlor sich im Anblick der violetten Mauern aus Bougainvillea. Oder aber sie malte, am liebsten im botanischen Garten von Val Rahmeh, wo prächtige Lotusblumen, Bananenstauden und Avocadobäume gediehen. Erst letzte Woche war sie am frühen Abend dort gewesen. Henry, der Verwalter und inzwischen ein guter Freund, hatte sie hereingelassen, lange, nachdem der

Garten für die Öffentlichkeit geschlossen worden war. Sie hatte ihre Staffelei aufgestellt, die Leinwand gespannt, die Farben gemischt und losgelegt. Ein kobaltblauer Fond eines dämmernden Himmels, darüber das frische Gelb von Zitronen vermengt mit dem Piniengrün eines Sommergewitters, hier etwas Orange, dort etwas Rubinrot und Kirschblütenrosa, und dann dieser Strudel von hellen Punkten, der sich über die linke untere Ecke in das Bild eingeschmuggelt hatte. Lichtreflexe vielleicht? Sie wusste es nicht, und das war auch gut so.

Amy hielt sich nicht für sonderlich talentiert, dennoch liebte sie das Malen, wusste sie doch vorher nie, was am Ende herauskam. Nur dann konnte sie ihren Gefühlen freien Lauf lassen, diesen gestatten, sich zu entfalten, über die Leinwand zu galoppieren und sich auszutoben. Farben konnten einen nicht verletzen, höchstens mit unangenehmen Wahrheiten konfrontieren ...

Ein lautes Hupen brachte Amy ins Hier und Jetzt zurück. Sie war in Monte Carlo angekommen, und der Fahrer im roten Ferrari hinter ihr brachte wenig Verständnis dafür auf, dass sie im Schneckentempo durchs Zentrum kroch. Gelassen streckte sie den linken Mittelfinger aus dem Fenster – zumindest in ihrer Vorstellung –, drückte aufs Gaspedal und fuhr Richtung Kasino. In der Nähe der Spielbank einen Parkplatz zu finden, war in etwa so aussichtsreich, wie sechs Richtige im Lotto zu tippen, also stellte sie ihren Renault Clio in einer etwas weiter abgelegenen Seitengasse ab und ging das letzte Stück zu Fuß. Um kurz darauf vor verschlossenen Toren zu stehen. Was ungewöhnlich war, denn in der Regel öffnete das Kasino um 14 Uhr. Erst da sah sie den Hinweis an der Tür.

Verehrter Gast, zu unserem großen Bedauern müssen wir Ihnen mitteilen, dass unser Kasino heute geschlossen bleibt. In einem der hinteren Säle wurde ein Gasleck entdeckt. Inzwischen wurde das Problem behoben, dennoch wollen wir kein unnötiges Risiko eingehen und führen deshalb eine gründliche Nachuntersuchung durch. Unser

Kasino wird morgen wieder um 14 Uhr für Sie geöffnet sein. Wir danken Ihnen für Ihr Verständnis. Die Direktion

Amy runzelte die Stirn. Wegen eines Gaslecks würde Charles nicht einen solchen Wirbel veranstalten, dessen war sie sich sicher. Also klopfte und rüttelte sie so lange an der Tür, bis ein alter, gebeugter Mann im Foyer auftauchte, der durch wildes Gestikulieren versuchte, sie zum Verschwinden zu bewegen. Amy verschränkte die Arme und schüttelte den Kopf. Einen kurzen Moment lang fochten ihre Blicke durch die Glasfront einen stillen Kampf aus, bis der Mann schließlich nachgab und die Tür aufschloss.

„Können Sie nicht lesen?“, blaffte er sie an.

„Ich bin auf Geheiß Ihres Generaldirektors hier“, antwortete Amy ruhig. „Es geht um diesen Vorfall.“ Sie legte eine kurze, aber vielsagende Pause ein. „Sie wissen schon.“

„Oh.“ Sein Mund verzog sich zu einem freudlosen Lächeln. „Ich verstehe. Kommen Sie rein, Mademoiselle“, sagte er in versöhnlichem Ton.

„Danke.“ Sie trat ein, wartete, dass er die Tür wieder abschloss. „Und Sie sind?“

„Bernard Fournier, der Hausmeister. Ich war es, der ihn gefunden hat.“

Gefunden? Wen?

Amy ließ sich ihre Unwissenheit nicht anmerken. „Mein Name ist Amy Blanchard, ich arbeite für die Privatdetektei Charles Dufour.“

„Angenehm“, antwortete der andere und reichte ihr die Hand. „Ich weiß nicht, wie viel Sie wissen, Mademoiselle Blanchard, aber ich möchte Sie vorwarnen: Es ist kein schöner Anblick.“

„Ich schaff das schon“, erwiderte Amy mit fester Stimme.

So schlimm der Anblick auch sein mochte, er wäre vermutlich nicht so aufwühlend wie die Spieltische und Automaten, die ihren Weg säumten, während sie mit dem

Hausmeister an ihrer Seite tief ins Herz des Kasinos vordrang. Fünfeinhalb Jahre waren vergangen, seit sie eine Spielbank zum letzten Mal betreten hatte, und ihr wurde schmerzlich bewusst, wie sehr sie es vermisst hatte. Das Jauchzen und Grölen an den Würfeltischen, das dissonante Klingeln der Einarmigen Banditen, das Flattern der Karten beim Austeilen, das sprunghafte Klackern der Kugeln beim Roulette. Nicht zu vergessen der süße Duft der Hoffnung ... Gleichzeitig erinnerte sich Amy an die schwere Zeit, die hinter ihr lag. Alles in ihr schrie danach, aus dem Gebäude zu rennen, in ihr kleines Auto zu steigen und nach Menton zurückzudüsen.

„Alles in Ordnung, Mademoiselle?“, fragte der Hausmeister, als sie unvermittelt stehen blieb.

Sie nickte langsam. Charles glaubte, dass sie das schaffte, kein Grund also, in Panik zu geraten. So schlimm würde es schon nicht werden.

Doch nichts, rein gar nichts, hätte sie auf das Grauen vorbereiten können, was folgte! Als sie den *Salle des Amériques* betrat, blickten ihr zwei dumpfe Augenpaare entgegen, die dem Generaldirektor Benoit Lombardi und einer Ärztin namens Charlotte Durand gehörten. Nachdem sich alle vorgestellt hatten, geleitete Fournier Amy an einen Blackjack-Tisch, wo ein weiterer Mann im schwarzen Anzug saß. Nur am Rande bemerkte sie, dass der Generaldirektor und die Ärztin sich ihnen anschlossen.

„Guten Tag, Mo...“, wandte sich Amy an den Mann, doch die nachfolgenden Silben blieben ihr im Hals stecken.

Unwillkürlich fasste sie sich an den Bauch, wo sich Schock und Furcht zu einem Knoten verschlangen. Ihr Kopf war wie leer gefegt, und es bereitete ihr Mühe, die Bestandteile vor ihren Augen zu einem Bild zusammenzufügen. Sie würde von dem Mann im schwarzen Anzug keine Antwort erhalten, nicht jetzt und auch nicht in Zukunft, denn er war mausetot. Sein Kopf ruhte auf seiner Brust, seine Arme lagen ausgestreckt auf dem Blackjack-Tisch, doch das war nicht das Schlimmste. Amy kämpfte gegen die Übelkeit an. Jemand hatte dem armen Teufel beide Hände abgetrennt und diese mit den Handflächen nach oben auf dem grünen Filz drapiert.

„Möchten Sie ein Glas Wasser?“, fragte Lombardi, während er hastig einen Schritt zurücktrat, als befürchtete er, dass sich Amy über seine sündhaften teuren Berluti-Schuhe erbrach.

„Ein Cognac wäre mir lieber“, krächzte sie.

Der Generaldirektor gab Fournier ein Zeichen, der aus dem Raum ging und kurz darauf mit einem halbvollen Cognacschwenker auf einem silbernen Tablett zurückkam.

„Danke“, murmelte Amy, bevor sie an dem Glas nippte.

Eine wohltuende Wärme breitete sich in ihrem Brustkorb aus, und nach einem weiteren Schluck stellte sie den Cognac auf dem Roulettetisch hinter ihr ab. Sie atmete tief durch, zählte bis zehn, bevor sie die grausige Szene erneut in Augenschein nahm. Wie surreal alles wirkte! Amy fühlte sich in ein Kunstwerk von Dalí versetzt, zumal nirgendwo Blut zu sehen war. Genauso gut hätten der Mann und seine Hände aus Wachs sein können.

„Der Tote heißt Antoine Renard und war seit 1995 als Croupier für uns tätig“, erklärte Lombardi.

„Sein Gesicht ist blau angelaufen, und er hat Kapillarblutungen“, fügte Charlotte Durand hinzu. Sie hatte kurze dunkle Haare, ein energischer, etwas fahriger Typ. „Ich gehe davon aus, dass er erdrosselt wurde. Die Hände wurden ihm zum Glück post mortem entfernt.“

„Können Sie den Todeszeitpunkt nennen, Doktor?“, fragte Amy, während sie einen Spiralblock aus ihrer Handtasche zog, um sich Notizen zu machen.

„Ohne das entsprechende Equipment kann ich das nicht exakt bestimmen, aber ich habe seine Körpertemperatur gemessen und würde sagen, irgendwann zwischen 6 und 9 Uhr heute Morgen.“

Amy überlegte. „Wann waren die Reinigungskräfte hier?“

Der Generaldirektor schaltete sich ein. „Gewöhnlich beginnt ihre Schicht um 7 Uhr und endet gegen 12 Uhr."

Der braungebrannte Mittvierziger wirkte etwas fahl um die Nase, und Amy vermutete, dass sie selbst kein bisschen frischer aussah.

„Wann haben Sie die Leiche entdeckt, Monsieur Fournier?", wandte sie sich an den Hausmeister, der auf seine Fußspitzen starrte.

„Um 13:03 Uhr, Mademoiselle."

„Also können wir davon ausgehen, dass der Croupier woanders umgebracht und verstümmelt wurde, und zwischen 12 und 13 Uhr hier abgelegt wurde", dachte Amy laut nach.

Lombardi nickte. „Das sehe ich auch so, Mademoiselle. Wären die Reinigungskräfte auf etwas Ungewöhnliches gestoßen, hätten sie es gemeldet."

„Ich schätze, eine Befragung fällt aus", fragte Amy mit einem Blick auf die abgetrennten Hände.

„So ist es. Je weniger davon wissen, desto besser. Die Sache sollte unter uns vier bleiben."

„Hatte Monsieur Renard Feinde? Steckte er in Schwierigkeiten?"

„Unserer Kenntnis nach nicht. Andererseits, wer weiß? Die meisten Menschen haben irgendwelche Leichen im Keller." Der Generaldirektor griff hinter sich und förderte eine Akte zutage, die er ihr überreichte. „Das ist Renards Personalakte. Bitte behandeln Sie alles diskret, nichts darf nach außen dringen." Er räusperte sich. „Unser Etablissement kämpft mit dem Überleben, ein solcher Vorfall könnte uns den Kopf kosten."

Amy nickte. Es war kein Geheimnis, dass sich das Kasino seit Jahren in den roten Zahlen befand. Trotz seines weltweiten Renommees hatte es erst im letzten Jahr 13 Millionen Euro Verlust gemacht. Das Geld saß bei den Leuten nicht mehr so locker wie früher, nicht einmal bei den Schwerreichen, und die Online-Konkurrenz setzte der Branche noch zusätzlich zu. Eigentlich ein Jammer, dachte

Amy. Das Kasino von Monte Carlo war ein altehrwürdiges Haus mit langer Tradition. Plötzlich überkam sie der Ehrgeiz.

„Monsieur Lombardi", sagte sie in feierlichem Ton. „Was genau erwarten Sie von mir?"

„Es geht in erster Linie nicht darum, den Mörder zu stellen, Mademoiselle, nur herauszubekommen, ob wir mit weiteren Unannehmlichkeiten dieser Art rechnen müssen. Handelt es sich um einen persönlichen Racheakt, oder ist es der Versuch, unser Kasino zu diskreditieren? Verstehen Sie?"

Amy nickte. „Absolut." Sie machte eine kleine Pause. „Und was werden Sie der Familie des Toten erzählen?"

„Dass er zum Fischen hinausgefahren und nicht mehr zurückgekommen ist", antwortete der Generaldirektor.

Zumindest besaß er den Anstand, dabei verlegen auszusehen.

„Sie wollen der Familie die sterblichen Überreste vorenthalten?"

„Haben wir eine Wahl, Mademoiselle?"

„Vermutlich nicht", erwiderte sie leise.

„Gut, dann sind wir uns einig." Lombardi rang sich ein höfliches Lächeln ab. „Charles hat mir nur Gutes über Sie erzählt. Sie klären die Sache, da bin ich sicher."

Statt einer Antwort fischte Amy ihre Digitalkamera aus der Tasche, um Fotos zu schießen. Vorschusslorbeeren machten sie nervös.

Koitus Interruptus

„Baby, komm doch wieder ins Bett."

Mike Stenton ignorierte die schlaftrunkene Stimme in seinem Rücken und zog noch einmal an seiner Zigarette, während er den Blick über das nächtliche Firmament schweifen ließ. Es war vier Uhr morgens, und die Einfamilienhäuser rundum lagen noch in tiefem Schlummer. Einzig der farbig gescheckte Himmel in der Ferne ließ erahnen, dass der Strip niemals schlief. Wie eine glitzernde Girlande durchschnitt er die Dunkelheit und zauberte ein Leuchten in Mikes Augen.

Der hochgewachsene, dunkelhaarige Mann, der in Las Vegas geboren war, liebte seine Stadt, das Dunkle, das Helle und auch alles Bunte dazwischen. Gern dachte er an seine Kindheit zurück, als ihm sein Großvater, ein Falschspieler von Format, die ersten Kartentricks beigebracht hatte. Second Deal, Center Deal, Bottom Deal, Double Deal ... Fachchinesisch, das heute noch Mikes Herz mehr erwärmte als der Kuss einer Frau. Er war mit seinem Großvater oft den Strip entlanggeschlendert, während dieser Anekdoten zum Besten gegeben hatte: über Frank Sinatra und Dean Martin, die im *Sands* legendäre Partys gefeiert hatten; über den exzentrischen Milliardär Howard Hughes, der das *Silver Slipper* nur deshalb gekauft hatte, weil die Neonreklame in sein Zimmer leuchtete und er sie anders hatte platzieren wollen. Der distinguierte Gentleman mit dem scharfsinnigen Blick und dem spitzbübischen Lächeln war Mikes Held gewesen, bis ihn der Krebs auffraß. Da war der Junge fünfzehn Jahre alt, an der Schwelle zum

Erwachsenwerden. Auf dem Sterbebett hatte ihm sein Großvater das Versprechen abgerungen, den ehrbaren Weg zu wählen, also war er später Polizist geworden. Der alte Herr hätte sich über die Ironie vermutlich schlapp gelacht ...

Eine weibliche Brust streifte Mikes Arm, schlanke Finger griffen nach der Zigarette in seinem Mund.

Ein tiefer Zug, ein genüssliches Ausatmen, und dann die Frage: „Was tust du hier draußen? Du wirst dich erkälten."

Mike, der nichts außer einem T-Shirt trug, zuckte lediglich mit den Achseln.

„Das wäre doch wirklich ein Jammer", gurrte die weibliche Stimme weiter.

Mike spürte, wie die Finger, die eben noch seine Zigarette gehalten hatten, seinen Schwanz umschlossen. Er reagierte immer noch nicht, auch nicht, als Laura ihn zu massieren begann. Sie war Revuegirl im *Tahiti Grand*, einem Fünf-Sterne-Luxusresort am südlichen Strip, wo Mike als Sicherheitschef arbeitete, nachdem er vor sechs Jahren die Polizeimarke an den Nagel gehängt hatte. Seine Gespielin war eine vollbusige Latina mit schwarzen Locken und aufgeworfenen Lippen, die in jeglicher Hinsicht seinem Beuteschema entsprach. Üppig und experimentierfreudig. Sein Schwanz zuckte vorfreudig in ihrer Hand, dennoch blieb sein Gesicht regungslos. Er wusste, seine zur Schau getragene Gleichgültigkeit würde ihren Eifer anstacheln. Es war ein Spiel, das er gern spielte, vor allem weil er am Ende stets als Sieger hervorging. Laura und er trieben es zwei- bis dreimal die Woche. Keine Verpflichtungen. Keine Exklusivrechte. Nur Sex. Harten Sex.

Seelenruhig rauchte er seine Zigarette zu Ende, den Blick in die Ferne gerichtet. Dann drehte er sich unvermittelt um, packte Laura grob bei den Schultern und schubste sie zurück ins Zimmer. *Zeit zu spielen.* Mit einer schnellen Bewegung riss er ihr das Laken vom Körper. Quiekend ließ sie sich aufs Bett fallen, ihre Augen leuchteten auf, als er sie umdrehte und ihre Handgelenke mit einem Nylonstrumpf hinter ihrem Rücken zusammenband. Mit geübter Hand stülpte er sich ein Kondom über, drückte ihren ausladenden Po zu sich heran, um sich mit einem einzigen Stoß in ihr zu versenken. Langsam und kontrolliert zog er sich zurück, um gleich darauf wieder seinen Schwanz in sie zu rammen, wohl wissend, dass der Rhythmuswechsel sie in den Wahnsinn trieb. Seine Augen funkelten, als sie nach kurzer Zeit heftig zu stöhnen begann. Je härter er sie stieß, desto wilder baumelten ihre Brüste. Mit einer Faust packte er ihre langen Haare und riss ihren Kopf nach hinten.

„Du magst es, hart gefickt zu werden?"

Sie nickte eifrig.

„Antworte mir, Schlampe!"

„Ja, Mike!" Ihre Stimme war heiser vor Verlangen.

„Willst du mehr?"

„Ja! Ja!"

Mit der rechten Hand fuhr er ihren Oberschenkel hinauf, um ihre Lustperle zu massieren. Als sie kleine Schreie ausstieß, zog sich einer seiner Mundwinkel leicht nach oben. Laura konnte beim Orgasmus richtig laut werden, also zog er ihren Oberkörper zu sich heran und verschloss ihren Mund mit seiner Hand. Wieder und wieder stieß er sie — ihrem unausweichlichen Höhepunkt entgegen. Ihr zuckender Körper zerrte ihn ebenfalls Richtung Klippe, dennoch war er noch weit davon entfernt, hinabzustürzen. Mit der freien Hand griff er nach einem ihrer steifen Nippel und zog unsanft daran. Schon explodierte sie, schrie sich in seiner Hand die Seele aus dem Leib. Er unterdrückte ein Seufzen. Es war einfach zu leicht. Ihre Brüste knetend schloss er die Augen, stellte sich vor, er würde eine echte Wildkatze ficken, etwas widerspenstig und ihm ebenbürtig — natürlich nur bis zu einem gewissen Punkt. Sein Herzschlag beschleunigte sich, in seinen Lenden zuckte es, und er spritzte seine Lust mit einem leisen Keuchen ab.

Hinterher zog Laura eine Schnute. „Warum gehen wir eigentlich nie zu dir?“, maulte sie.

Mit halb gesenkten Augenlidern betrachtete er ihren roten Schmollmund.

„Dieses Privileg musst du dir verdienen, querida“, sagte er, während er sie am Genick packte und ihr Gesicht nach unten gegen seinen Schwanz drückte.

„Du bist ein Schwein!“, schimpfte Laura, was sie jedoch nicht daran hinderte, nach seinem pochenden Fleisch zu schnappen.

Mike ging in der feuchten Hitze ihrer Mundhöhle buchstäblich auf. Es ging nichts über einen ordentlichen Blowjob, und Laura war darin sehr geübt. Ihre Lippen schlossen sich fest um seinen Schwanz, während sie mit ihrer Zungenspitze seine pralle Eichel umspielte. Ihre Wangen wurden hohl, als sie zu saugen begann. Gleich würde er sich in ihrem Mund ergießen, sie zwingen, seinen Samen zu schlucken, alles bis auf den letzten Tropfen ...

Ein hartes Gitarrenriff schallte urplötzlich durch den Raum gefolgt von Steven Tylers unverkennbarem *Walk This Way!* Der Klingelton seines Handys. Leise fluchend, wenn auch ohne eine Sekunde des Zögerns, löste er sich von Laura, die ihn mit einem erbosten Blick bedachte.

„Hallo?“, meldete er sich.

Rief ihn jemand um diese Uhrzeit an, musste es wichtig sein. Tatsächlich war es Danny Fisher, sein Stellvertreter.

„Wir haben einen Toten im Kasino“, erklärte dieser ohne Umschweife.

Fuck! Ausgerechnet dann, wenn er außer Haus war, gab's Ärger.

„Was ist passiert?“, seufzte Mike. „Eine Schlägerei, die aus den Fugen geraten ist? Ein Eifersuchtsdrama? Ein Selbstmord?“

„Schön wär's“, erwiderte Danny lapidar. „Der Tote ist Rick Mahoney.“

„Der Saalchef?“

„Genau der.“

„Scheiße, Danny", war das Einzige, was Mike auf Anhieb dazu einfiel.

„Jemand hat ihn erdrosselt und ihm ..." Danny zögerte kurz, und Mike konnte hören, wie sein Stellvertreter hart schluckte.

„Was?"

„Ich denke, das solltest du dir selbst ansehen." Kurze Pause. „Bist du bei Laura?"

„Ja."

„Miss Deveraux wird das nicht gefallen."

„Das lass mal meine Sorge sein", wies Mike seinen Stellvertreter zurecht.

„Wie du meinst", antwortete Danny. „Du musst dich beeilen. Die Cops sind bereits unterwegs."

Fuck und nochmal fuck!

„Wer hat sie verständigt?"

„Ich. Es ließ sich nicht vermeiden. Zu viele Zeugen."

„Hm, verstehe. Ich bin in zwanzig Minuten da. Was haben die Videoaufzeichnungen ergeben?", fragte Mike weiter, während er sich einhändig seine Jeans überstreifte.

„Also ... Ähm ... wir hatten um 3:13 Uhr einen Ausfall."

„Ausfall?" Mike erstarrte mitten in der Bewegung. „Für wie lange?"

„Fünf Minuten."

Er spürte, wie Ärger in ihm aufstieg. In einem normalen Leben, das hauptsächlich aus Arbeiten, Fernsehen und Vögeln bestand, mochten fünf Minuten ein Klecks sein, in einem Kasino bedeuteten diese 300 Sekunden eine Ewigkeit. Eine Ewigkeit, in der viel passieren konnte. Zum Beispiel ein Mord.

„Warum hast du mich nicht informiert?"

„Ich wollte wegen einer solchen Lappalie die traute Zweisamkeit nicht stören", kam es schnippisch zurück, was Mike überraschte.

Wenn er es nicht besser wüsste, hätte er angenommen, Danny wäre eifersüchtig.

„So etwas wie eine Lappalie gibt es nicht!", brummte er,

bevor er das Gespräch beendete und seine Jeans zuknöpfte.

„Du musst weg?“, fragte Laura.

Sie wirkte wie eine mürrische Katze, der man eine Schale mit Milch vor der Nase weggeschnappt hatte.

„Eine Dringlichkeit im Kasino“, entgegnete er kurz angebunden.

„Kann sich Rotkäppchen nicht drum kümmern?“, kam es etwas verächtlich zurück.

Ungeachtet der Tatsache, dass Danny einen Menschen mit einem einzigen Handkantenschlag ins Jenseits befördern konnte, hatte ihm Laura wegen seiner roten Haare und seiner Schüchternheit diesen unsäglichen Spitznamen verpasst. Mike, der es eilig hatte, sah davon ab, sie wegen dieser Respektlosigkeit zu rügen.

„Nein, kann er nicht!“

Sein Privatleben mochte er locker handhaben, im Job war er Perfektionist. Er erlaubte sich keine Schwächen, erst recht keine Fehler. Nichts anderes erwartete er von seinem dreißigköpfigen Team, das er im Laufe der Jahre aus ehemaligen Cops und Militärs rekrutiert hatte. Im Gegenzug reichte Lauras Pflichtgefühl gerade mal vom Fußende des Bettes bis zur Badezimmertür, was Mike als verachtenswert empfand. Wenn er ehrlich zu sich war, mochte er sie nicht einmal besonders. Zu was für eine Art Mensch machte ihn das? Er verdrängte den unliebsamen Gedanken.

„Hey, bindest du mich nicht los?“, rief sie ihm hinterher, als er sich anschickte, ihr Apartment zu verlassen.

„Du schaffst das schon“, erwiderte er ungerührt.

Ihr wütendes „cabrón!“, was in Spanisch so etwas wie Wichser bedeutete, hallte laut durchs Treppenhaus wider. Er lächelte mit schmalen Lippen. Es war Teil des Vorspiels für ihr nächstes Treffen.

Nachdenklich starrte Mike auf Rick Mahoney, während ein

Pulk von Mitarbeitern der Spurensicherung um die Leiche herumwuselte und uniformierte Cops Spieler und Kasinoangestellte befragten. Er hatte den Saalchef nur oberflächlich gekannt, ein ältlicher Lulatsch mit gegeltem Haar, der ein solches Ende nicht verdient hatte, trotz seines billigen Aftershaves. Zum wiederholten Male wanderte Mikes Blick zu den abgetrennten Händen. Was mochte das bedeuten? War Mahoney käuflich gewesen oder hatte er jemanden um sein ehrlich gewonnenes Geld betrogen? Auf jeden Fall hatte er sich den Zorn eines gefährlichen Individuums zugezogen. Ein leises Räuspern riss ihn aus seinen Gedanken. Hinter ihm stand einer der Concierges des *Tahiti Grand*.

„Miss Deveraux will Sie umgehend sprechen“, erklärte dieser.

Mike, der das erwartet hatte, nickte und begab sich zu den Aufzügen. Mithilfe seiner universellen Schlüsselkarte fuhr er in die 25. Etage. Unwillkürlich streifte er sich durchs Haar. Ein Gespräch mit Edith Deveraux, der Besitzerin des *Tahiti Grand*, war in etwa so, als würde man barfuß über glühende Kohlen laufen. Je schneller man es hinter sich brachte, desto unversehrter kam man davon. Und: Man durfte sich seine Furcht auf keinen Fall anmerken lassen. Im Alter von dreizehn Jahren hatte er mal versucht, sie mit einem Taschenspielertrick über den Tisch zu ziehen. Damals hatte sie ihm die Ohren lang gezogen. Das tat sie bisweilen heute noch.

Mike hatte vor der alten Dame einen Heidenrespekt.

Die Aufzugtür glitt zur Seite, und er betrat das Penthouse. Der Salon war riesig und wurde von einem überdimensionalen Kamin dominiert, der in Vegas zwar wenig Sinn machte, dafür aber jeden Besucher vor Neid erblassen ließ. Der Marmorboden bestach durch sein spiralförmiges bordeauxfarbenes Muster, das sich in den Möbeln und Stoffen wiederfand. Ein vergleichsweise winziger runder Tisch mit zwei Sesseln stand vor einer bodentiefen Fensterfront, die einen atemberaubenden

Blick auf die rosarot angehauchten Berggipfel am Horizont bot. Die Wände waren über und über mit Schwarz-Weiß-Fotografien legendärer Showgrößen tapeziert wie Elvis oder dem Rat Pack, von der Decke baumelten Pendelleuchten aus rotem geschliffenen Kristallgras. Obwohl es gerade mal fünf Uhr dreißig war, saß die alte Dame beim Frühstück; einem üppigen Frühstück mit Eiern, Speck, Würstchen, Brot und Marmelade. Noch vor zehn Jahren hätte sie sich im Anschluss eine Havanna-Zigarre genehmigt. Mike war es ein Rätsel, wie Edith Deveraux so alt hatte werden können. Ihr schmächtiger Körper steckte in einem Sari aus dunkelblauer Seide, die weißen Haare trug sie modisch kurz, die Augen hielt sie auf ihren Teller gerichtet. Mit nichts ließ sie erkennen, dass sie sein Eintreten bemerkt hatte, doch Mike wusste es besser. Er musste auf der Hut sein, denn obwohl Edith Deveraux die achtzig bereits überschritten hatte, war sie nach wie vor mit allen Wassern gewaschen.

„Nimm Platz“, befahl sie kühl. „Willst du etwas frühstücken?“

„Nein, danke“, antwortete er und setzte sich zu ihr an den Tisch. „Ich habe keinen Hunger.“

„Erstaunlich.“ Sie brach ein Stück Brot ab, blickte ihn immer noch nicht an. „In Anbetracht der Energie, die du heute Nacht verbraucht hast!“

Mike, der spürte, dass ein heftiges Gewitter heranrollte, zog es vor zu schweigen.

„Oder bin ich da falsch informiert?“ Ediths Stimme hatte einen provokativen Tonfall angenommen.

„Mit Verlaub, mein Privatleben geht dich nichts an“, antwortete Mike, der beschlossen hatte, den Ausbruch des unvermeidlichen Unwetters zu beschleunigen.

Besteck und Porzellangeschirr schepperten, als Edith unvermittelt ihre Faust auf den Tisch donnerte. Für eine solche zierliche Person besaß sie erstaunlich viel Kraft.

„Sobald du deine Arbeit vernachlässigst, geht es mich verdammt noch mal etwas an!“, schimpfte sie, bevor sie den Kopf hob und mit ihren Augen eisblaue Giftpfeile auf ihn abfeuerte.

Mike verbot es sich, zu blinzeln. „Inwiefern habe ich meine Arbeit vernachlässigt?“

„Du warst nicht da, als es darauf ankam!“, warf sie ihm entgegen.

„Meine Freizeit kann ich verbringen, wo und mit wem ich will.“

Herrgott, sie behandelte ihn so, als wäre er immer noch dreizehn Jahre alt!

„Du hast im Hotel eine zweihundert Quadratmeter große Suite. Warum treibst du dich nachts in Downtown herum? Du kannst deine Schlampen genauso gut hier flachlegen!“ Ihre Augen bohrten sich in sein Gesicht, registrierten jede noch so kleine Mimikveränderung. „Oh, ich verstehe. Zum Vögeln sind sie gut genug, aber nicht gut genug, um deine heiligen Hallen zu betreten. Du bist eine Schande, Mike! Dein Großvater würde sich im Grab umdrehen.“

„Lass Grandpa aus dem Spiel, Edith“, entgegnete Mike mit frostiger Stimme.

Heidenrespekt hin, Heidenrespekt her, jetzt ging sie zu weit.

Ihr Ärger verflog so schnell, wie er gekommen war, und ein schwermütiger Ausdruck legte sich auf ihr Gesicht. „Du hast recht. Meine Bemerkung war unpassend.“ Sie kaute lange und ausgiebig auf dem winzigen Stück Brot herum, während Mike geduldig darauf wartete, dass sie es hinunterschluckte und weitersprach.

„Ich will, dass du Danny hinauswirfst“, sagte sie schließlich.

Verblüfft blickte er sie an. „Warum denn das?“

„Er hat es vermasselt. Ich habe von dem Ausfall der Videoüberwachung gehört. Nicht nur, dass er nichts unternommen hat, er hätte dich auch unverzüglich informieren müssen.“

„Zugegeben, er hat einen Fehler gemacht. Aber was

hätte ich schon ausrichten können?"

Ich war fünfzehn Meilen weit weg. Insgeheim machte sich Mike heftige Vorwürfe deswegen, hätte es der alten Dame gegenüber aber niemals eingeräumt. Andererseits kannte sie ihn nur zu gut.

„Womit wir wieder am Anfang wären", erwiderte sie.

„Danny ist ein fähiger Mitarbeiter, Edith", sagte Mike, ohne auf ihre letzte Anmerkung einzugehen.

„Er ist schwach."

„Er beherrscht mehrere Kampfsportarten."

„Ihm fehlt aber der Killerinstinkt."

„Danny ist feinfühlig und taktvoll. Ihm liegen die Menschen am Herzen. Er interessiert sich für ihre Belange, geht auf sie ein ..." Hilflos wedelte Mike mit der Hand durch die Luft. „Er ist alles, was ich nicht bin."

Ein amüsierter Ausdruck blitzte in den Augen der alten Dame auf. „Da will ich dir ausnahmsweise mal nicht widersprechen."

„Eben, und deshalb ergänzen wir uns perfekt. Außerdem ist er hundertprozentig loyal."

Edith blickte nachdenklich in ihren Tee, und Mike entspannte sich etwas. Diesmal hatte er Dannys Arsch gerettet, dennoch würde er ein ernstes Gespräch mit seinem Stellvertreter führen müssen.

„Die ganze Sache ist höchst unerfreulich, mein Junge." *Mein Junge.* Der beste Beweis dafür, dass Ediths Wut verraucht war. „Ein Angestellter mit abgetrennten Händen ist fürs Geschäft nicht gerade förderlich."

Wie wahr.

„Ich will, dass du mit der Polizei redest", sagte sie weiter. „Tritt ihnen auf die Füße! Je schneller der Fall gelöst ist, desto eher werden wir zur Tagesordnung zurückkehren können."

„Alles klar."

„Möchtest du vielleicht jetzt etwas frühstücken?", fragte sie.

Das ultimative Friedensangebot!

„Gern." Mike rieb sich demonstrativ die Hände. „Ich habe einen Bärenhunger, um ehrlich zu sein!"

Die alte Dame warf ihm einen strafenden, aber zugleich liebevollen Blick zu. „Du bist ebenso ein Prahlhans wie dein Großvater!"

Was genau genommen ein Kompliment war, schließlich war der Prahlhans die Liebe ihres Lebens gewesen.

Ausgerechnet Las Vegas

Obwohl es bereits später Nachmittag war, flimmerte die Hitze immer noch über dem Freeway. Mike ließ den Trubel hinter sich und fuhr nach Norden, hinein in eine zweigeteilte Welt. Oben der saphirblaue, nicht enden wollende Himmel Nevadas, unten die Industriezone aus grauem Beton. Mike verließ den Freeway, dann schwenkte er in den Martin Luther King Boulevard ein. Der vierstöckige Komplex des Las Vegas Metropolitan Police Departments, einer der größten Polizeibehörden des Landes, war schwerlich zu übersehen, erstreckte er sich doch über ein Areal von fast einem Quadratkilometer. Mike lenkte seinen 89er Dodge Dakota auf den palmengesäumten Besucherparkplatz und stellte ihn in der Nähe des gläsernen Haupteingangs ab. Der schicke Bau, der einer Bank gut zu Gesicht gestanden hätte, war erst 2011 fertiggestellt worden, sodass Mike nicht in den Genuss gekommen war, hier zu arbeiten. Ob es ihm gefallen hätte? Er bezweifelte es.

Im Innern ging es jedenfalls recht hektisch zu. Nachdem er seinen Besuch angekündigt hatte, ließ Mike seinen Blick durch die Halle schweifen, bis er im Getümmel einen blonden Hünen erhaschte, der mit Riesenschritten auf ihn zukam.

Aaron Cuttler, sein ehemaliger Partner.

„Schön, dich zu sehen, Buddy!“, rief dieser mit einem breiten Grinsen. Er hatte einen gepflegten Bart und auffallend blaue Augen. „Da muss in eurem Laden also erst ein armes Schwein abgemurkst werden, damit du deinen Alabasterkörper hierher bewegst!“

„Dein hässliches Gesicht ein Mal pro Jahr ertragen zu müssen, reicht völlig“, konterte Mike, der seit Jahren jedes Thanksgiving bei Aarons Familie verbrachte.

Die beiden Männer umarmten sich kurz, aber herzlich.

„Hast du schon deinen Besucherausweis?“, frage Aaron.

Statt einer Antwort hielt Mike die Plastikkarte hoch, bevor er diese an seinem Revers befestigte.

„Gut, lass uns nach oben gehen.“

Als sich Aaron abwenden wollte, erspähte er Mikes Wagen draußen auf dem Parkplatz.

„Fährst du etwa immer noch diese Schrottkarre?“

Mike seufzte. „Fängst du schon wieder damit an?“

„Kauf dir endlich mal ein ordentliches Auto! Eins, das nicht so viel Sprit wegsäuft und die Luft verpestet“, ereiferte sich Aaron, der seit Kurzem sein Umweltbewusstsein entdeckt hatte. „Du verdienst inzwischen doch weiß Gott genug Kohle! War das nicht der Grund, wieso du den Dienst quittiert hast?“

Es war ein Grund.

„Du weißt doch, warum ich so an dem Wagen hänge, Aaron.“

„Schon, aber ...“

„Dann lass mich damit endlich in Frieden“, kam es etwas grob zurück.

„Hey, sei nicht gleich eingeschnappt!“ Aaron klopfte ihm gutmütig auf die Schulter. „Schöner Mist diese Sache mit Mahoney, was?“, wechselte er rasch das Thema, während sie eine der Seitentreppen nach oben nahmen.

„Schöner Mist ist die Untertreibung des Jahres! Miss Deveraux ist nicht gerade begeistert“, entgegnete Mike. „Die Medien laufen bereits Amok. Ich warte nur darauf, dass sie dem Mörder einen blumigen Namen verpassen wie „Der Händefriseur“ oder „Der Kasinominator“ ...“

„Wie wär’s mit „Der Blackjack-Ripper“?

„Nicht schlecht!“ Obwohl die Angelegenheit ernst war, musste Mike grinsen. „Ich wusste gar nicht, dass du so ein verdammter Romantiker bist."

Sie feixten noch ein wenig herum, bis sie den zweiten Stock erreichten, in dem die Büros der Mordermittlung untergebracht waren.

„Hallo Mike!", begrüßte ihn prompt ein etwas rundlicher Mann mit Schnauzer. „Wie geht's?"

„Lenny!", erwiderte dieser und schüttelte die entgegengestreckte Hand.

Während Mike von immer mehr Ex-Kollegen belagert wurde, steuerte Aaron die kleine Küche an, die sich im hinteren Bereich befand.

„Kaffee, Mike?", rief er über die Schulter.

„Nicht in diesem Leben!", antwortete der Angesprochene mit gespieltem Ekel, woraufhin die Cops um ihn herum in lautes Lachen ausbrachen.

„Weichei!", kam es prompt von Aaron zurück.

„Junkie!"

Es war kein Geheimnis, dass der blonde Hüne Kaffee literweise trank, ganz gleich, wie widerlich die Brühe auch sein mochte. Dass er ihn sich nicht intravenös verabreichte, war schon alles.

„Und? Was hältst du von der Sache?", fragte Mike ihn, nachdem sich beide in Aarons Büro zurückgezogen hatten.

Während der Hüne auf einem ergonomischen Bürostuhl saß, eine dampfende Hello Kitty-Tasse in der Hand – ein Geburtstagsgeschenk seiner kleinen Tochter –, lehnte Mike mit verschränkten Armen gegen den Schreibtisch und betrachtete die Tatortfotos auf dem Flatscreen an der Wand, insbesondere das Bild mit den abgetrennten Händen.

„Die nach oben zeigenden Handflächen sehen doch sehr nach einer Botschaft aus", meinte Aaron.

„Als würde Mahoney um Vergebung bitten", murmelte Mike. „Wisst ihr schon, womit die Hände abgetrennt wurden?"

„Im vorläufigen Bericht des Pathologen steht mit einer handelsüblichen Knochensäge, wie man sie in jedem

Krankenhaus findet ...“

„... ein solches medizinisches Instrument zu führen, erfordert Geschicklichkeit“, sprach Amy ihren Gedanken laut aus. „Behauptet zumindest Doktor Durand.“
Ihre Augen hatte sie auf den Computerbildschirm gerichtet. Die Balkontür stand offen, und die warme Abendluft war vom durchdringenden Zirpen der Zikaden erfüllt. Ein Trost spendendes Geräusch. Eine Welt, in der die Zikaden sangen, konnte nicht aus den Fugen geraten. Amy wusste natürlich, dass diese von ihr aufgestellte Regel im Grunde unsinnig war, dennoch war die Vorstellung beruhigend.
Sie blickte zur Seite. „Was meinst du, Carlos? Was hat das alles zu bedeuten? Hat der Croupier falsch gespielt und jemand wollte ihm eine Lektion erteilen?“

Der Angesprochene erlaubte sich ein kurzes Blinzeln, verweigerte ihr ansonsten die Antwort.

„Du hast recht. Ich sollte nicht spekulieren, sondern mich an die Fakten halten.“

Nachdem Amy das Kasino verlassen hatte, war sie zu Renards Wohnung gefahren, die der Spielbank gehörte. Lombardi hatte ihr den Schlüssel gegeben. Laut seiner Akte war der Tote ein unbescholtener Bürger gewesen, ungeachtet der massiven Alkoholprobleme wiesen seine Finanzen keine größeren Unregelmäßigkeiten auf. Auch gab es keine auffälligen Kontobewegungen. Die entsprechenden Auszüge hatte Amy in der Schreibtischschublade gefunden, gleich neben einer halb leeren Flasche Pastis. Dort war sie auch auf Papiere gestoßen, die belegten, dass Renard aufs falsche Pferd gesetzt und Spielschulden von achthundert Euro bei einem Buchmacher gemacht hatte, die er in Raten zurückzahlte. Die letzte Rate stand noch aus. Nichts, was eine Strangulation und abgesägte Hände rechtfertigen würde.

Sie klickte sich weiter durch die Fotos, die sie am Nachmittag geknipst hatte. Inzwischen hatte sie den nötigen Abstand gewonnen, um sie emotionslos betrachten zu können. Der nach vorne gebeugte Körper, die ausgestreckten Arme, die angewinkelten Beine. Unwillkürlich dachte sie an Renards nächste Verwandte. Eine Schwester, die in Marseille wohnte und vermutlich erst vor wenigen Stunden vom dramatischen „Bootsunfall" ihres kleinen Bruders erfahren hatte ...

„Und warum ist er barfuß", fragte Amy laut, um den verstörenden Gedanken zu übertönen. „Ich denke, jemand will uns etwas mitteilen. Aber was, Carlos, was?", wandte sie sich erneut an den Kater des Nachbarn, der auf der Fensterbank saß und sich genüsslich die Pfote leckte.

Wieder bekam sie keine hilfreiche Antwort.

„Hat man die Schuhe gefunden?", wollte Mike wissen.

Aaron schüttelte den Kopf. „Und die Socken auch nicht."

Witzbold.

„Habt ihr etwas Interessantes über Mahoney erfahren?", fragte Mike weiter.

„Bevor er vor zwei Jahren zu euch kam, war er fünf Jahre im *Bellagio*, davor arbeitete er fast zehn Jahre als Croupier im *Legend Club* in Macau."

„Das weiß ich bereits aus seiner Personalakte", winkte Mike ungeduldig ab. „Erzähl mir was Neues."

„Rick Mahoney war leidenschaftlicher Golfspieler. Er hat sein ganzes Geld reingepulvert. Der exklusivste Klub, das teuerste Equipment, die exotischsten Locations ... Ein Großteil seiner Ersparnisse ist dafür draufgegangen."

„Hatte er Schulden?"

„Nein. Und auch sonst war er ein ziemlicher Langweiler. Ein Bilderbuchbürger, der seine Strafzettel immer pünktlich zahlte."

„Hat er Familie?"

„Ja, einen Sohn. Frank Mahoney, der zurzeit in New York ist. Wir haben ihn kontaktiert, er kommt heute Abend zurück."

„Irgendwelche Liebschaften oder Leichen im Keller?"

„Soweit wir wissen, nein, aber wir stehen erst ganz am Anfang der Ermittlungen."

„Könnte es etwas Berufliches sein? Möglicherweise hat er in Macau jemandem ans Bein gepinkelt ...", überlegte Mike. „Die sind dort nicht gerade zimperlich."

„Und sie kommen erst jetzt damit an?" Aaron schüttelte den Kopf. „Unwahrscheinlich. Vielleicht aber ..."

„... handelt es sich um einen Mafiamord."

Amy setzte ihre Brille ab, um sich den Nasenrücken zu massieren. Das Anstarren der Bilder auf dem Bildschirm bereitete ihr Kopfschmerzen. „Ich weiß, was du denkst", sagte sie mit gequältem Lächeln, als Carlos ein leises Miauen von sich gab. „Ich habe *Der Pate* einmal zu oft gesehen." Sie seufzte. „Ich wünschte, Charles wäre aus dem Urlaub zurück. Er ist ein klügerer Kopf als ich."

Diesmal war aus Carlos' Maunzen der Unmut deutlich herauszuhören.

Sie lächelte. „Du hast schon wieder recht! Ich sollte mein Licht nicht unter den Scheffel stellen. Ich werde schon einen Hinweis finden."

„Sag Bescheid, sobald ihr eine Spur habt, Aaron!"

„Klar, Buddy! Und lass uns mal wieder ein Bier trinken gehen."

„Gern."

Gerade wollte Mike sich abwenden, als ihm ein Detail auf dem Flatscreen ins Auge stach.

„Halt!", rief er, bevor Aaron das Gerät ausmachen konnte. „Was ist das?"

„Was meinst du?"

„Die Armbanduhr."

„Der arme Teufel trug sie noch an seinem rechten Handgelenk."

„Sie ist stehen geblieben", sagte Mike mit einem angespannten Unterton.

„Ja, und?“

„Mensch, Aaron, du warst doch früher nicht so begriffsstutzig! Sie zeigt 6:11 Uhr an.“

Der blonde Hüne hob fragend die Augenbrauen.

„Ich finde es merkwürdig, weil seine Abendschicht erst um 10 Uhr abends anfing“, erklärte Mike. „Das Foto wurde gegen 5 Uhr morgens geschossen, also ist die Uhr am Vortag stehen geblieben. Als Saalchef würde er aber keine Uhr tragen, die nicht funktioniert. Die Einhaltung der Zeitpläne an den Tischen spielt in seinem Job eine wichtige Rolle.“

„Vielleicht war er lediglich zerstreut.“ Aaron hob abwehrend die Hände, als Mikes finsterer Blick ihn traf. „Okay, okay, ich werde das in der Akte vermerken. Und jetzt sieh zu, dass du verschwindest, du Zivilist! Ich muss weiter arbeiten.“

„Das nennst du arbeiten? Du bist nicht einmal fähig, die Uhr richtig zu lesen!“, feixte Mike und wich Aarons Boxhieb geschickt aus. Dann wurde er ernst. „Halte mich auf dem Laufenden, okay?“

Sein Ex-Partner nickte.

Amy streckte sich ausgiebig und warf einen Blick auf den unteren Rand des Computerbildschirms, in dem die Uhrzeit eingeblendet war. Es war bereits nach Mitternacht, und sie war hundemüde. Zeit, ins Bett zu gehen. Sie bewegte die Maus, um den Rechner herunterzufahren, überlegte es sich in letzter Sekunde aber anders. *Eine Sache noch.* Aus einer Eingebung heraus rief sie Google auf, um in der Suchmaske die Begriffe „Kasino“ und „abgesägte Hände“ einzugeben. Die Sanduhr drehte und drehte sich, die W-LAN-Verbindung trat wieder einmal auf der Stelle, vermutlich lud sich der Frührentner aus dem 1. Stock Pornos herunter. Dann endlich baute sich die Seite Pixel für Pixel auf.

Meinten Sie „abgehackte Hände?“, war das Erste, was Amy

ins Auge sprang.

Das Zweite war: *Las Vegas, Kasinoangestellter mit abgesägten Händen tot aufgefunden/LE MONDE.*

Amy gab einen erstickten Laut von sich und rückte ihre Brille zurecht, doch die Nachricht blieb wie Pech auf dem Bildschirm kleben. Ihre Hand zitterte, als sie den blauen Link anklickte. Sie überflog den Text, kämpfte mit Übelkeit. Man musste schon sehr beschränkt sein, um die Parallelen nicht zu erkennen. Sogar von einer Knochensäge war die Rede. Als sie erfuhr, wann das Opfer ermordet worden war, strich sie sich in einer hilflosen Geste durchs Gesicht. Das war doch nicht möglich! Unter Berücksichtigung der Zeitverschiebung – 9 Stunden zurück – und Doktor Durants vager Einschätzung mussten Antoine Renard und dieser Rick Mahoney etwa zur gleichen Zeit gestorben sein, bevor sie für die Nachwelt aufbereitet worden waren. Amy unterdrückte ein hysterisches Lachen. Als hätte ein und derselbe Mörder an zwei Orten gleichzeitig zugeschlagen. Orte, die neuntausend Kilometer auseinanderlagen. Amy fröstelte, und sie rieb sich die nackten Oberarme.

Las Vegas.

Warum musste es von all den Städten auf dem Globus ausgerechnet diese sein?

Benommen wählte sie Charles Handynummer. Erst als es in der Leitung klingelte, fiel ihr ein, dass in Thailand die Sonne noch nicht einmal aufgegangen war. Bevor sie sich dazu durchringen konnte, die Verbindung zu unterbrechen, war ihr Boss bereits am anderen Ende.

„Ja?“, brummte er.

„Entschuldige die frühe Störung, Charles“, beeilte sie sich zu sagen. „Aber ich bin in der Kasino-Sache auf etwas sehr Beunruhigendes gestoßen.“

„Und das konnte nicht warten?“, kam es missbilligend zurück.

„Ich fürchte nein.“

Er seufzte. Amy hörte durchs Telefon, wie er leise seine Frau beruhigte, dann folgte ein Rascheln. Vermutlich stieg er gerade aus dem Bett, um in den Nebenraum zu gehen.

„Erzähl“, hörte sie ihn kurz darauf sagen.

Was sie dann auch tat.

Eine Weile blieb es still in der Leitung, so still, dass Amy schon annahm, die Verbindung sei unterbrochen, doch dann stieß Charles einen leisen Pfiff aus.

„Heilige Scheiße!“, flüsterte er.

„Du sagst es.“

„Ich werde sofort Lombardi anrufen und ihn darüber informieren.“ Plötzlich klang ihr Boss hellwach. „In der Zwischenzeit buchst du einen Flug nach Las Vegas. Ich will, dass du dich vor Ort umhörst und so viel wie möglich über die Tat herausfindest. Diskret natürlich.“

„Äh, also, Charles ... ich hatte gehofft, dass du vielleicht von Thailand aus kurz einen Abstecher ...“

„Auf gar keinen Fall!“

„Aber Charles, das ist Vegas.“ Sie ärgerte sich über das Zittern in ihrer Stimme. „Die Höhle des Löwen!“

„Um bei deiner Tiermetapher zu bleiben: Mach nicht aus einer Mücke einen Elefanten! Du hast keine Vorstellung, was ich zu hören bekomme, wenn ich jetzt unseren Urlaub unterbreche. Es ist dein Fall, also kümmere dich gefälligst darum!“

„Es kann Tage dauern, bis ich ein Visum bekomme.“

„So lange können wir nicht warten. Eine ESTA-Genehmigung reicht aus. Sobald du sie hast, fliegst du unverzüglich.“

Ich soll falsche Angaben machen?

Amy sackte der Magen in die Kniekehlen. „Das kannst du unmöglich von mir verlangen“, flüsterte sie.

„Ich kann, und ich tue es.“

„Ich bin dir wirklich dankbar für alles, was du für mich getan hast, aber ich weigere mich!“, probte sie den Aufstand. „Das Risiko ist immens.“

„Du hast keine Wahl.“ Charles machte eine vielsagende Pause, und Amy brach der kalte Schweiß aus. „Oder soll ich die Medien informieren?“

Mehr brauchte er nicht zu sagen. Sie wusste, in dem Fall würde ihr sorgsam aufgebautes kleines Leben in seine Einzelteile zerfallen. Wieder einmal.

„Ich habe dich doch tatsächlich für einen netten Kerl gehalten“, stieß sie hervor.

„Vor allem bin ich Geschäftsmann, Amy. Benoit Lombardi zahlt für diesen Auftrag eine Menge Geld. Bei erfolgreichem Abschluss bekommst du einen großzügigen Bonus. Genug, um dir eine kleine Wohnung in Menton zu kaufen.“

Wenn es hart auf hart kommt, wird mir das Geld auch nicht helfen, dachte Amy. Sie spürte, wie ihr die Galle hochstieg.

„Hoffentlich reißt dir ein Hai dein kaltes Herz in Stücke“, sagte sie mit tonloser Stimme.

„Hier gibt’s keine Haie, nur mich“, entgegnete Charles ungerührt und beendete das Gespräch.

Außer sich starrte Amy auf das stumme Telefon, dann hob sie ruckartig den Kopf. Die Zikaden hatten zu singen aufgehört.

Auf dünnem Eis

Amy warf ihre beiden Koffer aufs Bett und unterdrückte ein Niesen. Warum mussten die Klimaanlagen in diesem Land immer auf Hochtouren laufen, als gäbe es kein Morgen? Das Zimmer war einfach, aber sauber. Ein Bett, ein Nachttisch, ein Schrank, ein Stuhl und ein winziges Badezimmer. Das *Lucky Inn* unterschied sich in jeder Hinsicht von den prunkvollen Hotels auf dem Strip. Amy hatte sich bewusst gegen den Pomp und für das kleine Motel entschieden, in dem vorzugsweise Handelsvertreter und Leute auf der Durchreise übernachteten. Kurz hatte sie mit dem Gedanken gespielt, in einer Luxussuite des *Bellagio* abzusteigen, nur um Charles Gesicht zu sehen, wenn sie ihm ihre Spesenabrechnung überreichte. Am Ende hatte die Vernunft gesiegt samt der Tatsache, dass im *Lucky Inn* neben dem Empfang lediglich ein in die Jahre gekommener Spielautomat ein trauriges Dasein fristete.

Erst einmal wollte sie etwas schlafen, um sich anschließend für ihren Auftritt vorzubereiten. Mit kindlichem Staunen blickte sie auf ihre heftig zitternden Hände, die einer anderen Person zu gehören schienen. Obwohl sie nach dem zehnstündigen Flug problemlos durch die Passkontrolle gekommen war – sie war um 14:20 Uhr Ortszeit auf dem McCarran International Airport gelandet –, erwartete diese andere Person offenbar, dass jeden Moment die Zimmertür eingetreten wurde und das Schnappen der Handschellen um ihre Handgelenke dem Trip ein vorzeitiges Ende bereitete.

Doch, oh Wunder, bisher lief alles glatt.

Je länger Amy darüber nachdachte, desto wütender

wurde sie auf Charles, der sie in eine solche Situation gebracht hatte. Denk positiv, redete sie sich Mut zu. Der Gedanke an eine eigene Wohnung in Menton, vielleicht mit einem lichtdurchfluteten Atelier und einem kleinen Balkon mit Meerblick, ließ ihr Herz höher schlagen. Sie hatte in ihrem Leben einen schlimmen Fehler begangen, nämlich sich in den falschen Mann zu verlieben, und teuer dafür bezahlt. Alles hatte sie verloren: ihre Freiheit, ihre Familie und, was noch schwerer wog, ihre Integrität. Es wurde Zeit, dass ihr das Glück wieder zulächelte – sofern sie sich von Männern fernhielt.

Las Vegas war ihr nicht fremd. Sie war bereits mehrmals hier gewesen. Eine verführerische, brandgefährliche Stadt. Ihr Vorhaben sah vor, direkt am Ort des Geschehens zu ermitteln. Zur hiesigen Polizei konnte sie aus vielerlei Gründen nicht gehen. Einer davon war die Tatsache, dass das FBI sofort eingeschaltet werden würde, und die ganze Welt von der Sache erführe. Also hatte sie beschlossen, mit der verantwortlichen Person im Kasino zu reden. Einfach würde es nicht werden. Es war ja nicht so, dass man in einen exklusiven Laden wie dem *Tahiti Grand* hineinspazieren und nach dem Boss verlangen konnte, schon gar nicht, wenn man ein No-Name war wie sie. Deshalb hatte sie einen Plan ausgeheckt. Er war riskant, aber sie sah keine andere Möglichkeit.

Nach drei Stunden Schlaf, die ihr wie fünf Minuten vorkamen, duschte sie und zog sich wie immer sorgfältig an. Ein marineblauer Bleistiftrock, dazu ein passendes tailliertes Jäckchen und eine lachsfarbene Bluse. Dann rief sie ein Taxi.

Die Fahrt führte durch ein trostloses Wohnviertel, wo sich Veranda an Veranda aneinanderreihte und die einzige Attraktion die rosa angeleuchteten Hochzeitskapellen waren, die an jeder zweiten Ecke standen. Allmählich veränderte sich das Bild. Die anbrechende Dämmerung setzte die Reize der Stadt von Minute zu Minute mehr in Szene. Obwohl sich Amy dagegen zu wappnen versuchte, konnte sie nicht verhindern, dass sich ihr Herzschlag beschleunigte, als das Taxi auf den Strip einbog. Der Anblick war überwältigend. Die Prachtstraße leuchtete in allen Farben des Regenbogens, eine Mischung aus grellem Neon, riesigen Video-Leinwänden, Ampeln und Autoscheinwerfern, so weit das Auge reichte. Stoßstange an Stoßstange schoben sich die Taxis, Mietwagen und Stretchlimousinen durch eine bunte Fantasiewelt, die sie als verzerrte Abbilder auf ihren glänzenden Lacken mit sich herzogen. Als Amys Taxi im Schneckentempo am *Bellagio* vorbeifuhr und fünfzig Meter hohe Wasserfontänen in den Abendhimmel schossen, begleitet von Bocellis „Time To Say Goodbye", traten ihr Tränen in die Augen, die sie mit einer unwirschen Bewegung wegwischte.

Das ist der Schlafmangel, dachte sie ungehalten.

Gut zehn Minuten später hatte sie ihr Ziel erreicht. Das *Tahiti Grand* am südlichen Strip, unweit der *Luxor*-Pyramide.

Wie der Name vermuten ließ, drehte sich im *Tahiti Grand* alles um das Thema Südsee. Der blau angeleuchtete Hotelkomplex mit seinen nach außen gekrümmten oberen Stockwerken war einer Welle nachempfunden. Amy atmete tief durch, als sie die Lobby betrat. Dort empfingen sie eine grimmig blickende Steinfigur, die an die berühmten Statuen der Osterinsel erinnerte, sowie eine Hula-Tänzerin, die ihr mit einem fröhlichen „Iorana" einen Blumenkranz um den Hals legte. Der berauschende Duft der weißen Tiaré-Blüten zauberte Amy ein Lächeln auf den Lippen. Neugierig blickte sie sich um. Noch mehr Palmen, Sand und bemalte Steinskulpturen bestimmten das Bild. Inmitten eines künstlichen, türkisfarbenen Sees erhob sich ein Minivulkan, der der Insel Bora Bora verblüffend ähnlich sah.

Amys Nervenenden waren aufs Äußerste gereizt, als sie die Shopping-Area durchquerte und sich in den öffentlich zugänglichen Spielbereich begab. Ohne sie eines Blickes zu würdigen, passierte sie die zahllosen Spielautomaten, an denen Pauschaltouristen mit Bauchtäschchen und sonnenverbrannten Gesichtern das Glück herausforderten. Dann erreichte Amy die Spieltische. Blackjack, Blackjack Switch, Blackjack Surrender, Royal Poker, Texas hold'em ... Dahinter Roulette und Würfelspiele. Knapp bekleidete Serviererinnen mit Baströckchen und Kokosnuss-Bikinis liefen emsig hin und her, um die Spieler mit Drinks bei Laune zu halten. Passend dazu trugen ihre männlichen Pendants Lendenschurze, die durchweg gut gebauten Körper verzierten aufwendige Tätowierungen.

Amy stellte sich vor ein Kassenhäuschen, dessen Dach mit getrockneten Palmenblättern gedeckt war. Der Kassierer, der in einem beigefarbenen Safarianzug mit Tropenhelm steckte, nahm ihre 300 Dollar und wechselte sie um. Mit der Fingerfertigkeit der geborenen Spielerin nahm Amy die Jetons entgegen und wog sie in der Hand. Ihre Finger strichen zärtlich über die glatte Oberfläche, während das Endorphin wie Honig durch ihre Adern floss und ihr Hirn überschüttete. Gab es etwas Überwältigenderes als die kribbelnde Vorfreude, kurz bevor die Show losging? Mit einem Mal wurde sie ganz ruhig. Das hier war ihr Terrain. Prüfend ließ sie ihren Blick über die Blackjacktische schweifen, bis sie einen Dealer mit kurz geschorenen dunklen Haaren entdeckte, der ihr zusagte. *Rob* stand auf seinem Namensschild. Mit einem leichten Nicken setzte sie sich an den Tisch, an dem ein weiterer Spieler saß, ein kanadischer Tourist mit Schnauzer und großer Klappe, wie sich bald herausstellte. Vermutlich prangte nun ihr Gesicht auf einem der Überwachungsscreens im Kontrollraum des Kasinos. Ob auch ihre Körpertemperatur und Pupillengröße gemessen wurden?

Nach einer Stunde türmten sich vor Amy Jetons im Wert von achtzehntausend Dollar. Ein zufriedenstellendes Ergebnis. Der Kanadier, der frustriert seinen Platz geräumt hatte, beobachtete fasziniert aus der Entfernung, wie Amy ein Spiel nach dem anderen für sich entschied. In diesem Moment blickte sie auf den grünen Filz, wo eine Fünf und eine Zehn lagen. Kurz überlegte sie, dann spielte sie auf Risiko und klopfte zweimal auf den Tisch. Sie bekam von Rob eine Sechs. Einundzwanzig. Nur am Rande vernahm sie das verblüffte Keuchen des Kanadiers.

„Machen Sie weiter, Ma 'm?", fragte der Dealer wenig begeistert.

Er war jung und noch unerfahren, Amy hatte Mitleid mit ihm. Nichtsdestotrotz warf sie drei Tausenddollarchips auf das entsprechende Feld. Rob teilte ihr eine Zehn und eine Dame aus, anschließend drehte er seine verdeckten Karten auf: eine Fünf und eine Acht. Er zog eine weitere Karte und überkaufte sich mit einem Buben. Mit verkniffenem Gesicht griff er in den Chiphalter und bezahlte Amy ihren Gewinn aus. Als sie nach den Jetons greifen wollte, spürte sie einen sanften Luftzug im Nacken.

„Ma 'm, würden Sie bitte mitkommen?", ertönte eine tiefe Stimme hinter ihr. „Und machen Sie keine Szene."

Müde fuhr sich Amy über die geröteten Augen, als wäre sie aus einem Traum erwacht. Wortlos griff sie nach ihrer Handtasche und stand auf. Die Jetons ließ sie liegen, wohl wissend, dass sie ihren Gewinn nicht mitnehmen konnte. Die beiden Gorillas in dunklen Anzügen, einer war Latino, der andere ein bulliger Schwarzer, eskortierten sie aus dem Kasinobereich, was lächerlich anmutete angesichts der Tatsache, dass sie gerade mal 62 Kilo wog. In ihrem Rücken konnte sie Robs erleichterten Blick spüren sowie die Fassungslosigkeit des kanadischen Touristen, der ihr hinterherglotzte. Kurz überkam sie Panik, und sie war versucht, wegzulaufen. Was, wenn ihr Plan nicht aufging? Für Bedenken war es allerdings viel zu spät, also ging Amy widerstandslos mit. Die Sicherheitsleute schoben sie durch eine Tür mit der Aufschrift *kein Zutritt* und lotsten sie über eine Treppe ins Kellergeschoss.

Keine Fenster.

Insgeheim hatte Amy gehofft, dass sich das berüchtigte Hinterzimmer im Verwaltungsbereich befand oder auf einer der oberen Etagen, was natürlich ein frommer Wunsch war. Verhörräume waren selten kuschelig und boten erst recht keinen schönen Ausblick. Ihre Schritte klangen auf dem blanken Betonboden dumpf, ein hoffnungsloser Laut, und auch die tief verlaufenden Rohrleitungen über ihrem Kopf trugen nicht gerade zu ihrem Wohlbefinden bei. Du hast es so gewollt, sagte sie zu sich selbst, konnte jedoch nicht verhindern, dass ihr Herz wie ein Vorschlaghammer trommelte. Wieder kämpfte sie gegen den Instinkt an, Fersengeld zu geben. Sie richtete ihren Blick nach innen, blendete die Wirklichkeit aus, bis vor ihren Augen ein endloser Himmel über einem blauen Ozean erschien. Mit Wolken so zart wie Federn. Es funktionierte. Wie meistens. Langsam ging ihr Puls auf Normalmaß zurück.

Nach einer Weile, die ihr wie eine Ewigkeit vorkam, wurde sie aufgefordert, durch eine Metalltür zu treten. Der Raum dahinter war spartanisch eingerichtet, nur ein Tisch und zwei Stühle. Die Decke war erschreckend niedrig und mit Styroporplatten verschalt.

„Bitte setzen Sie sich!“, wies einer der Männer sie an.

Wortlos kam Amy der Aufforderung nach und bemerkte aus dem linken Augenwinkel heraus einen rechteckigen Spiegel, der beinahe die gesamte Wand einnahm. Ein Einwegspiegel. Es war anzunehmen, dass sich dahinter ein Raum befand. Noch wahrscheinlicher war es, dass sich dort jemand aufhielt und sie beobachtete.

Eine tödliche Ruhe bemächtigte sich ihrer.

Mit unbeweglicher Miene nahm die Frau Platz, während die beiden Sicherheitsleute den Verhörraum verließen. Mike schätzte die Unbekannte auf Ende zwanzig, Anfang dreißig. Ein blässlicher Typ in einem langweiligen Kostüm mit klobigen Schuhen und biederer Frisur. Vielleicht eine Vorschullehrerin aus der Provinz, die in Vegas den

Nervenkitzel suchte. Kaum hatte Mike den Gedanken zu Ende gebracht, als Danny die Szene betrat und sich auf die andere Seite setzte. Sein Stellvertreter trug die roten Haare kurz. Früher einmal war er stämmig und muskulös gewesen, doch das bequeme Leben hatte ihn weicher gemacht. Er trug einen braun karierten Anzug, der etwas eng um die Hüften saß.

„Wie heißen Sie, Ma 'm?", fragte er höflich.

Die Frau gab keine Antwort. Ungeachtet ihrer prekären Situation strahlte sie eine stoische Ruhe aus, die Mike überraschte. In der Regel zappelten die Menschen nervös auf ihrem Stuhl herum, hielten die Köpfe gesenkt oder kneteten ihre Finger. Die Frau im anderen Raum tat nichts dergleichen. Entweder war sie unglaublich naiv oder besaß Nerven wie Drahtseile. Mike vermutete Ersteres.

Uninteressant, entschied er und machte Anstalten, aus dem Zimmer zu gehen. Danny würde mit der grauen Feldmaus allein fertig werden.

„Wissen Sie, warum Sie hier sind?", hakte dieser nach.

„Sagen Sie es mir", antwortete die Frau.

Mike keuchte, als ein Gefühl wie ein elektrischer Schlag durch seinen Schwanz fuhr. Verblüfft blieb er stehen, wandte sich wieder der Glasscheibe zu. Diese Stimme! Sie war rau und etwas heiser, als würde die Unbekannte unter Kurzatmigkeit leiden. Der distinguierte, leicht herablassend klingende britische Akzent war das Sahnehäubchen obendrauf. Mike hatte unvermittelt das Bild von durchwühlten Seidenlaken und schwitzenden Leibern vor Augen. Der pure Sex.

„Also ... Ähm ..." Danny räusperte sich. Ihre Stimme hatte ihn ebenfalls eiskalt erwischt. „Sie haben beim Blackjack betrogen."

„Habe ich das?", kam es ungerührt zurück.

Mike starrte auf das Profil der Frau. Sie hatte ein schmales Gesicht mit einer langen Nase. Nichts in ihren Zügen deutete auf Anspannung hin. Gelassen blickte sie Danny an, ihre ineinander verschränkten Hände lagen locker auf dem Tisch.

„Ja, mithilfe dieses Rings“, antwortete sein Stellvertreter und deutete auf ihre rechte Hand.

„Damit?“ Die Frau betrachtete den Siegelring an ihrem Finger, als sähe sie ihn zum ersten Mal.

„Ich würde mein Gehalt darauf verwetten, dass sich darin ein Spiegel befindet. Den brauchten Sie nur nach oben zu richten, während der Dealer die Karten austeilte. Auf diese Weise waren Sie in der Lage, die Bildseiten zu erkennen.“

Die Frau besaß die Dreistigkeit, mit den Achseln zu zucken. „Der Ring gehört mir nicht. Ich habe ihn in der Frauentoilette gefunden. Wahrscheinlich hat ihn jemand dort vergessen. Ich fand ihn hübsch“, fügte sie in einem herausfordernden Tonfall hinzu.

„Halten Sie mich für einen Idioten, Ma ‘m?“ Danny beugte sich nach vorn. „Sie stecken mächtig in der Tinte.“

Statt sich in ihrem Stuhl zurückzulehnen, stützte sie sich auf ihre Ellenbogen und streckte Danny ihr Gesicht entgegen, bis sich ihre Nasenspitzen fast berührten. Mike, der inzwischen zu der Überzeugung gelangt war, dass die Frau alles andere als naiv oder dumm war, konnte ein Gefühl der Bewunderung nicht unterdrücken. Sie hatte Eier, das musste man ihr lassen. Die Frage war nur, welches Ziel sie verfolgte.

„Ich habe Ihnen nichts mehr zu sagen“, schleuderte sie Danny in dieser Sekunde entgegen. „Ich will mit jemandem reden, der hier etwas zu melden hat.“

„Wie bitte?“ Dannys Gesicht unter den roten Haaren lief dunkel an.

„Ich will mit der Person sprechen, die hinter dem Spiegel steht und uns beobachtet“, erklärte die Unbekannte mit Nachdruck und drehte ihren Kopf in Mikes Richtung.

Er blinzelte, als ihr Blick ihn traf. Sie hatte dunkelblaue Augen, die in ihrem Gesicht riesengroß wirkten; undurchsichtige Ozeane, die einen Mann in eine gefährliche Tiefe ziehen konnten. Beinahe hätte er gelacht! Wie kam er nur auf solche blödsinnigen Gedanken? Ihr Gesicht erschien aufreizend kämpferisch, was durch das Grübchen in ihrem Kinn und die auffallend schmale Oberlippe noch verstärkt wurde. Unwillkürlich fragte sich Mike, wie es wohl wäre, seine Zähne in ihre pralle Unterlippe zu schlagen. Lass die Scheiße!, wies er sich innerlich zurecht. Außerdem ist sie überhaupt nicht dein Typ! Zu dünn, zu blass, zu ... was auch immer!

Er atmete befreit auf, als sie ihren Blick abwandte.

„Entweder Sie reden jetzt mit mir, oder ich übergebe Sie den Cops“, sagte Danny gereizt.

„Mit welcher Begründung?“, konterte die Frau. „Sie haben nichts in der Hand.“

Bevor Danny etwas entgegnen konnte, schlug Mike zweimal gegen die Scheibe. Mit erzürnter Miene blickte sein Stellvertreter auf, dann erhob er sich.

„Sie warten hier!“, blaffte er die Frau an.

„Aber gern“, antwortete sie leicht spöttisch.

Danny machte zwar den Eindruck, als wollte er sie erwürgen und Mike gleich mit, dennoch trat er kommentarlos den Rückzug an. Nachdem er die Tür hinter sich geschlossen hatte, nahm sich Mike noch einmal die Zeit, die Unbekannte zu mustern. Wie sie auf ihrem Stuhl saß, den Blick nach vorne gerichtet. Unerschütterlich. Ein Eisblock in Flanell. Doch wer genau hinsah, und Mike sah genau hin, kam nicht umhin zu bemerken, dass ihre Schultern etwas zu gerade waren, ihre Fingerknöchel etwas zu weiß, ihre Knie etwas zu fest aneinandergepresst. Danny mochte sie verunsichert haben, ihm konnte sie nichts vormachen. Entschlossen ging Mike zur Tür. Er freute sich darauf, den Eisblock zu knacken.

Amy schwitzte. Ihre Bluse klebte unangenehm am Rücken, und sie spürte die Nässe zwischen ihren Brüsten rinnen. Sie hatte eine wichtige Hürde genommen und die Neugier der Person geweckt, auf die es ankam. Blieb nur zu hoffen, dass sich die Strapaze am Ende bezahlt machte. Als die Tür hinter ihr aufging, setzte sie ein freundliches Gesicht auf. Zeit, sich etwas kooperativ zu zeigen, schließlich wollte sie in dem Fall weiterkommen. Geben und Nehmen hieß die Devise. Sie würde Informationen liefern, im Gegenzug würde sie welche erhalten.

Win-Win.

Abgesehen davon: Je länger sie in diesem Raum verweilte, desto größer war das Risiko, dass sie eine Panikattacke bekam. Der Spiegel bescherte zwar zusätzliche Weite, aber nicht in dem Maße, dass sie hätte frei atmen können.

Ihre guten Vorsätze fielen wie ein Kartenhaus in sich zusammen, als sie den Mann im anthrazitfarbenen Anzug erblickte, der in ihr Sichtfeld trat und den ohnehin winzigen Raum weiter schrumpfen ließ. Er war hochgewachsen und kräftig gebaut, ein Bartschatten bedeckte sein kantiges Kinn. Die braunen Haare waren leicht zersaust, als wäre er gerade erst aufgestanden. Unter dem offenen Jackett wurde seine Brust von einem weißen T-Shirt umspannt, das die straffen Muskeln unterstrich. Amy schätzte ihn auf Ende dreißig. Betont lässig nahm er auf dem leeren Stuhl Platz, für einen Mann seiner Statur bewegte er sich erstaunlich anmutig. Amys Alarmglocken schrillten, als sie den selbstsicheren Zug um seinen Mund bemerkte. In einem früheren Leben hätte sie diese Mischung aus Kraft und Arroganz vermutlich sexy gefunden, doch sie hatte ihre Lektion gelernt. Ihre Blicke trafen sich. Seine Augen waren grün mit goldenen Sprenkeln.

Raubtieraugen.

„Wo haben Sie Ihren Lendenschurz gelassen?“, brach es aus ihr heraus, bevor sie es verhindern konnte.

Toller Auftakt, Amy, wirklich!

Er verkniff sich eine Bemerkung, hob lediglich eine Augenbraue. „Mein Name ist Mike Stenton, ich bin der Sicherheitschef“, sagte er mit einer tiefen, geschmeidigen

Stimme.

Warum klangen solche Typen nie wie Kermit der Frosch?

„Darf ich erfahren, wer Sie sind?“, fragte er weiter.

Sie verschränkte die Hände ineinander. „Ich heiße Amy Blanchard.“

„Sie sind Britin?“

„Nein, Französin.“

„Französin?“ Er wirkte ehrlich erstaunt. „Sie haben überhaupt keinen Akzent.“

Schweigend blickte sie ihn an. Sie würde den Teufel tun, ihm zu erzählen, dass ihre Mutter Engländerin war und sie die ersten zwanzig Jahre ihres Lebens in London verbracht hatte.

„Nun, Miss Blanchard. Sie leugnen also, beim Blackjack betrogen zu haben ...“

„Tue ich nicht.“

„Tun Sie nicht?“ Ein interessierter Ausdruck trat in seine Augen.

„Nein.“

Er lehnte sich in seinem Stuhl zurück, steckte die Hände in die Hosentaschen und musterte ihr Gesicht lang und ausgiebig. Ihre Augen, ihre Nase, ihren Mund ... Besonders ihren Mund. Amy erstarrte zur Salzsäule. Jetzt bloß nicht vor Nervosität auf der Unterlippe herumkauen oder mit der Zungenspitze die Lippen befeuchten!

„Wissen Sie, was in Vegas mit Leuten passiert, die am Spieltisch betrügen?“, sagte er, ohne den Blick abzuwenden.

Seine Stimme hatte einen samtigen Unterton angenommen, der im krassen Gegensatz zu dem Gesagten stand. In Amys Magen breitete sich ein flaues Gefühl aus.

Sie flüchtete sich erneut in Sarkasmus. „Lassen Sie mich raten. Erst brechen Sie ihnen die Finger, dann schlagen Sie ihnen mit einem Baseballschläger den Schädel ein, um sie später in der Wüste zu verscharren, richtig?“ Sie schnaubte verächtlich. „Sie haben offenbar zu viele zweitklassige Gangsterfilme gesehen, Mister Stenton!“ *Reiß dich zusammen, Amy Sophie Margret Blanchard!* Sie zählte bis drei, bemühte sich um einen geschäftsmäßigen Tonfall. „Ich habe es darauf angelegt, erwischt zu werden, deshalb auch der Spiegelring. Der Trick ist in etwa so originell wie Ihre Drohung.“

Seine Stirn legte sich in Falten. „Sind Sie von der Spielaufsichtsbehörde? Ist das hier ein Test?“

Sie schüttelte den Kopf. „Mir ging es lediglich darum, Ihre Aufmerksamkeit zu erregen.“

„Tatsächlich?“ Er ließ seinen Blick abschätzig über ihr Kostüm wandern. „In dem Fall hätten Sie vielleicht Ihr Outfit überdenken sollen ...“

Wie bitte?

Was maßte sich dieses sexistische Arschloch an? Ihr lag eine weitere bissige Bemerkung auf der Zunge, doch sie mahnte sich zur Ruhe. Schließlich wollte sie etwas von ihm. Je schneller sie die nötigen Infos erhielt, desto eher würden sich ihre Wege trennen. Sie bedachte ihn mit einem kühlen Blick, obwohl ihr Inneres in Aufruhr war, was sicher mit der Klaustrophobie zusammenhing.

„Ich bin Privatdetektivin und ermittle in einem Mordfall in Monte Carlo“, erklärte sie.

„Das *Monte Carlo* hier in Vegas?“, fragte er ungläubig.

Sie rollte mit den Augen. Typisch Amerikaner!

„Nein, das Monte Carlo im Fürstentum Monaco. Das liegt in Europa“, fügte sie hämisch hinzu und genoss den Anblick seiner sich rötenden Wangen.

Offenbar hatte sie ihn in Verlegenheit gebracht.

Gut.

„Natürlich, Amy. Wie dumm von mir ...“, konterte er leise und lehnte sich nach vorn.

Jäh wich sie zurück und wurde sich ihres Fehlers bewusst, als sie das selbstgefällige Funkeln in seinen Augen bemerkte.

Nicht gut.

„Für Sie Miss Blanchard!“, zischte sie.

Seine Mundwinkel zuckten. „Aber gern, Miss Blanchard. Und was hat Ihr Fall mit dem *Tahiti Grand* zu tun?“

„Könnten wir dieses Gespräch vielleicht in einem etwas geschmackvolleren Ambiente weiterführen, Mister Stenton?“

Er zögerte, dann nickte er. „Gern, aber vorher will ich einen Blick in Ihre Tasche werfen.“

„Was glauben Sie dort zu finden? Eine Handgranate?“

„So angriffslustig, wie Sie sind, würde mich das nicht wundern“, antwortete er.

Als sie ihm ihr Handtäschchen aushändigte, warf sie ihm eisige Blicke zu, was ihn nicht im Geringsten zu beeindrucken schien. Im Gegenteil. Er nahm sich bei der Durchsuchung viel Zeit. Erst holte er ihren Pass hervor, blätterte gemächlich darin, wobei seine Augen hier und da etwas länger haften blieben. Dann fischte er ihr Brillenetui heraus, hinterher war ihr Lippenstift an der Reihe. Er nahm die Kappe ab und drehte den Stift langsam heraus. Als er die pastellene Farbe erblickte, verzog er das Gesicht, was Amy maßlos ärgerte.

„Sind Sie bald fertig?“, blaffte sie ihn an.

Seine langen, kraftvollen Finger in ihrer Handtasche hatten etwas Intimes an sich, als würde er ihr Innerstes durchwühlen. Mike Stenton irritierte sie auf eine Weise, die sie, gelinde gesagt, mit Sorge erfüllte. Zu allem Überfluss benahm sie sich wie eine unreife Zicke und riskierte damit, ihren Fall in den Sand zu setzen. Kurz spielte sie mit dem Gedanken, den nächsten Flieger nach Frankreich zu nehmen, doch sie wusste, dass Charles ein solches Verhalten niemals tolerieren würde. Der Bonus wäre dann auch futsch!

„Was ist da drauf?“

Sie blickte auf. Der Plagegeist hielt zwischen Daumen und Zeigefinger einen USB-Stick hoch.

„Normalerweise würde ich sagen, dass es Sie einen

feuchten Kehricht angeht“, antwortete sie kalt, „aber

ich hatte eh die Absicht, es Ihnen zu zeigen und ...“

„Gut“, unterbrach er sie und steckte den USB-Stick in seine Jackentasche.

Sie öffnete den Mund, um zu protestieren, als sich der Raum zu drehen begann. Kurz schloss sie die Augen, unterdrückte den plötzlichen Brechreiz.

„Alles in Ordnung?“

„Ja.“ Ihre Lider flatterten. „Können wir jetzt gehen?“

Mit einem Nicken stand er auf, und sie folgte seinem Beispiel. Ein Fehler. Die Beine knickten einfach unter ihr weg. Bevor finstere Nacht sie umgab, taumelte ein letzter Gedanke durch ihr Bewusstsein: *Hätte ich den Typen mit den roten Haaren bloß nicht weggeschickt!*

Nicht sein Typ

Geräusche drangen an ihr Ohr. Stimmen vielleicht? Sie hätte es nicht sagen können. Die Unterlage in ihrem Rücken fühlte sich fremd an. Weicher als gewöhnlich. In ihrem Bett lag sie nicht. Benommen schüttelte sie den Kopf, kämpfte gegen eine leichte Übelkeit an. Die Geräusche wurden lauter. Sie waren hell, irgendwie klirrend. Sie blinzelte, versuchte zu sprechen, doch außer einem Krächzen kam nichts über ihre Lippen. Da schob sich eine warme Hand unter ihren Kopf und hob ihn an. Etwas Kühles berührte ihre Lippen.

„Trinken Sie", befahl eine männliche Stimme.

Ohne zu zögern, kam sie der Aufforderung nach. Das frische Wasser, das durch ihre Kehle rann, tat gut, und sie schluckte begierig.

„Besser?", fragte die Stimme.

„Ja", murmelte Amy nach einem Räuspern.

Sie blinzelte. Langsam lüftete sich der Schleier vor ihren Augen. Sie blickte sich um. Die Umgebung war ihr fremd, nicht aber das Gesicht, das sich zu ihr hinunterbeugte.

„Was ist passiert?", fragte sie leise.

„Sie haben schlappgemacht", gab Mike Stenton gleichmütig zurück.

Amy spürte, wie ihr die Röte ins Gesicht stieg. *Wie peinlich!* So etwas war ihr noch nie zuvor passiert.

„Eigentlich ist es nicht meine Art, mich Männern vor die Füße zu werfen", versuchte sie, zu scherzen.

Er ging nicht darauf ein. „Was war los?"

Sie zuckte mit den Schultern, was ihr mehr Mühe kostete als erwartet. „Der Jetlag."

„Das eben war nicht bloß Jetlag. Sind Sie schwanger?“

Prompt regten sich ihre Lebensgeister. „Sind alle Amerikaner solche Rüpel?“, empörte sie sich. „Ich leide an Klaustrophobie, das ist alles. Kein Grund, eine große Sache daraus zu machen!“

„Warum haben Sie das nicht früher erwähnt? Wir wären in einen anderen Raum gegangen. Stattdessen mussten Sie die starke Frau markieren!“ Er sah sie aus schmalen Augen an. „Sind Sie immer so eigensinnig?“

Sie ersparte sich eine Antwort und ließ ihren Blick durch den Raum schweifen. Ein stylish eingerichtetes Büro. Der breite Teakholzschreibtisch samt Flatscreen und Stuhl standen vor einem Fenster mit Ausblick auf das Nachbarhotel, sie selbst lag auf einer L-förmigen schwarzen Ledercouch, die zu einer Sitzgruppe mit niedrigem Glastisch gehörte. Alles, auch der dunkle Parkettboden, wirkte edel und teuer. Den Schreibtisch zierte ein längliches Schild, auf dem *Mike D. Stenton, Sicherheitschef* in goldenen Lettern eingraviert war. Wofür das D wohl stand?

„Ihr Büro?“, fragte sie mehr rhetorisch.

Er nickte.

„Nett.“

Als er im Sessel neben ihr Platz nahm, setzte sie sich hastig auf. Sie wollte nicht, dass er auf sie hinuntersah, während sie hilflos da lag.

„Sachte“, ermahnte er.

„Mir geht’s gut“, entgegnete sie und nestelte an ihrer Kleidung, brachte ihr Haar in Ordnung. „Wie bin ich hierhergekommen?“

„Na, wie wohl? Ich habe Sie getragen.“

„Oh! Natürlich. Danke, Mister Stenton.“

„Nennen Sie mich Mike.“

Sie erlaubte sich ein flüchtiges Lächeln. „Ich heiße Amy.“

„Ich weiß.“

Der milde Spott in seinen Augen brachte ihren Herzschlag kurz aus dem Takt, und sie wich seinem Blick aus, tat so, als würde sie einen Fussel von ihrem Rock entfernen.

„Gut, dann können wir ja zur Sache kommen“, sagte sie beflissen. „Auf dem USB-Stick sind Fotos, die Sie sich anschauen sollten.“

Woraufhin er den kleinen schwarzen Gegenstand aus seiner Tasche fischte und in die Luft warf, um ihn sogleich aufzufangen.

„Ich bin gespannt.“

Er warf ihr einen letzten Blick zu, bevor er sich zu seinem Schreibtisch begab, eine Schublade öffnete und einen Laptop herausholte. Er steckte den Stick seitlich in das Gerät, anschließend schaltete er den Flatscreen ein, der mit dem tragbaren Computer verbunden war. Noch spielst du den Coolen, dachte Amy mit einem Anflug von unangebrachter, völlig unprofessioneller Schadenfreude. *Aber nicht mehr lang.* Sie musterte sein Gesicht. Der gelangweilte Ausdruck in den grünen Augen, während der Rechner hochfuhr. Die milde Neugier, als er auf den einzigen Ordner mit dem Titel „Renard“ klickte. Dann wurde es interessant. Unverständnis vermischt mit Ärger – im ersten Moment nahm er wohl an, die Fotos wären im *Tahiti Grand* illegal entstanden -, anschließend Erkenntnis, Schock und Fassungslosigkeit.

„Was ist das?“, grollte er.

Gebannt beobachtete sie, wie sich seine Augen zu Schlitzen verengten. Ein Schauer lief ihr den Rücken hinunter.

Sie musste sich räuspern. „Es sind Fotos vom Tatort aus dem Kasino von Monte Carlo. Ich habe diese Aufnahmen selbst gemacht, und zwar ...“ Kurz überlegte sie. „Gestern am frühen Nachmittag.“

War tatsächlich erst ein Tag vergangen? Ihr kam es sehr viel länger vor.

Sein rechter Zeigefinger wischte hektisch über den Bildschirm, als er sich die Bilder wieder und wieder anschaute. Irgendwann kehrte er zu dem Sessel zurück und lehnte sich leicht zu Amy herüber, die Hände ineinander verschränkt.

„Also gut“, sagte er. „Lassen Sie uns reden.“

Keine halbe Stunde später waren sie auf dem gleichen Wissensstand. Zu Amys Überraschung erwies sich Mike als angenehmer Sparringspartner, kritisch, scharfsinnig und direkt auf den Punkt kommend. Zwischendurch stand er auf, um sich erneut an seinen Rechner zu setzen. Amy konnte sehen, wie er noch einmal die Fotos durchflog. Eine tiefe Falte hatte sich zwischen seinen Augenbrauen gebildet.

„Suchen Sie etwas Spezielles?“, fragte sie.

„Trug Renard eine Armbanduhr?“

Sie runzelte die Stirn, versuchte, sich zu erinnern. „Ja, ich denke schon.“

„Haben Sie Fotos davon gemacht?“

„Nicht ausdrücklich, nein. Warum fragen Sie?“

„Da!“, rief er statt einer Antwort.

Rasch hatte er den Laptop ausgestöpselt und kam mit dem Gerät im Arm zurück. Unwillkürlich straffte sie sich, als er sich dicht neben sie setzte. Er roch gut, männlich herb mit einer fruchtigen Note. Inzwischen hatte er seine Jacke ausgezogen, und sie gab sich alle Mühe, nicht auf seinen muskulösen Brustkorb zu starren.

„Sehen Sie!“, sagte er.

Sie konnte die Aufregung in seiner Stimme hören und folgte mit den Augen seinem Finger, der auf dem Bildschirm zeigte. Zu sehen waren der rechte Arm des Opfers, der chirurgisch vorgenommene saubere Schnitt unterhalb des Handgelenks sowie der leicht verrutschte Ärmel seines Hemdes. Eine Armbanduhr lugte hervor, klassisch mit schwarzem Lederband. Amy blickte auf die Uhr, dann auf Mike und wieder auf die Uhr.

„Ich weiß nicht, worauf Sie hinauswollen“, sagte sie.

Als er sich weiter vorbeugte, um sie auf ein Detail aufmerksam zu machen, berührte sein Haar ihre Wange. Ihre Nerven flatterten, was er zum Glück nicht bemerkte, weil seine ganze Aufmerksamkeit dem Foto galt.

„Seine Uhr ist stehen geblieben. Sehen Sie?"

Amy, die ihre Lesebrille nicht trug, kniff angestrengt die Augen zusammen.

„Sie haben recht", sagte sie schließlich und rückte etwas von ihm ab. „Sie ist um 6:11 Uhr stehen geblieben, etwa zu der Zeit, als er getötet wurde. Seltsam ..."

„Noch seltsamer aber ist, dass Mahoneys Armbanduhr ebenfalls stehen geblieben ist, und zwar um exakt dieselbe Uhrzeit: 6:11 Uhr."

„Das ist interessant", murmelte Amy nachdenklich. „Und definitiv kein Zufall!"

„Wohl kaum. Der Killer will uns etwas mitteilen." Er lehnte sich zurück. „Die abgeschnittenen Hände, die nackten Füße, die Uhr ... Der Kerl steht auf Symbolik."

„Die Kerle", verbesserte sie ihn. „Oder aber der Killer hat das Beamen erfunden." Eine Erinnerung, nicht mehr als eine Ahnung, blitzte plötzlich in ihrem Kopf auf. „Diese Zahlen, sie sagen mir etwas." Sie schloss die Augen, um sich besser zu konzentrieren. „6,11 ... 6,11 ... Woher kenne ich das?" Bevor sie ihn greifen konnte, war der Gedanke hinter einer Nebelwand verschwunden. Sie stieß einen frustrierten Seufzer aus und öffnete die Augen. „Es will mir nicht einfallen."

Ein leichtes Pochen unter der Schädeldecke setzte ein, und sie knetete mit zwei Fingern ihre Schläfe.

„Kopfschmerzen?", fragte Mike.

„Ist nicht der Rede wert."

Unvermittelt stand er auf, doch ihre Erleichterung währte nur kurz, denn nun war er hinter ihr und legte seine Hände auf ihre Schultern.

„Lehnen Sie sich zurück, ich werde Ihnen den Kopf massieren."

Ihr Magen drehte sich ein Mal um die eigene Achse.

„Nur über meine Leiche!“, keifte sie ihn an.

Es war erschreckend, wie leicht sie in seiner Gegenwart aus der Haut fuhr.

„Benehmen Sie sich gegenüber Fremden immer so feindselig, Amy?“

„Nur, wenn sie mir dumm kommen!“

Er beugte sich zu ihr hinunter. Sie konnte seinen warmen Atem in ihrem Nacken spüren.

„Legen Sie den Kopf zurück“, befahl er leise, aber bestimmt. „Sofort.“

Sie schluckte hart, kam dennoch seiner Aufforderung nach. Schon machten sich seine Finger an ihrem Haarknoten zu schaffen.

„Was tun Sie denn?“ Ihre Stimme klang erschreckend schwach.

„Dieses Ding ist wie eine Geißel.“ Er klang verärgert. „Keine Ahnung, warum Sie sich so quälen. Müssen Sie wegen etwas Buße tun oder was?“

Wenn du wüsstest ...

„Ich verbiete Ihnen, den Knoten zu lösen!“

„Sie können mir gar nichts verbieten“, sagte er und zog an den Nadeln.

Ihr entfuhr ein wohliges Seufzen, als der Druck auf ihrem Kopf schlagartig nachließ und ihre Haare über ihre Schultern flossen.

„Gern geschehen“, murmelte er. „Und jetzt schließen Sie die Augen.“

Seine Finger, die in die blonde Flut eintauchten, sorgten für ein heilloses Chaos, nicht nur auf ihrem Kopf. Jedes Härchen an ihrem Körper stellte sich auf, als er ihre Locken durchwühlte und ihre Kopfhaut in kreisenden Bewegungen massierte. Wie lange war es her, dass jemand sie berührt hatte? *Ein Mann* sie berührt hatte? Sachte zeichneten seine Fingerspitzen ihre Augenbrauen nach, glitten über ihre Schläfen, wo sie leichten Druck ausübten, um anschließend die empfindliche Stelle hinter dem Ohr zu streicheln. Seine Berührungen schärften ihre Sinne.

Gierig sog sie seinen Duft ein, genoss die Welle der Erregung, die von ihren Fußzehen nach oben rollte, über ihre Waden und ihre Oberschenkel bis zu ihrem feuchten Schoß.

Feuchten Schoß?

Sie versuchte sich, aufzurichten. „Ich denke, das r...“

„Halten Sie endlich den Mund!“, kam es grob zurück.

Ihr Unterleib zog sich lustvoll zusammen. Seine herrische Stimme war es auch, die ihre Nippel aus ihrem Winterschlaf rissen. Die harten Knospen pochten gegen den dünnen Stoff ihrer Bluse, ein süßer Schmerz, den nur seine Zunge lindern konnte. Herrgott! Was war nur mit ihr los? Er massierte ihr den Kopf, und sie troff vor Geilheit. Nur mit Mühe unterdrückte sie ein Schluchzen. Sie schien es bitter nötig zu haben!

Seine Finger verirrten sich zum obersten Knopf ihrer Bluse, um ihn zu öffnen. Eine Berührung wie ein Schock, der sie zurück in die Wirklichkeit katapultierte.

„Wie können Sie es wagen!“, fauchte sie. „Sie ... Sie ...“

Wieder versuchte sie, sich aus seinem Griff zu lösen. Vergeblich. Mit stählerner Kraft drückte er ihre Schultern nach unten.

„Keine Bange, Amy. Ich will nicht in Ihr Höschen, sondern nur Ihren Nacken massieren.“ Sein arroganter Tonfall machte sie rasend. „Sie sind nicht mein Typ.“

Was maßte sich dieser Kerl an? Widersprüchliche Gefühle flackerten in ihr auf. Scham, Zorn, Hilflosigkeit. Gefühle, die sich mit einem einzigen Wort zusammenfassen ließen:

Wichser!

Wütend auf sich selbst suchte sie seinen Blick, erwiderte ihn mit unverhohlenem Abscheu.

„Sie meiner auch nicht!“, versetzte sie kalt.

Bevor sie etwas hinzufügen konnte, begann er mit beiden Daumen ihren Nacken zu massieren. Wie gut sich das anfühlte! Ihre Augenlider flatterten.

„Sie sind ganz schön verspannt“, sagte er.

Sie verkniff sich eine Antwort, entschloss sich stattdessen, den Augenblick zu genießen. Schließlich bekam man nicht jeden Tag eine Gratismassage – auch wenn ein Widerling sie durchführte. Und der Widerling verstand sein Geschäft, und wie! Als seine Fingerspitzen über ihren Hals strichen, schmolz ihr Körper wie Butter in der Sonne. Einen verrückten Moment lang spielte sie mit dem Gedanken, ihre Bluse weiter aufzuknöpfen, ihn anzuhalten, seine Finger in ihren Ausschnitt zu schieben. Typ hin oder her, Männer waren triebgesteuert, er würde der Aufforderung nicht widerstehen können. Während er sich gierig nach vorne lehnte, würde sie ihren Hinterkopf an seinem Schoß reiben, spüren, wie sein Schwanz — das Wort allein ließ sie schwindelig werden — unter dem Stoff dicker und härter wurde. Bestimmt hatte er einen schönen Schwanz, schwer und prall ...

Ein leises Stöhnen stieg aus ihrer Kehle auf.

„Alles in Ordnung?“, fragte der Widerling hörbar amüsiert.

Die sprichwörtlich kalte Dusche traf sie mit voller Wucht, und sie sprang regelrecht auf die Füße.

„Ja!“, stieß sie hervor, ihr Gesicht brannte wie Feuer. „Mir geht es jetzt besser, danke!“

Mit einer fahrigen Geste fuhr sie sich durch die Locken. Sie kam sich nackt und verletzlich vor. Ein hassenswertes Gefühl.

„Die Haarnadeln, bitte“, forderte sie.

Er lächelte, doch das Lächeln erreichte seine Augen nicht.

Zeig keine Schwäche, darauf wartet er nur.

„Heute noch“, betonte sie mit der kältesten Stimme, zu der sie in diesem Moment fähig war.

Sie wusste, wenn es jetzt zum Äußersten käme, würde sie den Kürzeren ziehen. Ihre Rüstung hatte Risse bekommen in Form heißer Wangen, verknitterter Kleidung und offener Haare.

„Nein.“

Nein?

Sie blinzelte, dann zuckte sie demonstrativ gelassen mit den Schultern, wobei sie den Impuls unterdrückte, ihre Bluse wieder zuzuknöpfen. Möglichst bis zum Hals.

„Wie geht es jetzt weiter?“, fragte sie um Normalität bemüht und froh darüber, dass die Couch zwischen ihnen stand.

Als er in einer vielsagenden Mimik eine Augenbraue hochzog, ballte sie die Fäuste. Ihre Fingernägel bohrten sich schmerzhaft in ihre Handfläche. Die Situation drohte ihr zu entgleiten.

„Die Morde betreffend“, fügte sie giftig hinzu.

„Ach das“, antwortete er mit gedehnter Stimme. „Nun, ich denke, wir müssen alles der Polizei erzählen.“

Amy schnürte sich der Brustkorb zusammen. „Haben Sie mir vorhin nicht zugehört?“, ereiferte sie sich. „Die Sache muss unter uns bleiben.“

„Der zuständige Ermittler tappt im Dunkel.“ Gelassen wanderte Mike zum Fenster und sah hinaus. „Das hier ändert einfach alles.“

„Aber ...“

„Außerdem ist er ein Freund.“ Er wandte sich ihr wieder zu. „Ich schulde ihm das.“

Verzweiflung machte sich in ihr breit und Wut. Auf ihn, aber auch auf sich selbst, weil sie sich so leicht aus der Fassung bringen ließ.

„Offensichtlich bereitet es Ihnen Spaß, mich zu quälen, Mister Stenton!“

Ein unergründlicher Ausdruck trat in seine Augen. „Waren wir nicht schon einen Schritt weiter, Amy?“

Er leugnet es nicht einmal.

„Mike!“, flehte sie, ihre Strategie ändernd. „Gerade Sie müssten das doch verstehen! Ich bin sicher, Sie hätten die Sache vor der Öffentlichkeit verschlossen gehalten, wenn sich die Möglichkeit geboten hätte.“

Er schien ernsthaft über ihre Worte nachzudenken. „Ich rede mit Miss Deveraux“, sagte er schließlich. „Sie ist die

Besitzerin des *Tahiti Grand.* Mal sehen, was sie dazu meint."

„Sie müssen sie davon überzeugen, dass es ein Fehler wäre ... Bitte", fügte Amy hinzu, wobei ihr das Wörtchen fast im Hals stecken geblieben wäre.

„Ich tue, was ich kann", antwortete er, während er die Couch umrundete und nur wenige Zentimeter vor ihr stehen blieb. „Aber das hat seinen Preis."

„Wie bitte?"

„Spielen Sie Poker?"

Verblüfft starrte sie ihn an. Das hatte sie nicht erwartet.

„Ein wenig."

„Gut. Wenn es mir gelingt, Miss Deveraux zu überreden, nehmen Sie an einer privaten Pokerrunde teil, die ich organisieren werde." Er machte eine wirkungsvolle Pause. „Der Erfolgreichere von uns beiden darf vom anderen etwas fordern. Egal, was es ist, der Verlierer muss dessen Willen erfüllen."

Skeptisch blickte sie ihn an. „Wie genau sähe diese Forderung aus?"

„Das weiß ich noch nicht." Sein Blick wurde verschlagen. „Aber mir wird sicher etwas einfallen."

Der Widerling ging tatsächlich davon aus, dass er gewinnen würde. Das Adrenalin schoss durch Amys Adern, erfüllte sie mit neuem Selbstbewusstsein. Sie konnte förmlich spüren, wie sich die Risse nach und nach zu schließen begannen. Er würde sein blaues Wunder erleben! Sie versuchte, sich ihren Triumph nicht anmerken zu lassen.

„In Ordnung", antwortete sie seelenruhig.

Ein kleines Lächeln huschte über sein Gesicht, verlieh seinen Zügen etwas Anzügliches und verstärkte das pulsierende Sehnen in ihrem Bauch. Vielleicht sollte sie ihn gewinnen lassen ... Der Gedanke ließ sie innerlich taumeln.

„Gut." Er streckte die rechte Hand aus, um ihre Abmachung zu besiegeln, also blieb ihr nichts anderes übrig, als einzuschlagen.

Seine Finger fühlten sich warm und trocken an, sein Daumen streichelte wie zufällig ihr Handgelenk. Das Atmen fiel ihr schwer. Sie hätte sich losreißen müssen, aber zu ihrem Entsetzen war sie unfähig, auch nur einen einzigen Muskel zu rühren, geschweige denn den Blick zu heben. Sie war nicht sein Typ, das hatte er klar und deutlich gesagt. Und doch spielte er mit ihr. Warum? Wie hypnotisiert starrte sie auf ihre ineinander verschränkten Hände. Ihre kleinen hellen Finger verschwanden förmlich in seiner dunkleren Hand. Eine besitzergreifende, aber auch beschützende Geste. Ihr Herz zog sich sehnsüchtig zusammen.

Nein, Amy, nein! Denk an Olivier ...

Im Moment, als sie dachte, ihre Hand würde in Flammen aufgehen, klopfte es an der Tür. Der Bann war gebrochen, und sie war frei. Erleichtert entließ sie die angehaltene Luft.

„Herein!", rief Mike ungehalten, nachdem er sich abgewandt hatte.

Der rothaarige Kerl, der Amy zu Beginn verhört hatte, trat ein. Bevor er etwas sagen konnte, packte Mike ihn am Arm und zerrte ihn hinaus.

„Sie warten hier!", rief er Amy über die Schulter zu. „Ich bin gleich wieder zurück."

„Lassen Sie sich Zeit", erwiderte sie mit heiserer Stimme.

Viel Zeit.

Die Frau im Spiegel

„Scheich Bin Fahd Al-Said landet um 2:30 Uhr mit seinem Privatjet am McCarran Airport. Normalerweise steigt er im *Encore* ab, aber er hat sich spontan für uns entschieden. Zum Glück ist die Moorea-Suite noch frei, allerdings müssen wir noch Sicherheitsvorkehrungen treffen. Der Scheich ist wegen seiner Nahost-Politik umstritten und ..."

Mike hörte seinem Stellvertreter nur mit halbem Ohr zu, während sie den Gang entlangliefen, um zu Dannys Büro zu gelangen. In Gedanken war er ganz woanders.

Ich will nicht in Ihr Höschen.

Die Untertreibung des Jahres! Und ob er das wollte! In den letzten Minuten war der Mord an Mahoney komplett in den Hintergrund gerückt, hatte sich faktisch in Luft aufgelöst. Der einzige Gedanke, der ihn beherrschte, war, Amy Blanchard flachzulegen. Höchst ärgerlich! Normalerweise hatte er seine Triebe im Griff. Auf den ersten Blick mochte die kleine Blondine kühl wirken, doch er war überzeugt, dass unter der Oberfläche ein verborgenes Feuer loderte. Die Blitze aus ihren Augen, als sie ihn wütend angefunkelt hatte, waren direkt in seinen Schwanz gefahren. Und ihre zerzausten Locken! Wie wundervoll musste es sich anfühlen, sich daran festzukrallen, wenn er sie fickte! Aber was ihn steinhart gemacht hatte, war ihr Gesicht gewesen, als er sie massiert hatte. Die viel zu streng blickenden Augen waren geschlossen gewesen, was sie sanft und verwundbar hatte erscheinen lassen. Ihre Züge hatten sich allmählich entspannt, ihr süßer Mund war leicht geöffnet gewesen, und er hatte die rosa Zungenspitze sehen können. Wie gern hätte er damit gespielt! Mit seinen Fingern, seiner

Zunge, seinem Schwanz. Und dann ihre Nippel, die sich hart gegen den dünnen Stoff ihrer Bluse gedrückt hatten! Der Anblick war die reinste Folter gewesen. Dass seine Massage sie offensichtlich erregt hatte, war da nur ein schwacher Trost. Der Ansatz ihrer verführerischen Wölbungen hatte ihm verraten, dass sie nicht so üppig gebaut war wie Laura. Trotzdem würden ihre kleinen festen Brüste seine Handflächen perfekt ausfüllen, als wären sie dafür geschaffen. Dessen war er sich sicher.

„Ich will, dass du dich um Miss Blanchard kümmerst!“, erklärte er unvermittelt.

„Was?“, stieß Danny, der mitten in seinem Rapport unterbrochen worden war, irritiert hervor. „Hast du mir überhaupt zugehört?“

„Jaja ... Du machst das schon mit dem Scheich! Und schick eine Limousine oder noch besser den Hubschrauber.“

„Äh, ja gut. Wer ist Miss Blanchard?“

„Sie sitzt in meinem Büro.“

„Die Blondine mit der rauchigen Stimme“, entgegnete Danny knurrig. „Ich erinnere mich.“

Begeisterung sah anders aus, doch Mike interessierte das nicht. Als erwachsener Mann musste Danny mit seinem angekratzten Ego klarkommen.

„Und was soll ich mit ihr machen?“

„Ich will, dass du ein Auge auf sie wirfst.“

„Ist sie eine potenzielle Gefahr?“

Oh, ja!

„Nein, aber ich habe noch einige Fragen an sie. Sorg also dafür, dass sie im Büro ist, wenn ich zurückkomme.“

„Okay, aber vorher muss ich einen wichtigen Anruf tätigen. Und wo gehst du hin?“, wollte Danny wissen, als Mike ihn vor dessen Büro stehen ließ und sich abwandte.

„Ich muss noch etwas erledigen.“

Mit diesen Worten ging Mike hastig weiter. Obwohl er es sich nicht gern eingestand, war er im Moment, unfähig klar zu denken. Er war schlicht und einfach zu erregt.

Deshalb musste er zusehen, dass er einen möglichst großen Abstand zwischen sich und Amy Blanchard brachte.

Als er an den Damentoiletten vorbeiging, erhaschte er durch die halb offene Tür ein knappes Röckchen, unter denen ansehnliche Beine hervorlugten, dazu eine üppige Oberweite in einem viel zu engen Kokosnuss-Bikini. Es war Laura, die sich über das Waschbecken beugte, um sich den Lippenstift nachzuziehen. Kurz zögerte er. Sollte er sie ansprechen? Laura nahm ihm die Entscheidung ab, als sie sich in diesem Moment umdrehte.

„Mike!", rief sie erfreut.

„Was hast du hier oben zu suchen?", fuhr er sie grob an, bei dem Versuch, seinen Jahrhundertständer zu ignorieren.

„Ich habe gerade Pause, und ich dachte mir ..."

Sie blickte ihn vielsagend an.

„Du weißt, dass ich das während der Arbeitszeit nicht dulde."

Sie schmollte. Das hatte sie wirklich drauf, das musste Mike ihr lassen. Ihr Blick wanderte über seinen Körper, blieb schließlich an der eindrucksvollen Delle in seiner Hose hängen. Ihr Gesicht verzog sich zu einem breiten Lächeln.

„Bist du sicher?", raunte sie.

In Mikes Kopf drehte sich das Gedankenkarussell. Ein Quickie käme ihm jetzt wie gerufen, allerdings gab es da ein Problem.

„Ich habe nichts bei mir", sagte er.

„Tataaaa!" Mit einem triumphierenden Leuchten in den Augen fischte Laura ein Kondom aus ihrem Täschchen. „Wie meine Grandma schon sagte: Sei allzeit bereit!"

Mike sah sich rasch um, dann betrat er die Toilette und schloss die Tür hinter sich zu. Er stand kurz davor, etwas sehr Dummes zu tun. Es war nicht nur unmoralisch, sondern verstieß auch gegen sein eisernes Prinzip, *es* niemals am Arbeitsplatz zu tun. Doch sein Schwanz hatte die Führung übernommen, worauf er wirklich nicht stolz war; ein Umstand, der schleunigst behoben werden musste. Denn auch, wenn er gegenüber Danny Gleichgültigkeit demonstriert hatte, war die Ankunft des Scheichs, ein High Roller, der in einer Nacht schon mal zehn Millionen verspielte, eine große Sache. Sie durften sich keinen Fehler leisten. Außerdem war da noch die Sache mit den beiden Toten. Innerlich fluchend riss er Laura das Kondom aus der Hand, gleichzeitig öffnete er den Reißverschluss seiner Hose.

„Hier?“, kicherte sie.

„Ja.“

„Und wenn jemand reinkommt?“

„Es ist fast Mitternacht. Wer soll hier außerhalb der Bürozeiten sein? Und jetzt beug dich nach vorn übers Waschbecken!“

„Schon wieder von hinten?“, maulte Laura.

„Nächstes Mal machen wir’s wieder in der Missionarsstellung!“

Sie klimperte mit den Augen. „Wer sagt denn, dass es meine bevorzugte Stellung ist?“

„Wie auch immer“, murmelte Mike.

Ungeduldig zerrte er Lauras Slip von ihrem Hintern, sah ihr kurz ins Gesicht. Sie nickte, also stopfte er ihr den Stofffetzen in den Mund. Auch wenn die Etage fast menschenleer war, wollte er nicht riskieren, dass man sie hörte. Dann zog er das Kondom über, brachte sich in Position und versenkte seinen Schwanz in ihren feuchten Schoß. Laura japste unter der Wucht seiner Bewegung, doch all das blendete er aus. Er schloss die Augen und dachte an die blond gelockte Versuchung, die in seinem Büro saß. Welche Geräusche sie wohl beim Sex machte? Ob ihre Haut nach Honig schmeckte? Und ihre Muschi? Wie schmeckte wohl ihre Muschi? Bestimmt erinnerte ihr Anblick an Rosenblätter nach einem Sommerregen: feucht und rosa. Mit einem leisen Knurren hob er Lauras Becken weiter an, hämmerte seinen Schwanz immer und immer wieder in sie. Mit Sicherheit war Miss Blanchard da unten eng, vielleicht sogar ein wenig unnachgiebig ... Er stöhnte leise, spürte, dass er kurz vor der Explosion stand.

In diesem Moment kribbelte es in seinem Nacken, und er öffnete die Augen. Im Spiegel blickte ihm Amy Blanchards Gesicht entgegen. Er erstarrte. Hatte er schon Halluzinationen? Im Knebel murmelte Laura etwas Unverständliches, doch er hörte nicht zu, sah nur in das Gesicht mit den großen, blauen Augen. Keine Halluzination. Sie stand in der Tür. Wie lange schon? Obwohl sich ihre Blicke begegneten, dachte sie nicht daran, sich abzuwenden. Im Gegenteil. Das kleine Luder lehnte sich gegen den Türrahmen, kreuzte einen Fuß vor den anderen und setzte eine kritische Miene auf. Wieder murmelte Laura etwas. Als sie über die Schulter blicken wollte, hinderte Mike sie daran, indem er ihren Kopf hinunterdrückte und seine Stoßbewegungen wieder aufnahm. Allerdings brachte ihn Amy Blanchards prüfender Blick völlig aus dem Takt. Ihm brach der kalte Schweiß aus, und seine Hände zitterten. Jetzt besaß das Miststück auch noch die Frechheit, eine Augenbraue zu heben, als wäre seine Leistung nicht mehr als ein „ausreichend“.

Sein Mund verzog sich zu einem wütenden Strich, und am Ende blieb ihm nichts anderes übrig, als die Augen zu schließen. Diesmal unterdrückte er die Bilder nicht, die sich ihm aufdrängten. Bilder einer nackten, gefesselten Amy mit weit gespreizten Armen und Beinen, die er in jeder erdenklichen Weise fickte. Er stieß zu, immer schneller, immer härter. Laura, die unter ihm zuckte, hatte er völlig vergessen. Dann kam er mit einem Schrei, während sein Herz in einen so wilden Galopp verfiel, dass es schmerzte. Keuchend schnappte er nach Luft, sein Gesicht war schweißgebadet. Er konnte sich nicht erinnern, wann er das letzte Mal einen solchen intensiven Orgasmus gehabt hatte. Schweres Atmen erfüllte den Raum, und mit einem Schlag fiel ihm wieder ein, wo er sich befand. Er riss die Augen auf und starrte in den

Spiegel. Amy Blanchard war verschwunden.

Die Voyeurin nahm Reißaus. Ihre Knie schlotterten, und sie hechelte, als wäre sie Marathon gelaufen. Eigentlich hatte sie nur nach dem Klo gesucht, und dann *das*. Zum Glück war sie geübt darin, ein Pokerface aufzusetzen, deshalb hatte sie die Situation meistern können. Und was für eine Situation! Keine zehn Minuten, nachdem er sie berührt hatte, wenn auch nur am Kopf, aber egal, trieb er es mit einer anderen Frau auf der Toilette. War er vielleicht sexsüchtig wie Michael Fassbender in „Shame"? Offenbar entsprach die üppige Brünette mehr seinem Typ. Amy spürte unwillkürlich einen Stich. War sie etwa eifersüchtig? Ungehalten schüttelte sie den Kopf. Sie war hier, um einen Auftrag zu erfüllen, das Motiv für einen schrecklichen Mord aufzudecken, nicht um erotischen Sehnsüchten nachzujagen! Am besten sie vergaß die ganze Sache wieder.

Als ob das so einfach wäre!

Wer hatte eigentlich die alberne Behauptung aufgestellt, der Anblick eines Mannes mit heruntergelassener Hose wäre unsexy? Sie hatte einen Blick auf seinen nackten Hintern werfen können, und der war alles andere als unappetitlich gewesen. Seine Stöße waren hart und kraftvoll gewesen, das Spiel seiner Gesäßmuskeln hatte sie nach Luft schnappen lassen. Das Bild würde sie so schnell nicht aus ihrem Kopf bekommen. Und seine Augen! Die Wut darin, gepaart mit wildem Verlangen, hatte ein Feuer in ihr geschürt, das nur schwer gelöscht werden konnte. Als er die Augen geschlossen hatte, war sein Zorn der Ekstase gewichen. Sein Gesicht hatte sich lustvoll verzerrt, sein Stöhnen hatte sich in ihrem Gehirn festgebrannt, während die Frau unter ihm hemmungslos geschrien hatte. Über alle Maßen peinlich! Und doch hätte sie die Schlampe am liebsten an den Haaren weggezerrt, um ihren Platz einzunehmen! Nur mit übermenschlicher Anstrengung war es ihr gelungen, sich von dem Anblick zu lösen. Nicht einmal Olivier, ihre vermeintlich große Liebe, hatte sie dermaßen erregen können. Der Sex mit ihm war nicht einmal besonders gut gewesen ...

Amy ballte die Fäuste. Sie musste hier raus, und zwar sofort!

In Panik, anders konnte man ihren Zustand nicht bezeichnen, hetzte sie den Gang hinunter. Als sie um die Ecke bog, wäre sie beinahe mit Mikes Mitarbeiter zusammengestoßen, der mit den roten Haaren und dem schlecht sitzenden Anzug.

„Ich habe Sie überall gesucht“, warf er ihr verärgert entgegen. „Wo waren Sie?“

„Auf der Toilette. Hören Sie ... ähm ...“ Fragend blickte sie ihn an.

„Danny“, antwortete er bereitwillig. „Danny Fisher. Ich bin der stellvertretende Sicherheitschef.“

„Okay, Danny.“ Sie rang sich ein Lächeln ab. „Ich fahre jetzt zurück in mein Hotel.“

„Das kann ich leider nicht zulassen. Mister Stenton will, dass Sie noch bleiben.“

„Ehrlich gesagt ist mir schnuppe, was Mister Stenton will.“ Sie blickte ihr Gegenüber Verständnis heischend an. „Ich bin hundemüde, Danny. Erst heute bin ich aus Europa angereist. Der Jetlag steckt mir in den Knochen. Sagen Sie Ihrem Boss, dass ich im *Lucky Inn* wohne, Zimmer 16. Dort kann er mich jederzeit erreichen, falls er es für nötig erachtet.“

„Nein.“

„Ist es wegen vorhin? Es tut mir leid, dass ich Sie bloßgestellt habe, okay?“, sagte Amy. „Es war nicht persönlich gemeint, ich stand etwas unter Druck.“

„Das verstehe ich“, antwortete er mit einem ehrlichen Lächeln, das sein Gesicht aufblühen ließ.

Offenbar gehörte er zu den netten Menschen, und Amy schöpfte Hoffnung.

„Trotzdem kann ich Sie nicht gehen lassen!“, brachte er sie brutal auf den Boden der Tatsachen zurück. „Mike würde mir den Arsch aufreißen.“

„Also gut." Sie seufzte genervt. „Sagen Sie ihm, ich bin unten in der Bar."

„In welcher Bar? Es gibt ein halbes Dutzend im *Tahiti Grand*."

„Die Bar mit der blau beleuchteten Wasserwand. Ich bin vorhin daran vorbeigelaufen."

„Ah, das *Marquesas*."

„Genau das. Ihr Boss findet mich dort."

Bis dahin werde ich hoffentlich sturzbetrunken sein.

Die besagte Bar war nicht sehr groß, blitzte wie geleckt, dafür glänzten die Gäste mit Abwesenheit. Vermutlich, weil sie sich noch an den Spieltischen verlustierten oder irgendwelche Zaubershows besuchten. Amy begab sich zur Theke, an deren Ende ein einzelner Mann trübsinnig in sein Glas starrte, zog ihr Jäckchen aus, legte es über die niedrige Lehne ihres Hockers und nahm Platz. Hinter dem Tresen war der Barkeeper gerade dabei, einen Cocktail zu mixen. Er hieß Paul, wie sein Namensschild verriet. Marke Sonnyboy. Blond, braun gebrannt und durchtrainiert.

Weil Amy nicht wusste, wie viel Schonzeit ihr blieb, bis sie Mike Stenton wieder gegenüberstehen würde, orderte sie bei dem heißen Schnittchen gleich zwei Martinis, die sie rasch hintereinander trank. Nach dem zweiten Glas begann ihre Umgebung bereits zu verschwimmen, was auch der Tatsache geschuldet war, dass sie seit Stunden nichts mehr gegessen hatte und die Anspannung sie zusätzlich ausgezehrt hatte. Sehr gut. Eine verwischte Realität war genau das, was sie brauchte.

Irgendwann, ihr Kopf wog inzwischen eine gefühlte Tonne und wurde immer mehr vom Tresen angezogen, erblickte sie eine männliche Silhouette, die direkt auf sie zusteuerte. Der energische Gang, die selbstbewusste Haltung ... Ihr Herzschlag geriet kurz ins Stocken. Hastig richtete sie sich auf und griff nach ihrem dritten Martini.

„Mister Stenton! Kommen Se, ich geb Ihnen einen aus", lallte sie quer durch den Laden, bevor sie einen großen Schluck nahm.

Der Gast an der Bar sah missbilligend zu ihr herüber, doch das war ihr egal. Ihre ganze Aufmerksamkeit galt dem Mann, der nun vor ihr stand und sie musterte. Als Paul ihn fragte, was er trinken wollte, schüttelte er den Kopf.

Amy schnaubte. „Was sin Se nur für 'n Langweiler!" Mit einem lauten Knall stellte sie ihr Glas zurück auf die Theke. „Un? Gehts Ihnen jetz besser?"

„Besser?" Er setzte sich auf den Hocker neben ihr.

„Nachdem Se Druck abgelassen ham, mein ich."

In seinen Augen flackerte es. „Ja, mir geht's jetzt besser."

„Super!", polterte sie, dabei hätte sie mit dem Ellenbogen beinahe ihr Glas umgestoßen. Paul brachte es schnell in Sicherheit. „Danke, Honey", sagte sie an ihn gewandt. Dann stach sie mit ihrem Zeigefinger wiederholt in Mikes Oberarm. „Jetz weiß ich, auf was für Frauen Se stehn."

„Auf welche denn?"

Wie anmaßend er wirkte! Absolut ekelhaft!

Sie wölbte ihre Hände und fuchtelte damit vor ihren kleinen Brüsten herum. „Auf welche mit Monstermöpsen!"

Daraufhin gab er ein seltsames Glucksen von sich. Machte er sich etwa über sie lustig?

„Es war schon 'ne ziemlich heiße Nummer un so, das muss ich zugeben", plapperte sie weiter, um ihre Nervosität zu überspielen und vielleicht auch, weil sie keinen Martini vertrug. „Aber auf ner Toilette? Also echt ... Das hat so gar kein Stil!"

Er lehnte sich zu ihr herüber, und ihr Blut geriet in Wallung. Offenbar war sie noch nicht betrunken genug.

„Die Show hat Ihnen also gefallen?", fragte er mit tiefer Stimme.

„Hämm ..."

Mit einem Mal übte die Theke eine ungeheure

Faszination auf sie aus, und sie zeichnete mit dem Finger wilde Muster auf dem schwarzen Klavierlack.

„Glauben Sie mir, Amy ..." Sie spürte seinen heißen Atem an ihrem Ohr. „Ich hätte es viel lieber auf der Couch getrieben."

Sein Blick bohrte sich in ihren, und trotz ihres benebelten Zustands erkannte sie sehr wohl die versteckte Botschaft.

„Baggern Se mich etwa an?", quiekte sie.

Er grinste schief. Ihr wurde heiß und kalt.

„Aber, ich bin doch gar nich Ihr Typ!"

Er zuckte mit den Achseln. „Luftveränderung braucht jeder."

Luftveränderung? Dieser Arsch bezeichnet mich als Luftveränderung?

„Ich mag Se nich", knurrte sie. „Se sin ein Widerling. Se glauben wohl, Se können jede ham!" Sie verzog das Gesicht. „Se sin kein guter Mensch!"

„Was? Dass ich gern mit Frauen schlafe, macht mich zu einem bösen Menschen?", fragte er kühl.

„Ja ... Nein." Sie machte eine hilflose Geste. „Se sin wie mein Ex-Freund, deshalb! Er war auch so ein Manupi... Manipalator ..."

„Sie meinen Manipulator."

„Genau! Erst hat er mich manipa... Se wissen schon ... un dann ..." Die Erinnerung stürzte so plötzlich auf sie ein, dass sie hart schlucken musste. „Dann hat er mich verraten ..."

Ihre Stimme versagte, und sie presste die Lippen aufeinander.

„Alles in Ordnung, Amy?"

In Mikes Augen las sie echte Sorge, aber vermutlich benebelte der Alkohol nur ihre Sinne. Sie nickte nur. Würde sie ein weiteres Wort sagen, bräche sie in Tränen aus.

„Wollen Sie darüber reden?"

Sie schüttelte den Kopf. Das war das Problem mit dem

Alkohol. Nach dem ersten Hochgefühl folgte meistens der Absturz.

„Es tut mir leid“, sagte er nach einer kleinen Weile.

„Was?“, murmelte sie.

„Dass Ihr Ex ein Arschloch war.“

„Das war er.“

Behutsam strich er eine Strähne aus ihrem Gesicht, suchte ihren Blick.

„Ich bin nicht wie er, Amy“, sagte er ernst. „Ich würde den Menschen, den ich liebe, niemals verraten.“

Hinterher hätte sie nicht sagen können, was sie zu einer solchen Dummheit veranlasste. Aber sie nahm seinen Kopf in ihre Hände, kaum dass er das letzte Wort ausgesprochen hatte, und drückte ihm einen Kuss auf den Mund. Wie warm und weich seine Lippen waren! Bevor er reagieren konnte, hatte sie sich wieder von ihm gelöst. Mit einem seltsamen Ausdruck in den Augen schaute er sie an. Sie mied seinen Blick, leerte stattdessen ihren Martini in einem Zug.

„Wofür steht das D?“, fragte sie, um die peinliche Stille zu füllen.

Verwundert blickte er sie an. „Welches D?“

„In Mike D. Stenton.“

Eisernes Schweigen. Unerklärlicherweise schien auch er plötzlich reges Interesse für die polierte Thekenoberfläche zu entwickeln.

„Didier?“, mutmaßte Amy.

„Dee... was?“

„Didier is ein französischer Name.“ Sie rollte mit den Augen. „Das weiß doch jeder.“

Er ließ ein Brummen hören. „Noch nie gehört.“

„Danilo?“

„Nein.“

Der empörte Tonfall in seiner Stimme entlockte ihr ein Kichern. „Donovan?“

„Hören Sie auf!“

„Warten Se, warten Se. Jetz hab ichs ... Diego!“

„NEIN!“

„Di...“

„Schon gut!“, unterbrach er sie. „Es steht für Dante.“

„Dante?“Amy prustete los, worauf Mike ihr einen finsteren Blick zuwarf. „Ach komme Se, stellen Se sich nich so an. Dante passt super zu Ihnen. Von wegen Inferno un so.“ Glucksend wandte sie sich an Paul. „Darauf noch ‘n Martini!“

Mike winkte energisch ab, und der Barkeeper, der gerade nach der Flasche greifen wollte, hielt mitten in der Bewegung inne.

„Hamse ihm grad ‘n Zeichen gemacht, mir nix mehr zu geben?“, fragte Amy erbost.

„Ja. Es wird höchste Zeit, dass Sie ins Bett kommen.“ Mike rutschte von seinem Hocker runter. „Sie haben genug für heute. Ich würde Sie nach Hause fahren, aber ich habe noch zu tun. Paul wird Ihnen ein Taxi rufen. Wo wohnen Sie?“

„Im *Lucky Inn*. Noch so ‘n lustiger Name, finden Se nich?“

„In diesem Loch?“ Er legte einen 100-Dollar-Schein auf die Theke. „Ab morgen wohnen Sie hier.“

„Aber ...“

„Keine Widerrede.“

Sie zuckte mit den Achseln, ließ ihren Blick demonstrativ über Pauls muskulösen Körper schweifen. „Von mir aus. Könnte ganz spaßig werden.“

Mike ignorierte die plumpe Anspielung. „Sieh zu, dass sie ins Taxi steigt“, sagte er stattdessen zum Barkeeper. „Ich übernehme die Kosten.“ Dann an Amy gewandt. „Ich habe noch etwas für Sie. Die Bolzen für Ihren Panzer.“

Er kramte in seiner Hosentasche herum und förderte ihre Haarnadeln zutage, die er in ihre rechte Handfläche legte. So recht wusste sie nicht, was er mit Bolzen und Panzer meinte, trotzdem blickte sie ihm versonnen hinterher, als er die Bar verließ. Sogar in der Anzughose sah sein Arsch verdammt heiß aus! Ein dramatisches Seufzen, das als warme Luft an ihre Wange gelangte, ließ sie zusammenzucken. Paul, der die Ellenbogen auf der Theke abgestützt hatte und seinen Kopf zwischen den Händen hielt, folgte ihrem Blick.

„Ein Jammer, dass er nicht auf Kerle steht“, murmelte er.

Erst da bemerkte Amy den eleganten Lidstrich und die fein aufgetragene Wimperntusche um Pauls funkelnde, blaue Augen.

„Stimmt!“, rief sie im Brustton der Überzeugung und kippte vom Hocker.

Schlachtpläne

Mit blutunterlaufenen Augen starrte Amy in den Spiegel. Nach acht Stunden Schlaf sah sie immer noch aus wie der leibhaftige Tod. Ihr Gesicht war aschfahl, und trotz Zähneputzen fühlte sich ihre Zunge pelzig an. Wenigstens war ihr nicht mehr übel. Sie hatte seit Jahren keinen hochprozentigen Alkohol mehr getrunken und prompt die Quittung für ihren Leichtsinn bekommen. Auf der anderen Seite erforderten besondere Umstände auch besondere Maßnahmen! Sie hatte ausgiebig geduscht, das frische Nass hatte sie mit neuer Energie erfüllt, nun musste sie zusehen, dass sie etwas aß. Den letzten Bissen hatte sie vor über 20 Stunden zu sich genommen. Appetit verspürte sie keinen, aber ihr Körper hatte Nachschub bitter nötig. Sie wollte nicht gleich wieder aus den Latschen kippen. Zweimal an einem Tag reichten völlig aus.
Zum Glück war in der Bar alles glimpflich verlaufen, als sie mit der Eleganz eines Nilpferdes von ihrem Hocker gerutscht war. Paul, ganz Gentleman, hatte ihr aufgeholfen, sie durchs Hotel gelotst und ins Taxi gesetzt. Zum Dank hatte sie ihm einen Schmatzer auf die Wange gedrückt.

Was für ein Tag! Sie hatte ihn sich gänzlich anders vorgestellt. Am Ende hatte sie zwar ihr Ziel erreicht, aber der Weg dorthin war mehr als holprig gewesen. Ihr wurde wieder flau im Magen, wenn sie an den Unsinn dachte, den sie in der Bar von sich gegeben hatte. Und was zum Teufel hatte sie veranlasst, *ihn* zu küssen? Sie verbot sich, seinen Namen auszusprechen. Auch nicht in Gedanken. Wie bei Beetlejuice! Ein Mal zu viel genannt, und er würde auf der Bildfläche erscheinen.

Bolzen für Ihren Panzer?

Erst beim Zähneputzen hatte sie begriffen, was er damit gemeint hatte. So ein aufgeblasener Fatzke! Andererseits – sie griff seufzend nach der Bürste, um ihre Locken zu bändigen – hatte er natürlich recht. Nie wieder wollte sie sich so verwundbar fühlen wie damals mit Olivier. Wie ein Hündchen war sie ihm nachgelaufen, hatte ihn angehimmelt und alles für ihn getan. Ohne Wenn und Aber. Sie schauderte bei dem Gedanken. Was für eine dumme Gans sie gewesen war!

Du warst verliebt.

Bittere Tränen brannten hinter ihren Augenlidern, und sie presste verärgert die Lippen zusammen. Seit wann war sie so gefühlsduselig? Seit Jahren hatte sie nicht mehr geweint, und kaum war sie hier, mutierte sie zur Heulsuse.

Du weißt warum.

Ja, sie wusste warum. Weil ihr zum ersten Mal seit langer Zeit ein Mann nur durch seine bloße Gegenwart den Atem raubte. Die möglichen Konsequenzen bereiteten ihr eine Scheißangst. Deshalb würde sie, um seine Formulierung aufzugreifen, die Platten ihres Panzers weiter verstärken und die Bolzen bis zum Anschlag festdrehen. Er würde nicht noch einmal die Gelegenheit bekommen, sie aus dem Konzept zu bringen. Nicht, dass sie nie wieder mit einem Mann zusammen sein wollte, aber etwas sagte ihr, dass Mike Stenton dieser Mann nicht sein durfte. Zu groß war die Gefahr, sich erneut zu verlieren.

Sie erschauerte, als es an der Tür klopfte.

Beetlejuice!

Wie erstarrt blickte sie in den Spiegel, wartete, dass der Besucher wieder ging. Doch es klopfte erneut. *Einfach nicht darauf reagieren.* Bedächtig bürstete sie ihre Haare, was in der Regel eine beruhigende Wirkung auf ihre Nerven hatte.

„Miss Blanchard!“, rief eine ihr unbekannte Stimme. „Bitte, ich muss kurz mit Ihnen sprechen!“

Vermutlich ein Angestellter des Motels. Seufzend legte sie die Bürste beiseite und ging zur Tür, um sie zu öffnen.

Ein untersetzter Mann im Anzug stand draußen im überdachten Außengang. Das Erste, was Amy auffiel, war sein kahler, glänzender Schädel, das Zweite waren die Tätowierungen auf seinem Handrücken. Hätte er nicht ein freundliches, beinahe kindliches Lächeln aufgesetzt, hätte ihm Amy die Tür vor der Nase zugeknallt.

„Mein Name ist Jeff, Miss Blanchard", erklärte er mit einer erstaunlich hellen Stimme. „Mister Stenton hat mich geschickt. Ich bin hier, um Sie ins *Tahiti Grand* zu bringen."

„Jetzt? Aber ..." Ihre Gedanken rotierten. „Ich habe noch nichts gegessen."

Sein Lächeln wurde breiter. „Kein Problem. Das Frühstück wird Ihnen aufs Zimmer gebracht, sobald wir angekommen sind."

„Äh ... Geben Sie mir bitte zehn Minuten, damit ich packen kann. Außerdem muss ich noch auschecken."

„Nicht nötig, Miss. Die Rechnung wurde schon beglichen."

„Ah, okay." Etwas fahrig blickte sie sich um. „Also ..."

„Ich warte hier", half ihr der freundliche Kahlkopf aus der Patsche.

„Gut. Dankeschön."

Amy schloss die Tür und packte in Windeseile alles in ihre Koffer, dann begab sie sich erneut ins Badezimmer, um ihre Kleidung zu prüfen und sich zu frisieren. Zunächst zog sie ihre Haare zu einem Pferdeschwanz nach hinten, so straff, dass ihre Haut an den Schläfen spannte, hinterher drehte sie diesen zusammen und legte ihn zu einem Knoten auf ihren Hinterkopf. Die Spitzen schob sie unter die Ränder, bevor sie alles mit den Nadeln an der Kopfhaut feststeckte. Zur Kontrolle schüttelte sie den Kopf, nichts bewegte sich. Starr blickte sie ihr Antlitz an. Das Ergebnis war zufriedenstellend, wäre da nicht die Traurigkeit in ihren Augen. Sie straffte die Schultern. Genug Selbstmitleid für heute.

Und in Zukunft lasse ich die Finger vom Martini!

Die Fahrt zum Strip dauerte nicht lang. Jeff erwies sich als wortkarger Zeitgenosse, wofür Amy dankbar war, und so nutzte sie die Gelegenheit, um sich für das, was kommen würde, zu wappnen. Dennoch zitterten ihre Beine, als sie vor dem *Tahiti Grand* aus dem Wagen stieg. Glücklicherweise wurde sie nicht vom erotisierenden Sicherheitschef empfangen, sondern direkt zu ihrem Zimmer in der 23. Etage geführt. 2302 stand in goldenen Ziffern an der Tür. Jeff ging mit ihren beiden Koffern voraus, stellte diese ab und drückte ihr mit einem Lächeln die Schlüsselkarte in die Hand. Dann ließ er sie allein.

Fassungslos blickte sich Amy um. Von wegen Zimmer!

Vor ihr erstreckte sich ein großflächiger, cremefarbener Wohnbereich mit hocheleganter Sitzgruppe und separater Essecke, Panoramablick auf den Strip inbegriffen. Ausgestattet war der Raum mit einem wandmontierten Flachbildfernseher und einer kleinen Bibliothek samt Sessel und Stehlampe. Der Knüller aber war das große Aquarium in der Trennwand zum Schlafzimmer, in dem sich exotische Fische aller Couleur tummelten. Das Schlafzimmer selbst bestand aus einem imposanten Bett in dem gleichen Cremeton, das von zwei Schränkchen flankiert wurde. Ein mannhoher, goldumrandeter Spiegel sowie ein eingebauter Kleiderschrank, der die gesamte Wand einnahm, rundeten das Bild ab. Amy wanderte über den Rautenteppich Richtung Badezimmer. Wie erwartet gab es dort vergoldete Armaturen und eine Duschkabine, so groß wie ihre Küche in Menton. Eine Vase mit violettfarbenen Orchideen zierte den Schminktisch. Ein Whirlpool durfte natürlich auch nicht fehlen. Amy stieß ein nervöses Kichern aus. Solche Suiten kannte sie nur aus Kinofilmen. Sie kehrte zum Wohnzimmer zurück und ging zum Panoramafenster. Der Blick war traumhaft, reichte bis zu den Berggipfeln in der Ferne.

Ein Klopfen riss sie aus ihrer Betrachtung. Für einen Moment stockte ihr Herz.

„Ja?“, rief sie mit kraftloser Stimme.

Doch es war nur der Zimmerservice, und binnen Kurzem kam Amy in den Genuss eines üppigen Frühstücks mit Rührei, Bacon, Pancakes, gezuckerten Erdbeeren und Ananas, frisch gebrühtem Kaffee und einem Glas Champagner. Das Ganze garniert mit einer weißen Rose in einer hübschen Vase.

Während sie herzhaft kaute, blickte sie versonnen nach draußen. Und plötzlich war er da: der perfekte Moment. Amy empfand vollkommene Zufriedenheit, etwas, das sie schon lange nicht mehr gefühlt hatte. Wie eigenartig. Warum jetzt?

Nicht grübeln, Amy! Einfach genießen.

Als sie sich die erste Erdbeere in den Mund schob, war der Moment schon wieder vorbei, und die kleinen grauen Zellen piesackten sie erneut. Wie passend, dass Mike Stenton keine fünf Minuten später an ihrer Tür klopfte. Bei seinem Anblick schrumpfte ihr Magen auf die Größe besagter Erdbeere. Zu seiner dunkelblauen Jeans trug er ein eng anliegendes schwarzes T-Shirt. Schon im Anzug war zu erahnen gewesen, wie athletisch er war, doch jetzt konnte sich Amy ein genaues Bild davon machen. Seine Oberarme waren muskelbepackt – sie liebte definierte Oberarme bei Männern! – und die Schultern breit. Entsprechend war sein Bauch, nämlich fest und flach. Ein gepflegter Dreitagebart unterstrich seine markanten Gesichtszüge.

So sah Mike Stenton also aus, wenn er nicht gerade Falschspieler drangsalierte.

Na, Mahlzeit!

„Wie fühlen Sie sich?“, fragte er, nachdem sie ihn hereingelassen hatte und zum Tisch zurückgekehrt war.

„Gut“, antwortete sie kühl.

Gleichmütig setzte er sich ihr gegenüber und griff nach einer Erdbeere. Sie verbot sich, hinzusehen, als er sie sich in den Mund schob.

„Keine Kopfschmerzen?“

„Nein.“

„Schön."

„Mike, wegen gestern ..." Sie räusperte sich. „Also ..."

„Schon vergessen", sagte er.

Schon vergessen?

Sie wusste nicht, ob sie beleidigt oder erleichtert sein sollte. Vermutlich beides, wobei Ersteres überwog, wie sie mit einem unguten Gefühl feststellte.

„Wie gefällt Ihnen Ihr Zimmer?", fragte er, noch bevor sie sich eine angemessene Erwiderung zurechtgelegt hatte.

„Es ist atemberaubend, wirklich, aber ich glaube nicht, dass mein Boss begeistert sein wird, wenn er die Rechnung sieht."

„Machen Sie sich darüber keine Gedanken. Sie sind mein Gast. Diese Räume sind Teil meiner Suite. Es handelt sich um den Gästetrakt."

Prompt verschluckte sich Amy an ihrem Kaffee, was einen heftigen Hustenanfall nach sich zog. Sie spürte, wie ihr Gesicht rot anlief, und hasste sich dafür.

„Wie bitte?", stammelte sie, als sie wieder Luft bekam.

„Nun machen Sie nicht gleich ein Drama daraus!" Mike lehnte sich zurück, streckte seine langen Beine aus. „Ich dachte, Sie würden sich über ein geräumiges Zimmer mit hohen Decken und Ausblick freuen. Oder leiden Sie etwa auch an Höhenangst?"

„Nein!"

„Gut. Dann sind wir uns einig."

„Hä ..."

„Die Verbindungstür bleibt abgeschlossen. Sie haben mein Wort."

„Verbindungstür?"

Offenbar war die Blutzufuhr zu ihrem Gehirn blockiert, dass sie nur noch einsilbige Antworten zu geben in der Lage war. Sie holte tief Luft.

„Mike, das ist großzügig, aber ..."

„Miss Deveraux will es so."

„Tatsächlich?"

„Ja. Und eigentlich bin ich hier, um Sie zu ihr zu

bringen. Sie möchte Sie kennenlernen."

„Hat sie ihre Entscheidung schon getroffen?"

„Noch nicht. Vorher will sie sich ein Bild von Ihnen machen."

„Oh." Unwillkürlich strich sich Amy über die Haare.

Mikes grüne Augen folgten ihrer Hand. „Wie immer gestiefelt und gespornt, wie ich sehe."

Sie schluckte eine bissige Bemerkung hinunter.

„Sind Sie fertig?", fragte er mit Blick auf das noch volle Champagnerglas.

„Jetzt schon", antwortete sie schnippisch, was ihn nicht im Geringsten zu beeindrucken schien.

„Gut, dann können wir ja gehen."

Kurz darauf verließen sie die Suite und begaben sich zu den Aufzügen, wobei Amy sorgsam darauf achtete, einen Sicherheitsabstand zu Mike zu halten.

„Wir können auch die Treppe nehmen", sagte er, als sie angekommen waren und er auf einen der Knöpfe drückte.

„Aufzüge sind für mich kein Problem", antwortete Amy. „Solange sie groß genug sind. In den Aufzügen hier passt eine ganze Footballmannschaft rein, insofern sehe ich kein ..."

In diesem Moment erklang ein leises ‚Ping', und die Tür glitt zur Seite.

„Oh", entfuhr Amy, als sie die winzige Kabine erblickte.

„Es ist der Privatlift zum Penthouse", erklärte Mike. Sachte berührte er ihren Ellenbogen, was etwa einem elektrischen Schlag von zehntausend Volt gleichkam. „Kommen Sie, wir nehmen die Treppe. Es sind nur zwei Stockwerke."

Als sie nebeneinander nach oben gingen, konnte sie seine Wärme spüren, so nah war er, und diesmal hatte sie keine Chance, auszuweichen. Dazu war das Treppenhaus zu eng. Mike überragte sie wie ein Fels, stark und unerschütterlich, und sie bekam weiche Knie, kämpfte gegen das Bedürfnis an, sich in seine Arme zu flüchten.

„Wo ist die Verbindungstür“, fragte sie ungehalten.

„Was?“

„Die Verbindungstür, die von Ihrer Suite zu meinen Räumen führt.“

„Ach ja ... die Verbindungstür“, wiederholte er mit einer gedehnten Stimme. „Sie befindet sich im Bad neben der Dusche.“

„Saperlipopette!“, fluchte sie laut auf Französisch.

Mike starrte sie eine Sekunde lang entgeistert an, dann brach er in Lachen aus. Ein herzhaftes Lachen, das aus den Tiefen seines Bauchs kam und Amys Magen kurzfristig aushebelte.

„Das war ein Witz“, erklärte er mit einem breiten Grinsen. „Die Verbindungstür befindet sich links vom Eingang an der Garderobe, hinter dem Vorhang.“

„Wissen Sie was?“ In Amys Innern tobte ein Aufruhr. „Sie können mich mal!“

Er blieb abrupt stehen, zwang sie, sich ihm zuzuwenden. Eine Furche hatte sich zwischen seinen Augenbrauen gebildet.

„Ich bin nicht Ihr Feind, Amy“, sagte er leise.

„Jeder ist mein Feind!“, stieß sie hervor.

Lange sah er sie an. Ohne mit der Wimper zu zucken, hielt sie seinem durchdringenden Blick stand, versuchte ihren trommelnden Herzschlag zu bändigen.

„Ich verstehe“, sagte er schließlich.

„Ach wirklich?“ Sie legte ihre ganze Verachtung in diese Äußerung.

„Ja.“

Sie biss sich auf die Lippen, sah ihn trotzig an.

„Kommen Sie“, sagte er mit einem seltsamen Unterton. „Wir sind gleich da.“

Schweigend setzten sie sich wieder in Bewegung. In Amys Kopf herrschte ein wildes Durcheinander. Ob er wirklich begriff, was in ihr vorging? Sein Blick wie auch sein Tonfall waren aufrichtig gewesen. Zugegeben, er trieb ihren Blutdruck in die Höhe, sorgte dafür, dass sie in der einen Sekunde schwitzte und in der nächsten fror, trotz alledem war es kein Grund, sich wie ein bockiges Kind zu benehmen. Jetzt war es an ihr, abrupt stehen zu bleiben.

„Mike, bitte nehmen Sie meine Entschuldigung an“, sagte sie nachdrücklich.

„Wofür?“ Sein Blick schien sie zu durchbohren.

Sie machte eine weitläufige Geste. „Sie können es sich aussuchen.“

Er nickte langsam. „Entschuldigung angenommen.“

„Gut.“ Plötzlich fühlte sie sich leichter ums Herz. „Trotzdem wäre es nett, wenn Sie nicht dauernd an meiner Frisur herummäkeln würden.“

„Frisur? Das ist doch eher eine Str... Schon gut“, fügte er hastig hinzu, als sie ihn böse anfunkelte. „Ich werde das Thema nicht mehr ansprechen.“

„Danke“, antwortete sie so würdevoll wie möglich.

Ansprechen werde ich diesen unsäglichen Dutt nicht mehr, Baby, aber ich werde ihn verwüsten, so viel ist sicher!

Wie ein kleiner Zinnsoldat ging sie die letzten Stufen hinauf, mit hoch erhobenem Kopf, durchgestrecktem Rücken und fest zusammengepressten Lippen. Heute Nacht würde er dafür sorgen, dass sie ihren Kopf stöhnend in den Nacken warf, ihren Rücken unter ihm durchbog und ihre Lippen für ihn weit öffnete. Er stand auf Sex. Doch immer öfter empfand er dabei Langeweile. Welche Neigung er auch auslebte, ob sanft und rücksichtsvoll oder hart und aggressiv, er spürte den Kick seit Langem nicht mehr. In Amy Blanchard sah er die Chance, sich endlich wieder lebendig zu fühlen.

Sein Bulleninstinkt sagte ihm, dass sie etwas verbarg. Das vermischt mit ihrer Distanziertheit und unterschwelliger Sinnlichkeit stachelten sein Verlangen an. Ihr unschuldiger Kuss von gestern Nacht war ein süßer Vorgeschmack auf das gewesen, was ihn zwischen ihren Schenkeln erwartete. Und dann ihr Lachen! Beim Versuch, das D in seinem Namen zu entschlüsseln, hatte sie sich zwar auf seine Kosten amüsiert, doch das war es wert gewesen. Einen Atemzug lang hatte er einen Blick hinter die Fassade erhaschen können. Eine Offenbarung! Wie gelöst sie gewirkt hatte. Zum Niederknien. Wie betörend würde sie erst im Augenblick der Ekstase sein!

Er musste sie haben, unter allen Umständen.

Was immer in ihrem Leben vorgefallen war, es hatte Wunden hinterlassen. Also würde er mit offenen Karten spielen und ihr klarmachen, dass es ihm nur um zwanglosen Sex ging, dass er nicht beabsichtigte, ihr das Herz zu brechen. Er war ein erfahrener Liebhaber, sie würde auf ihre Kosten kommen. Mittlerweile hatte er sich einen genauen Plan zurechtgelegt, wo und wie er sie verführen würde. Die Pokerrunde würde den prickelnden Anfang machen, sofern Edith eine zufriedenstellende Antwort gab, wovon er ausging. Hinterher würde er Amy im Privatpool auf dem Dach mit dem Mund verwöhnen und allerlei Spielzeuge an ihr ausprobieren, bis sie heiser war von ihren Lustschreien. Er würde sie unterm Sternenhimmel vögeln, und auf ihrem Höhepunkt würde sie seinen Namen rufen. Wieder und wieder. Was für eine wunderbare Vorst...

„Mike, bitte stelle mich dieser entzückenden jungen Frau vor."

Wie in Trance blickte er hoch. Edith Deveraux stand vor ihm und schaute ihn erwartungsvoll an.

„Mike?"

Die elegant gekleidete alte Dame im weich fallenden, gelben Hosenanzug klopfte ungeduldig mit ihrem Gehstock auf den Boden. Verwirrt blickte der Angesprochene um sich, und Amy hob verwundert eine Augenbraue. Wo immer er gerade gewesen war, es musste auf einem sehr weit entfernten Planeten gewesen sein! Anscheinend war ihm entgangen, dass sie inzwischen das Penthouse betreten hatten.

„Äh, natürlich!" Mike räusperte sich. „Edith, darf ich

dir Amy Blanchard vorstellen. Amy, das ist Edith Deveraux, die Besitzerin des *Tahiti Grand*."

„Madam", sagte Amy mit einem höflichen Lächeln.

„Nennen Sie mich Miss Deveraux", erwiderte die andere und drückte Amys ausgestreckte Hand. „Sie leben an der französischen Riviera, habe ich gehört." Ihre Augen strahlten. „Als junges Mädchen habe ich dort häufig Urlaub gemacht. Meine Familie stammt aus New Orleans, müssen Sie wissen, und fühlt sich seit jeher der alten Heimat verbunden."

„New Orleans?", entgegnete Amy. „Eine wundervolle Stadt, wie man hört."

„Das ist sie oder war sie." Ein Schatten huschte übers Gesicht der alten Frau. „Hurrikan Katrina hat alles verändert."

„Oh, natürlich, wie unbesonnen von mir. Tut mir leid."

„Ich bin diejenige, die sich entschuldigen muss, Miss Blanchard. Ich wollte Sie nicht in Verlegenheit bringen."

„Amy", warf diese ein.

Miss Deveraux lächelte. „Kommen Sie, setzen wir uns ... Amy."

Mit diesen Worten drehte sie sich um und steuerte auf ihrem Stock gestützt einen kleinen Tisch an.

„Junge, bist du so lieb, kannst du mir meine Strickjacke holen?", wandte sie sich an Mike, kaum dass sie saß. „Sie hängt nebenan über dem Stuhl."

Während der liebe Junge hinüberschlenderte, beugte sich die alte Frau zu Amy.

„Nun, wie finden Sie meinen Sicherheitschef?", fragte sie in fast perfektem Französisch.

Arrogant, selbstgerecht und schrecklich verwirrend. Nächste Frage!

„Mister Stenton ist wirklich sehr zuvorkommend und ..."

„Die Wahrheit, Amy", unterbrach die alte Frau sie streng.

In Amys Kopf wirbelten die Gedanken durcheinander.

Sie wollte Mike bei seiner Chefin nicht in Misskredit bringen, nur weil er sie aus dem Konzept brachte, also wählte sie den unverfänglichen Weg.

„Er ist ein netter Kerl."

Miss Deveraux lächelte Mike zu, als dieser ihr die Strickjacke reichte. „Mein Sicherheitschef ist alles, nur kein netter Kerl!" Aus dem Augenwinkel verfolgte Amy, wie sich der Genannte ans Fenster stellte und hinausschaute. „Ich schätze ihn als sehr fähigen Mitarbeiter, aber er ist auch ein Macho! Nehmen Sie das nicht allzu ernst. Es ist alles nur Getue! Als Junge war er ungemein schüchtern."

Bei der Vorstellung von Mike als Dreikäsehoch zog sich Amys Herz zusammen, was sie mit einem Scherz überspielte.

„Was? Mike Stenton gab es auch in Kindergröße?"

Miss Deveraux brach in schallendes Gelächter aus. „Sie haben Sinn für Humor, Amy! Das gefällt mir. Ja, und er war das genaue Gegenteil von dem, was er heute ist. Er hat als Jugendlicher stark gestottert. Seine erste Freundin hatte er erst mit 19."

„Wirklich?" Unter gesenkten Wimpern hervor musterte Amy den groß gewachsenen Mann am Fenster. „Er war also ein Spätentwickler."

„So könnte man sagen", antwortete Miss Deveraux mit einem Lächeln.

„Ich schätze, inzwischen hat er die verlorene Zeit wieder wettgemacht."

„Er war in der Tat sehr tüchtig." Die alte Frau warf ihr einen beifälligen Blick zu. „Ich mag Sie, Amy, deshalb möchte ich Ihnen einen guten Rat geben. Mike hat einen hohen, nun wie sagt man, Frauenverschleiß, und er macht keine Gefangenen, wenn Sie verstehen, was ich meine. Sollten Sie also Interesse an ihm entwickeln, seien Sie auf der Hut."

Amy verzog keine Miene. Sie hatte bereits vermutet, dass Mike seine Frauen im gleichen Turnus wechselte wie seine Unterhosen, dennoch versetzte ihr das eben Gehörte einen schmerzhaften Stich. *Irrelevant!* Sie war hier, um ihren Boss glücklich zu machen und nicht, um sich jemanden anzulachen!

In diesem Moment fiel ein Schatten über den Tisch, und beide Frauen blickten auf.

„Können wir endlich anfangen?", fragte Mike ungeduldig.

„Natürlich, Junge. Ich wollte nur mit unserem Gast ein wenig plaudern." Miss Deveraux seufzte. „Du weißt doch, wie gern ich Französisch rede."

Ein warmes Lächeln huschte über Mikes Gesicht. „Ich weiß."

Zwischen dem Mann und der alten Frau bestand offensichtlich ein inniges Verhältnis, um das Amy sie beneidete.

„Also gut", wandte sich Miss Deveraux mit geschäftsmäßiger Stimme an ihren Gast. „Sie möchten mit Mikes Hilfe Ermittlungen anstellen, ohne dass die hiesige Polizei davon Wind bekommt. Weil niemand erfahren soll, dass sich ein Verbrechen in Monte Carlo ereignet hat, das verblüffende Parallelen zu unserem Mord hier in Vegas aufweist. Habe ich das richtig zusammengefasst?"

„Ja", antwortete Amy. „Für das Kasino in Monte Carlo wäre das Bekanntwerden eine Katastrophe. Der Adel reagiert allergisch auf tote Croupiers mit abgesägten Gliedmaßen."

„Dem *Tahiti Grand* bringt es auch nicht gerade positive Publicity ein", entgegnete die alte Frau.

Amy widerstand der Versuchung, vor Nervosität am weißen Tischtuch zu zupfen. „Deshalb müsste es auch in Ihrem Interesse sein, dass wir zu schnellen Ergebnissen kommen."

„Oder, dass die Polizei zu schnellen Ergebnissen kommt." Miss Deveraux blickte nachdenklich. „Ich kenne das Kasino von Monte Carlo. Ein Etablissement der alten Schule, prachtvoll und hoffnungslos versnobt. Wie die meisten Kasinos in Europa hat es die Zeichen der Zeit nicht erkannt und steckt jetzt in Schwierigkeiten. Und doch repräsentiert es ein Stück Kasinogeschichte. Es täte mir leid, müsste es seine Tore schließen. Wie siehst du die Sache, Mike?"

„Als ehemaliger Cop kann ich die vorsätzliche Unterschlagung wichtiger Fakten nicht gutheißen ..."

Mike war ein Ex-Bulle? Amy rutschte vor Schreck das Herz in die Hose.

„Andererseits kann ich Miss Blanchards Beweggründe nachvollziehen", sagte er weiter. „Ich bin bereit, meinen Mund zu halten, aber nur, wenn ich Aaron unsere neu gewonnenen Erkenntnisse zu Mahoneys Tod immer zeitnah mitteile. Er weiß, dass ich selbst Erkundigungen anstellen will, deshalb wird er nicht überrascht sein. Was zusätzlich dafür spricht, ist die Tatsache, dass das Department den Fall ans FBI abgeben müsste, sollte der Mord in Monte Carlo bekannt werden. Ich glaube nicht, dass Aaron darüber erfreut wäre. Ich weiß, dass er befördert werden will, und dieser Fall kommt ihm dabei sehr gelegen", fügte er hinzu.

„Hm ..." Miss Deveraux tippte mit dem Zeigefinger gegen ihre Oberlippe. „Also gut, ich bin einverstanden. Seht zu, dass ihr etwas herausfindet, das Aaron weiterbringt. Aber seid vorsichtig."

„Wer ist eigentlich Aaron?", wollte Amy wissen.

„Mein ehemaliger Partner beim Betrugsdezernat", erklärte Mike. „Er ist jetzt Detective bei der Mordkommission."

Sie nickte langsam, versuchte, den Kieselstein in ihrem Magen zu ignorieren.

„Möchten Sie einen Pfefferminztee, Amy? Das beruhigt", schaltete sich Miss Deveraux ein, als könnte sie Gedanken lesen.

„Ja gern."

„Schön. Und du, Mike?"

Er winkte hektisch ab. „Für mich nicht, danke."

Miss Deveraux warf ihm einen amüsierten Blick zu,

bevor sie einen Knopf unter dem Tisch betätigte. Keine zwei Minuten später betrat ein livrierter Mann das Zimmer, ein Fragezeichen im Gesicht.

„Miss Deveraux?“

„Bringen Sie uns bitte zwei Pfefferminztee, José! Und einen Kakao“, fügte sie mit Seitenblick auf Mike hinzu.

„Jawohl, Miss Deveraux.“

„Sehr witzig, wirklich“, brummte Mike.

Miss Deveraux wurde Amy von Minute zu Minute sympathischer.

„Was wissen wir über die Morde?“, fragte die alte Frau kurz darauf, also klärten Amy und Mike sie auf.

„Die wichtigste Frage ist doch, ob eine Verbindung zwischen den beiden Toten besteht“, bemerkte Miss Deveraux. „Oder ob sie zufällig ausgewählt wurden.“

„Auf den ersten Blick besteht keine Verbindung“, antwortete Amy. „Aber wir sollten auf jeden Fall weiterbohren.“

Mike nickte. „Aaron hat mich vorhin angerufen. Er wird in einer Stunde Mahoneys Sohn einen Besuch abstatten. Ich werde ihn begleiten.“

„Ich komme mit!“, warf Amy ein.

„Ich glaube nicht, dass es notwendig ist.“

„Es ist notwendig! Ich will mir selbst ein Bild machen.“

War es klug, in ihrer Situation die Nähe von Cops oder Ex-Cops zu suchen? Definitiv nein! Aber Charles erwartete Ergebnisse. Ihr blieb nichts anderes übrig, als den eingeschlagenen Weg weiterzugehen.

Miss Deveraux‘ interessierter Blick flog zwischen ihren Gästen hin und her, während José mit einem Tablett hereinkam und die heißen Getränke servierte, dazu gab es ein Tellerchen mit Keksen.

„Also schön“, sagte Mike etwas mürrisch und nippte an seinem Kakao. „Ich werde Sie als Kollegin ausgeben.“

„Gut“, antwortete Amy, die erfolglos versuchte, den cremigen Schaum auf Mikes Oberlippe zu ignorieren. „Wurde das Apartment des Toten durchsucht?“

„Ja." Sie blinzelte, als er mit der Zunge genüsslich über seine Lippe fuhr und dann weitersprach. „Aber laut Aaron wurde nichts Interessantes gefunden."

Amy räusperte sich. „Wir sollten uns das Apartment ansehen, finde ich. Mit dem, was wir wissen, fallen uns vielleicht Dinge auf, die der Polizei verborgen geblieben sind."

„Wir sollen dort einbrechen?", fragte Mike mit hochgezogener Augenbraue.

Er ist ein Ex-Bulle, vergiss das nicht!

„Äh, nein. Vielleicht kann Ihr Ex-Partner da etwas deichseln."

Er nickte langsam. „Ich werde ihn fragen."

„Guter Plan", mischte sich Miss Deveraux ein. In der Zwischenzeit hatte sie José mit einer Handbewegung wieder hinausgeschickt. „Sind Sie im Internet auf weitere Fälle dieser Art gestoßen?", fragte sie an Amy gewandt.

„Nein, der Vorfall im *Tahiti Grand* war der Einzige."

„Oder aber es gab weitere Morde, die ebenfalls vertuscht wurden", sagte Mike.

Amy und Miss Deveraux keuchten unisono, schließlich war es die alte Frau, die das Entsetzliche aussprach.

„Glaubst du, dass wir es mit einem Serienkiller zu tun haben?"

Ein skeptischer Ausdruck legte sich auf Mikes Gesicht „Ich würde nicht gleich den Teufel an die Wand malen", antwortete er ruhig. „Ich denke eher, dass sich die beiden Toten mit den falschen Leuten abgegeben haben. Möglicherweise waren sie in illegalen Machenschaften verwickelt und haben sich nicht an den Plan gehalten."

„Aber die Symbolik ...", warf Amy nachdenklich ein.

„Sie meinen die abgetrennten Hände und die nackten Füße? Warum sollen Auftragsmörder nicht kreativ sein? Soviel ich weiß, hat Aaron das Tötungsmuster durch die Datenbanken laufen lassen und keine Übereinstimmungen gefunden. Ich denke, wir haben es hier mit einem beispiellosen Fall zu tun."

„Wenn wir nur wüssten, was dieses 6,11 bedeutet“, murmelte Amy mehr zu sich selbst.

„6,11?“, hakte Miss Deveraux nach.

Mike erklärte es ihr.

Die alte Frau bekam leuchtende Augen. „Wie geheimnisvoll!“

„Es könnte der Schlüssel zur Lösung des Falls sein“, sagte Mike.

Wieder dachte Amy angestrengt nach. 6,11 ... 6,11 ... Die Antwort schien zum Greifen nah, doch auch diesmal zerbrach sie sich vergeblich den Kopf. Es war zum Verrücktwerden! Sie erschrak, als Mike unerwartet aufstand.

„Wir müssen los!“, sagte er.

„In Ordnung“, antwortete Miss Deveraux. „Sobald es etwas Neues gibt, will ich es wissen. Und pass gut auf unseren bezaubernden Gast auf.“

Mikes Lippen verzogen sich zu einem Lächeln, das Amy ganz und gar nicht behagte.

„Das werde ich.“

Das Versprechen

Frank Mahoney, der Sohn des toten Saalchefs, wohnte in der Sahara Avenue westlich vom Strip. Interessiert musterte Amy die dunkelrot lackierten Holzarmaturen des Wagens, in dem sie saß, auch das dunkelrote Polster und die dunkelrote Türverkleidung. Wenn man's genau nahm, war alles an dem Auto dunkelrot. Der Außenlack wie auch die Innenausstattung. Im Vergleich zu ihrem Renault Clio kam ihr der Pick-up riesig vor, als würde man in der Kabine eines Ozeandampfers sitzen. Ein typisch amerikanischer Schlitten. Bewundernd fuhr sie mit den Fingern übers Handschuhfach.

„Ein schöner Wagen", sagte sie zu Mike, der am Lenkrad saß.

Von der Seite konnte sie sehen, wie er den Mundwinkel leicht nach oben zog. „Es ist ein 89er Dodge Dakota, ein Klassiker." Er warf ihr einen kurzen Blick zu. „Er hat einmal meinem Großvater gehört."

„Ist Ihr Großvater ...?"

„Ja."

„Tut mir leid."

Mike zuckte mit den Achseln. „Liegt schon eine Weile zurück."

Amy nickte, unterließ es aber, nachzuhaken. Irgendetwas sagte ihr, dass er nicht darüber sprechen wollte. Gedankenverloren blickte sie nach draußen. Blauer Himmel und baufällige Häuser, wohin das Auge reichte. Dann veränderte sich das Bild. Nach und nach verschwanden die verrosteten Autos und umgeworfenen Mülltonnen, um weitläufigen Grundstücken mit Carports und Swimmingpools Platz zu machen.

„Wir sollten uns duzen“, sagte Mike unvermittelt, als sie auf die Sahara Avenue bogen.

„Wieso das?“, entgegnete Amy heftiger als beabsichtigt.

„Ich gebe dich als meine Mitarbeiterin aus“, erklärte Mike langsam, als wäre sie unterbelichtet. „Mitarbeiter duze ich und sie mich.“

„Oh.“ Amy spürte, wie sie rot wurde. „Natürlich.“

Vor einer Anlage im spanischen Stil mit blühendem Oleander hielt Mike den Wagen an und schaltete den Motor aus.

„Wir sind etwas zu früh dran“, sagte er.

„Vielleicht können wir trotzdem schon reing...“

„Nein“, unterbrach er sie barsch. „Wir warten, bis Aaron eintrifft.“

„Okay“, antwortete sie leichthin, obwohl sie sich über seinen Tonfall ärgerte.

Eine Zeitlang geschah nichts, während die Spannung im Pick-up minütlich stieg und Amy darum betete, dass dieser Aaron endlich eintraf.

„Ich bin also ein netter Kerl, hm?“, sagte Mike unvermittelt.

Amy brauchte einen Moment, um zu begreifen, worauf er ansprach. Eine eisige Faust umklammerte ihr Herz.

„Sie ... du sprichst Französisch?“, keuchte sie.

„Un peu, ma chérie“, antwortete er mit einem hinreißenden Akzent.

Dazu lächelte er gekonnt, ein Lächeln, das bei den Frauen in der Regel sicher nicht ohne Wirkung blieb.

Hilfe!

„Weiß Miss Deveraux das?“

„Natürlich.“

„Aber ... Ich verstehe nicht ...“

„Ihr Gespräch mit dir war eine Botschaft an mich.“ Er lehnte sich zu ihr herüber. Ihr Herzschlag legte einen Gang zu. „Edith scheint dich zu mögen. Das war ihre Art, mir zu sagen, dass ich die Finger von dir lassen soll.“

Amy versteifte sich. „Mike, könnten wir bitte mit

diesem Geplänkel aufhören und uns wie Profis benehmen? Wir haben eine Aufgabe zu erfüllen."

Er lächelte, aber es war kein warmes Lächeln, eher das Blecken eines Leoparden, bevor er sich auf die Gazelle stürzte. „Gut. Kein Geplänkel mehr bis Mitternacht."

In Amy machte sich Ärger breit. „Wieso nur bis Mitternacht?"

„Weil wir dann Sex haben werden."

Bam! Der Haken traf ihren Magen mit voller Wucht. Entgeistert starrte sie ihn an.

„Wie bitte?", keuchte sie.

„Zwischen uns herrscht eine starke sexuelle Spannung", sagte er nüchtern, als würde er ihr die Bedienungsanleitung einer Waschmaschine erklären. „Wir müssen dafür sorgen, dass sie sich entlädt."

Entladen? Spannung? Der spinnt wohl!

„Zwischen uns gibt es ..." Sie machte eine fahrige Geste. „... so etwas nicht!"

Er stieß ein leises Lachen aus. „Red dir das ruhig weiter ein, Baby, aber es ändert nichts daran, dass ich recht habe."

„Ich bin nicht dein B..!"

Ein Klopfen am Fenster ließ sie zusammenzucken. Draußen stand Thor im hellen Hemd und mit Polizeimarke am Gürtel und grinste.

„Aaron!", rief Mike erfreut und stieg aus.

Die beiden Männer umarmten sich, und Amy blieb nichts anderes übrig, als ebenfalls aus dem Wagen zu steigen. Der Neuankömmling überragte Mike um einige Zentimeter, dennoch sah er mit seinen blauen Augen und seinem charmanten Lächeln nicht halb so gefährlich aus.

„Aaron, darf ich dir meine Mitarbeiterin Amy vorstellen?"

„Sehr angenehm, Herzchen", sagte der blonde Hüne und drückte ihre Hand. „Ich wusste gar nicht, dass Mike so bezaubernde Geschöpfe für sich schuften lässt. Normalerweise haben seine Mitarbeiter Stiernacken und schlechte Manieren.“

„Wenn Sie mich noch einmal Herzchen nennen, bekommen Sie eine kleine Kostprobe meiner schlechten Manieren“, erwiderte Amy kühl.

Charmebolzen waren ihr ebenso suspekt wie selbstgefällige Kerle mit grünen Augen.

„Nimm’s nicht so schwer“, sagte ebenjener Kerl und klopfte seinem Freund auf die Schulter. „Sie ist Fremden gegenüber immer etwas bissig.“

Ihrem bösen Blick begegnete er mit einem breiten Grinsen.

Weil wir dann Sex haben werden.

Was die beiden Männer anschließend beredeten, hätte Amy im Nachhinein nicht wiedergeben können. Zu verstörend waren die Bilder, die sich in ihrem Kopf abspulten und ihr Höschen feucht werden ließen. Himmelherrgott! Der Typ machte sie kirre. Wie sollte sie da wieder heil herauskommen?

„Wollen wir?“, riss Mike sie aus ihren Gedanken.

Aaron war bereits vorgegangen.

„Selbstverständlich.“

Sie passierten den Säuleneingang zum Wohnkomplex, der entfernt an eine Ferienanlage erinnerte. Tatsächlich waren die flachen Bungalows um einen großen Pool kreisförmig angeordnet, der keine Wünsche offen ließ. Neben Liegestühlen, Sonnenschirmen und überdachten Terrassenmöbeln gab es zwei Barbecuegrills mit Arbeitsplatte und ein Kinderspielplatz. Natürlich durfte der Outdoorfitnessraum nicht fehlen. Aaron betrat das Foyer und zeigte seine Marke vor, dann fragte er nach Frank Mahoneys Hausnummer und ließ sich den Standort auf einem Plan zeigen. Indessen blickte sich Amy um. Das graubraune Foyer mit Marmorboden und eleganter Sitzgruppe glich der Lobby eines Luxushotels. Hier zu wohnen, war gewiss nicht billig.

Ihr weiterer Weg führte über einen gewundenen Kiesweg zu einem gelb angestrichenen Bungalow, aus dem ein Mann hinaustrat, kaum dass sie in Sichtweite waren. Wie es aussah, war er telefonisch benachrichtigt worden. Frank Mahoney war nicht sehr groß, hatte pechschwarze Locken und einen Kinnbart. Außerdem trug er eine dunkle Hornbrille, hinter der sich müde braune Augen verbargen. Vielleicht war es aber keine Müdigkeit, sondern schlichtweg Trauer. Seine schmale Gestalt war schwarz gewandet, wobei Amy nicht sicher war, ob er seine Kleider nur gemäß dem Anlass ausgewählt hatte. Schließlich war der Mann Künstler, genau genommen Schriftsteller. Liefen die nicht alle in Schwarz rum? Mahoney schrieb Mittelalter-Romane, recht erfolgreich, wie Mike und sie inzwischen wussten.

Ihr Gastgeber führte sie in ein Wohnzimmer mit grauem Parkett und blauen Wänden. Ein bunter Teppich setzte inmitten der dunklen Möbel einen fröhlichen Akzent. Am Fuß der Wendeltreppe befand sich eine leuchtende Nische samt Marienfigur, und auf dem niedrigen Tisch stand ein einfacher Holzkelch. Deckenhohe Regale, die mit Büchern vollgestopft waren, nahmen praktisch die gesamte Wand ein, rechts davon thronte auf einem hohen Stelltisch eine alte Bibel mit Ledereinband. Darüber hing Dürers „Betende Hände." Im Gegenzug gab es keinen Fernseher.

Die Besucher warfen sich verwunderte Blicke zu. Allem Anschein nach war Frank Mahoney ein tiefgläubiger Mann.

„Mein herzliches Beileid", wandte sich Aaron an den trauernden Sohn. „Es ist schrecklich, was mit Ihrem Vater passiert ist."

„Ja, ich war auf einer Lesereise in New York. Was für ein Schock!" Mahoney schob seine Finger unter die Brille, um sich die Augen zu reiben. „Wer tut so etwas?"

„Das versuchen wir herauszufinden, Mister Mahoney."

„Ich möchte Ihnen auch im Namen unseres Hauses mein Beileid aussprechen", mischte sich Mike ein. „Als Kollege wird er uns allen fehlen, als Mensch natürlich noch mehr.“

Frank Mahoney nickte, konnte aber nicht verhindern, dass eine Träne seine blasse Wange hinunterrann. Aaron wartete einen Moment ab, bevor er weitersprach.

„Hatte Ihr Vater Feinde?“

Der Schriftsteller schüttelte den Kopf. „Nicht, dass ich wüsste.“

„Entschuldigen Sie bitte, dass ich das frage, aber haben Sie sich gut mit Ihrem Vater verstanden?“

„Ja. Wir sind schon immer Freigeister gewesen, Träumer, und das hat meine Mutter manchmal wahnsinnig gemacht.“ Mahoney verzog seine Lippen zu einem ziemlich missglückten Lächeln. „Ihr Tod vor zehn Jahren hat uns noch mehr zusammengeschweißt. Ich werde ihn schrecklich vermissen.“

Wieder entstand eine kurze Stille, bis Aaron sie mit einem Räuspern brach.

„Wirkte Ihr Vater in letzter Zeit verändert?“, leierte er seinen Fragenkatalog herunter. „War er über irgendetwas beunruhigt?“

Der Schriftsteller schüttelte erneut den Kopf, dann aber hielt er inne. „Also, wenn ich so darüber nachdenke. Eine Sache gab es da schon.“

Neugierig beugte sich Amy vor. Aus dem Augenwinkel bemerkte sie, dass Mike es ihr nachtat.

„Vor zwei Wochen erhielt er einen eigenartigen Anruf. Ein unbekannter Mann mit osteuropäischem Akzent drohte ihm. Er sagte, dass mein Vater den Bogen überspannt hätte und nun die Zeche zahlen müsste. Der Mann hat das etwas anders formuliert, leider kann ich mich an den genauen Wortlaut nicht erinnern. Ich weiß nur das, was mir mein Vater erzählt hat. Er wirkte besorgt, aber als ich nachgehakt habe, hat er das Ganze als schlechten Scherz abgetan.“ Franks Miene verzog sich vor Entsetzen. „Oh, mein Gott! Glauben Sie, dass das der Mörder war?“

„Gut möglich“, antwortete Aaron. „Hat Ihr Vater

jemals mit der russischen Mafia zu tun gehabt, Mister Mahoney?"

Sein Gegenüber starrte ihn entrüstet an. „Wie können Sie so etwas fragen? Mein Vater war grundsolide und einer der anständigsten Personen, die man sich vorstellen kann. Niemals hätte er sich mit solchen Leuten eingelassen!"

„Sie haben also keine Ahnung, wer das am Telefon gewesen sein kann?", bohrte Mike weiter.

Mahoney fuhr sich mit einer fahrigen Geste durch die Haare. „Nein, tut mir leid." Dann blickte er seine Besucher nacheinander an, er wirkte leicht verwirrt, was unter diesen Umständen nicht verwunderlich war. „Wo bleiben nur meine Manieren?", sagte er hastig. „Ich habe Ihnen nichts zu trinken angeboten. Es ist sehr heiß draußen. Wie wär's mit selbst gemachter Orangenlimonade? Conchita, meine Haushälterin, macht eine hervorragende Limonade."

„Gerne!", rief Amy, bevor die beiden Männer aus welchen abwegigen Gründen auch immer ablehnten, was ihr prompt von Mike einen finsteren Blick einbrachte.

„Conchita!", rief Frank Mahoney quer durch den Raum. „Bitte bring Limonade für unsere Gäste."

Kurz war Stille, dann ertönte die Stimme einer Frau. „Si, Señor!"

Unterdessen besah sich Amy die Bibel auf dem Stelltisch etwas genauer. Der lederne Einband war mit kyrillischer Schrift in Blattgold versehen.

„Eine sehr schöne Arbeit. Stammt sie aus Russland?", fragte sie, wagte aber nicht, das kostbare Buch aufzuschlagen.

„Weißrussland", antwortete Mahoney angenehm überrascht, während er sich zu ihr gesellte. „Meine Großmutter mütterlicherseits stammte aus Minsk. Es ist ein Familienerbstück aus dem 18. Jahrhundert."

„Sehr schön", murmelte Amy ehrfürchtig.

In diesem Moment betrat eine zerbrechlich aussehende Frau das Zimmer, ihre Haare waren grau, und auf der Nase trug sie eine Brille mit dicken Gläsern. Mit einem schüchternen Lächeln stellte sie ein Tablett auf den Tisch.

„Schon gut, Conchita. Wir bedienen uns selbst, danke", sagte Mahoney, als die Haushälterin sich anschickte, die Limonade einzugießen.

„Si, Señor."

Nachdem alle ausgetrunken hatten – die Limonade schmeckte in der Tat köstlich –, wollte sich Aaron verabschieden, doch Amy funkte dazwischen.

„Darf ich Ihre Toilette benutzen?", fragte sie den Hausherrn.

Der Klassiker.

„Natürlich", antwortete dieser und zeigte mit dem Finger auf die Wendeltreppe. „Oben zweite Tür rechts."

„Dankeschön."

Ohne Mikes argwöhnischen Blick zu beachten, nahm Amy die Treppe nach oben. Während sie sich umsah, hörte sie unten die Männer Höflichkeitsfloskeln austauschen. Vor der Toilette angekommen, öffnete sie die Tür und schloss diese von außen wieder. Lautstark. Dann ging sie auf Zehenspitzen weiter. Sachte öffnete sie die nächste Tür. Dort befand sich das Badezimmer aus hellbraunem Marmor mit Doppelwaschbecken und Dusche. Uninteressant. Amy hatte maximal fünf Minuten Zeit, bevor Mahoney Verdacht schöpfen würde. Sie griff nach der nächsten Türklinke. Das Schlafzimmer. Ein schwarzes Kreuz hing über dem Bett, ansonsten spiegelte es den spartanischen Charme einer Mönchszelle wider. Ihr stach nichts ins Auge, was von Belang hätte sein können.

Im Gang gegenüber gab es einen einzelnen Raum. Vorsichtig öffnete sie die Tür. Ein Büro. Das war schon mal reizvoller. Rasch schlüpfte sie hinein, ließ aber die Tür offen. Berge von Papier türmten sich auf dem Schreibtisch, die Bücherregale rundum quollen über. Es herrschte ein heilloses Durcheinander. Hier arbeitete Frank Mahoney offenbar an seinen Büchern. Amy ließ ihren Blick durch den Raum schweifen. Mit etwas Glück würde sie fündig. Wonach sie suchte, wusste sie selbst nicht genau, vielleicht etwas, das auf ihren Fall hinwies. Eine Postkarte aus Monte Carlo, ein Foto von Rick Mahoney und Antoine Renard auf Sauftour ... Solche Dinge halt. Sie konnte Frank Mahoney im Beisein von Aaron schlecht fragen, ob sein Vater entsprechende Kontakte in Europa hatte.

Nervös kaute sie auf ihrer Unterlippe herum. Die Zeit lief ihr davon. Hektisch blickte sie um sich, die Vorstellung, jeden Augenblick erwischt zu werden, ließ sie innerlich bibbern. Wo war Conchita abgeblieben? Zuletzt war sie in die Küche gegangen, doch was, wenn eine zweite Treppe existierte, die nach oben führte? Ganz ehrlich, konnte es etwas Peinlicheres geben, als von der Haushälterin beim Schnüffeln ertappt zu werden? Eigentlich hätte Amy den Schreibtisch durchsuchen müssen, jedoch verließ sie der Mut. Das Herz klopfte ihr bis zum Hals, als sie den Rückweg zur Toilette antrat. Dort angekommen betätigte sie die Spülung und wusch sich die Hände, während sie sich über die Spiegeldeko wunderte. Dann ging sie wieder nach unten.

„Was sollte das denn?“, zischte Mike, als alle gemeinsam zum Ausgang gingen.

„Bei „Law and Order“ machen das die Cops dauernd“, konterte sie leise.

„Ja, bei Verdächtigen, aber das hier ist der Sohn eines der Opfer.“

„Ich dachte, es könnte nicht schaden.“

Missmutig schüttelte er den Kopf, und dann: „Und? Hast du etwas gefunden?“

„Außer einem Rosenkranz am Toilettenspiegel gab es nichts Auffälliges.“

„Ein Rosenkranz?“, wunderte sich Mike eine Spur zu laut.

Hinter ihnen ertönte ein leises Hüsteln. „Vielleicht wundern Sie sich über den ganzen Fetischkram in meinem Haus“, erklärte Mahoney sichtlich verlegen. „Ich kann das erklären. Gegenwärtig schreibe ich an einem Roman, der zu Zeiten der Inquisition spielt. Das ist für mich Neuland, und ich will ein Gefühl für die Denkweise von damals bekommen. Deshalb habe ich diese Dinge überall verteilt und auch die Bibel meiner Familie hervorgeholt. Selbst in meinem Schlafzimmer habe ich alles Überflüssige entfernt und schlafe auf einer Pritsche. Ab und an ziehe ich sogar eine dieser blauen Kutten mit Spitzkappen an, wie sie bei den Prozessionen in Südspanien üblich sind.“ Kleine Pause. „Die Arbeit lenkt mich ab.“

„Glaubt ihr den Quatsch mit dem Roman?“, fragte Mike kurz darauf auf dem Weg zum Auto.

„Warum nicht?“, antwortete Aaron. „Der Typ ist Schriftsteller. Die sind alle ein bisschen gaga.“

Was für Banausen!

„Ich werde dieser Sache mit den Russen nachgehen“, erklärte er weiter. „Mal sehen, wohin das führt.“

„Vielleicht hat das etwas mit dieser Bibel zu tun. Ich glaube, sie ist ziemlich wertvoll“, dachte Amy laut nach. Und dann: „Oh, verdammt!“

In ihren Ohren klang ihr Fluch ziemlich glaubwürdig.

Mike sah sie an. „Was ist los?“

„Ich habe meine Handtasche bei Frank Mahoney vergessen.“ Sie machte auf dem Absatz kehrt. „Ich hole sie!“

„Soll ich mitkommen?“, fragte Mike.

„Nein, nein. Das schaffe ich schon!“, rief sie ihm über die Schulter zu.

„Aber beeil ich!“

„Jaja.“

Kaum hatte Amy die Klingel betätigt, erschien Conchita an der Tür.

„Si?“

„Entschuldigen Sie“, beeilte sich Amy zu sagen. „Aber ich habe meine Handtasche bei Ihnen vergessen. Ich glaube, ich habe sie auf der Couch liegen lassen.“

„Sie hier warten, Señora. Ich sie holen.“

„Danke.“

Keine zwei Minuten später kam die Haushälterin mit leeren Händen zurück. „Ich kann nicht finden Tasche, Señora“, sagte sie mit Bedauern in der Stimme.

„Oh, dann habe ich sie wahrscheinlich woanders liegen lassen. Darf ich hereinkommen und danach suchen?“

„Si, Señora. Por favor.“

Mit schnellen Schritten lief Amy nach oben und fischte ihre Handtasche aus dem Unterschrank in der Toilette, wo sie diese versteckt hatte.

„Ich habe sie gefunden!“, gab sie laut Bescheid. Laut genug, um einen Toten zu wecken. Oder einen Schriftsteller.

In diesem Moment trat Frank Mahoney aus seinem Büro, und Amy hätte beinahe gejauchzt. Es war ein erhebendes Gefühl, wenn Pläne funktionierten.

„Ich hatte meine Handtasche in der Toilette vergessen, Mister Mahoney“, sagte sie, bevor er den Mund aufmachen konnte, und wedelte fröhlich mit dem wiedergefundenen Gegenstand.

„Ah ...“ Er wirkte leicht zerstreut.

„Ich habe Sie hoffentlich nicht bei der Arbeit gestört?“, fragte Amy und bedachte ihn mit einem charmanten Lächeln.

„Äh, also ... nein.“

„Gut.“ Sie fächelte sich Luft zu. „Puh, da bin ich aber erleichtert.“ Wie einfach es doch war, das naive Blondchen zu spielen! „Darf ich Sie etwas fragen, Mister Mahoney?“

„Aber natürlich.“ Prompt klang er wie der gute Onkel.

„Kommt Ihnen der Name Antoine Renard bekannt vor?“

Kurz überlegte er, dann schüttelte er den Kopf. „Tut mir leid, nein.“

Es wäre auch zu schön gewesen!

„Ist Ihr Vater jemals in Monte Carlo gewesen, Mister Mahoney?“, fragte sie weiter, während er sie nach unten geleitete.

Er hielt inne, nahm die Brille ab und putzte die Gläser

mit einem Hemdzipfel ab. „Monte Carlo?“

„Ja, ich habe mich gefragt, ob Ihr Vater zu dem berühmten Kasino dort Verbindungen hatte.“ Sie lächelte. „Zwischen Kollegen vielleicht ...“

Wieder schüttelte er den Kopf. „Nicht, dass ich wüsste, Miss ... äh ... Wie war Ihr Name nochmal gleich?“

„Blanchard. Amy Blanchard.“

„Nein, Miss Blanchard. Tut mir leid. Ist das wichtig?“

„Nun, die Polizei verfolgt jede Spur, und bei ihren Ermittlungen ist sie auf etwas gestoßen, das auf Monte Carlo hinweisen könnte. Die Polizei selbst hält das eher für irrelevant, aber ich bin der Meinung, dass man jede Möglichkeit in Betracht ziehen muss“, fügte sie hastig hinzu, für den Fall, dass sich Mahoney über ihre merkwürdigen Fragen wunderte.

„Ich verstehe.“ In seine haselnussbraune Augen trat ein warmer Glanz. „Und Sie haben recht. Ermittlungsarbeit ist wie das Recherchieren für einen Roman, schätze ich. Man darf die Details nicht außer Acht lassen. Tut mir leid, dass ich Ihnen nicht weiter helfen kann, Miss Blanchard.“

„Ist ja nicht Ihre Schuld.“ Amy versuchte, sich ihre Enttäuschung nicht anmerken zu lassen. „Sollte Ihnen noch etwas einfallen, hier ist meine Handynummer.“ Sie fischte ihren Notizblock aus ihrer Tasche, kritzelte ihre Nummer aufs Papier und riss das Blatt säuberlich ab. „Rufen Sie mich an, jederzeit.“

Zum ersten Mal erschien ein Lächeln auf Frank Mahoneys Gesicht, das ihn jünger erscheinen ließ als vierzig.

„Mache ich“, sagte er, während er die Nummer einsteckte.

Amy verabschiedete sich, dann lief sie, so schnell sie konnte, zum Wagen zurück, wo die anderen auf sie warteten. Mikes Gesichtsausdruck war die Ungeduld deutlich anzusehen.

„Entschuldigt“, sagte sie, bevor jemand etwas sagen

konnte. „Ich habe die Tasche nicht gleich gefunden. Sie lag oben in der Toilette."

Mikes Stirnrunzeln ignorierend ging sie zum Pick-up. Als sie die Tür öffnen wollte, kam ihr Aaron zuvor.

Sie schenkte ihm ein höfliches Lächeln. „Danke."

„Gern geschehen." Seine blauen Augen funkelten. Allem Anschein nach gehörte er nicht zu der nachtragenden Sorte Mensch. „Es ist schon Mittag. Wollen wir auf dem Rückweg irgendwo anhalten und etwas essen? Ich kenne da ein italienisches Rest..."

„Nicht nötig!", unterbrach ihn Mike brüsk. „Amy und ich essen im *Tahiti Grand*." Bevor sein Freund etwas erwidern konnte, stieg er ins Auto und startete den Motor. „Ich warte auf deinen Anruf!", rief er noch durchs offene Fenster, dann brauste er davon, kaum dass Amy neben ihm Platz genommen hatte.

Im Rückspiegel erhaschte sie das Gesicht des blonden Polizisten, der ihnen verdutzt nachsah.

„Ich habe mit Aaron gesprochen", erklärte Mike. „Morgen früh können wir uns das Apartment des Toten ansehen. Allerdings will er uns begleiten, um uns auf die Finger zu sehen."

„Schön", antwortete Amy, die nicht ganz bei der Sache war.

„Was ist los?"

„Nichts. Ich hoffe nur, dass wir dort Anhaltspunkte finden. Wir treten im Moment ziemlich auf der Stelle."

„Das ist richtig."

„Sobald wir im Hotel angekommen sind, werde ich Charles anrufen. Er wird nicht begeistert sein."

„Was erwartet er? Du bist gerade mal 24 Stunden in Vegas. Du kannst keine Wunder erwirken." Er warf ihr einen kurzen Blick zu. „Ich gehe also recht in der Annahme, dass deine kleine Showeinlage von eben keine neuen Erkenntnisse gebracht hat?"

„Leider nein. Mahoney wusste weder etwas von Monte Carlo noch von Antoine Renard."

„Glaubst du ihm?“

„Ja.“

„Das mit der Handtasche war ausgefuchst, das muss ich schon sagen!“, sagte Mike, und in seinen Augen las sie Bewunderung.

Die Freude darüber hielt genau fünf Sekunden an, bis er seine kleine Bombe platzen ließ.

„Heute Abend um zehn startet unsere Pokerrunde.“

Sie stellte sich dumm. „Welche Pokerrunde?“

„Wir hatten eine Abmachung, erinnerst du dich?“

„Ach die“, antwortete sie gedehnt. „Musst du heute Abend nicht arbeiten?“

„Nein. Ich hole dich um halb zehn ab. Abendgarderobe ist ein Must, also zieh dir etwas Vernünftiges an. Du sollst nicht so aussehen, als würdest du den anderen Spielern Unterricht in Arithmetik erteilen wollen.“

Wie gern hätte sie ihm ihre Faust ins selbstgefällige Gesicht gedonnert, stattdessen schenkte sie ihm ein frostiges Lächeln.

„Zufällig mag ich meinen Kleidungsstil.“

„Tust du nicht.“

„Tu ich nicht?“

„Nein. Das da“, er machte eine abschätzige Geste. „... ist eine Kostümierung, damit niemand merkt, dass sich unter den langweiligen Klamotten eine leidenschaftliche Frau verbirgt.“

Er hatte sie leidenschaftlich genannt.

„Ich dachte, es wäre ein Panzer!“, giftete sie ihn an, um ihre Verwirrung zu überspielen.

„Das kommt aufs Gleiche raus.“

Eingebildeter Arsch!

Sie sprach erst wieder mit ihm, als sie im *Tahiti Grand* mit einem der Aufzüge nach oben fuhren. „In welchem Rahmen werden sich die Einsätze bewegen?“

Da sie allein waren, konnten sie offen sprechen.

„Das Startkapital beträgt tausend Dollar.“

„So viel habe ich nicht“, antwortete sie kühl.

„Du erhältst die dreihundert zurück, die du beim Blackjack gesetzt hast, plus siebenhundert von mir."

Ohne seine Augen von ihr abzuwenden, streckte er die Hand aus und drückte auf den roten Nothalteknopf. Die Kabine hielt mit einem Ruck an – und ihr Herzschlag gleich mit.

„Was soll das?" Wie durch ein Wunder gelang es ihr, das Zittern in ihrer Stimme zu unterdrücken.

Sein Blick bohrte sich in ihren. "Hör mir genau zu, Amy", sagte er mit dunkler Stimme. „Wenn ich heute Abend gewinne, und ich werde gewinnen, tust du alles, was ich sage. Anstandslos."

„Ach tatsächlich?", entgegnete sie abschätzig, obwohl ihr Puls gerade dabei war, einen Geschwindigkeitsrekord aufzustellen. „Und wie soll das aussehen?"

Er hob eine Augenbraue. „Irgendwie behagt mir die Vorstellung, dich mit Worten dazu zu bringen, deine kleinen emsigen Finger in dein Höschen zu schieben und dich selbst zu befriedigen", sagte er gleichmütig. „In Gegenwart der anderen Spieler, versteht sich. Wenn du damit fertig bist, werde ich dich auf dem Spieltisch lang und hart ficken."

Amy blieb kurz die Luft weg. „Ist das wieder einer deiner schlechten Scherze?"

Seine Lippen verzogen sich zu einem sinnlichen Lächeln. „Nein, Baby. Es ist ein Versprechen."

Obwohl seine Worte ihre Haut versengten – jetzt schon! –, warf sie ihm einen eiskalten Blick zu. „Das wird niemals geschehen. Deine Machotour funktioniert vielleicht bei minderbemittelten Tussis, aber nicht bei mir."

In einer blitzschnellen Bewegung packte er ihren Nacken und zog ihren Kopf unerbittlich zu sich herauf. Mit einer Hand stützte sie sich an der Wand ab, um nicht das Gleichgewicht zu verlieren.

„Mir kannst du nichts vormachen, Amy", murmelte er nur wenige Zentimeter von ihren Lippen entfernt. „Der Gedanke erregt dich. Ich sehe es in deinen Augen."

Dann nahm er ihren heftig atmenden Mund in Besitz. Sein Kuss war hart und fordernd. Amy versuchte, ihn von sich zu stoßen, doch als ihre Finger seine Wärme unter dem T-Shirt spürten, fuhr ein Stich durch ihren Unterleib, der sie aufstöhnen ließ. Daraufhin intensivierte Mike seinen Kuss, schlürfte an ihrer Unterlippe wie an einem guten Wein, ließ seine Zunge in ihren Mund gleiten, um jeden Millimeter ihrer feuchten Höhle zu kosten.

Alles um sie herum begann, sich zu drehen.

Wehr ihn ab! Sofort!

Sie konnte es nicht.

Ohne seinen Mund von ihren Lippen zu lösen, machte er sich an ihrem Rock zu schaffen. Mit fahrigen Händen zog er den Stoff nach oben, ließ seine Finger zwischen ihre Oberschenkel gleiten. Ihre Knie fühlten sich an wie Pudding, und sie krallte sich an ihm fest wie eine Ertrinkende. Er schob ihren Slip zur Seite, während ihr das Denken immer schwerer fiel.

„Du ungezügeltes, kleines Luder bist schon ganz feucht“, wisperte er, ohne von ihren Lippen abzulassen.

Mit dem freien Arm umfing er sie wie ein schützender Kokon, während die Fingerspitzen seiner anderen Hand ihre Schamlippen spreizten und sein Daumen über ihren geschwollenen Kitzler fuhr. Sie biss sich auf die Lippen, um nicht laut aufzustöhnen.

Lass dich fallen!, rief eine innere Stimme. Tu’s nicht, ermahnte eine andere.

Doch ihr verräterischer Körper hatte bereits kapituliert. Ihr Verstand hatte dem nichts, aber auch gar nichts entgegenzusetzen. Als wollte er etwaige Bedenken endgültig zerstreuen, verteilte er ihre Feuchtigkeit über ihre Scham, rieb die hochempfindliche Knospe zunehmend schneller und fester, bis sich ein lautes Keuchen über ihre Lippen stahl.

„Mistkerl“, murmelte sie schwach in seinem Mund.

Sie spürte, wie er lächelte. Schon drangen seine Finger in ihr heißes, zuckendes Fleisch. Hilflos zappelte sie unter seinem fordernden Griff, drängte sich ihm entgegen. Ein Stromstoß nach dem anderen schoss durch ihren Unterleib, während er sie mit seinen Fingern fickte. Immer schneller, immer härter. Indessen verschlangen seine Lippen ihre, und seine Zunge stieß unerbittlich in ihren Mund. Die Lust drohte sie zu überrollen, ihr Schoß krampfte sich gierig um seine Finger, verlangte nach Erlösung.

Da beendete er plötzlich den Kuss.

„Wenn ich wollte, könnte ich dich jetzt mit meinen Fingern kommen lassen“, murmelte er in ihr Ohr. Sein Lächeln war diabolisch, als er von ihr abließ. „Aber das wirst du heute Abend selbst besorgen. Ich freue mich schon darauf.“

Sie bekam kaum mit, wie er auf den Knopf drückte, und der Aufzug sich erneut in Bewegung setzte. Auch nicht, wie er sie den Gang hinunterlotste und mithilfe seiner universellen Schlüsselkarte ihre Zimmertür öffnete.

„Nicht vergessen, Baby, halb zehn“, sagte er noch, dann wandte er sich ab.

Am liebsten hätte sie ihn angeschrien und auf ihn eingeschlagen, doch sie war kaum fähig, sich auf den Beinen zu halten. Sie machte einen Schritt, dann noch einen und brach im Sessel zusammen. Ihr Schoß pochte, ihr Körper war mit einer Gänsehaut überzogen. Zitternd holte sie Luft. Sie war erregt wie noch nie zuvor in ihrem Leben.

Dieser verfluchte Bastard!

Bad Girl

Für einen guten Pokerspieler gab es so etwas wie Glück nicht. Alles war eine Frage der Psychologie, deshalb überließ Amy auch nichts dem Zufall. Unter dem dünnen Cocktailkleid, das sie in der Shopping-Area des *Tahiti Grand* gekauft hatte, trug sie nichts außer einem String, in dem Wissen, dass ihre nackten Brüste volle Bewegungsfreiheit genossen. Sicher, sie waren klein, dafür aber fest und wohlgeformt. Ihre Nippel waren mehr als nur eine Ahnung, und das V-Dekolleté war so geschnitten, das es die zarten Wölbungen teilweise offenlegte. Nicht so tief, dass es als vulgär gegolten hätte, aber tief genug, um im richtigen Moment Aufsehen zu erregen. Ein länglicher Anhänger an einer silbernen Halskette, der zwischen ihren Brüsten ruhte, lenkte zusätzlich den Blick dorthin. Das hellblaue Kleid, Hellblau war eine Farbe der Unschuld, reichte ihr bis zu den Knien. Die mit kleinen blauen Steinchen verzierten High Heels machten den Makel wieder wett, dass ihre Beine eigentlich zu kurz und ihre Waden zu kräftig waren. Was streng genommen irrelevant war, weil nur ihr Oberkörper am Spieltisch zu sehen sein würde, dennoch erfreute sie sich an dem Anblick. Natürlich hatte das Kleid lange Ärmel, war dafür aber so geschnitten, dass der dünne Stoff immer wieder von ihren Schultern gleiten würde.

So viel zum plumpen Teil ihrer Aufmachung. Danach wurde es etwas subtiler. Amy würde beim Spiel ihre Lesebrille aufsetzen, hin und wieder blinzeln und die Augen zukneifen, was den Beschützerinstinkt der anwesenden Männer erwecken würde. Ihre Haare hatte sie locker hochgesteckt, einige Strähnen würden sich wie zufällig aus der Frisur lösen und ihr über die Schultern fallen. Ihr Make-up fiel dezent aus, schließlich wollte sie nicht aussehen wie eine Hure, sondern wie ein Unschuldslamm, das sich seiner lasziven Ausstrahlung nicht bewusst war. Vor allem tat sie alles, damit ihre Mitspieler nicht auf ihre Hände achteten. Denn sie waren ihr Kapital. Deshalb schnitt sie ihre Fingernägel kurz und verzichtete auf Nagellack und Schmuck. Zu guter Letzt legte sie Parfum auf, einen frischen, unschuldigen Frühlingsduft.

Als sie fertig war und sich im Spiegel betrachtete, wurde ihre Miene kämpferisch. Jeder Mann am Tisch würde sie flachlegen wollen. Dass sie blond war, erwies sich in dieser Situation als wahrer Segen. Ihre Lippen verzogen sich zu einem erwartungsvollen Lächeln. Heute Abend würde Mike erleben, was es hieß, sie zu unterschätzen.

Denn das hatte er eindeutig.

Beim Pokern erlag sie niemals ihren Gefühlen. Sie handelte mit Bedacht und Disziplin. Zu Beginn würde sie das Risiko auf ein Minimum reduzieren und so die anderen glauben lassen, dass sie leicht zu schlagen wäre. Ohne genau zu wissen, wie das eigentlich geschehen konnte, würden sie am Ende alle ihr Geld an sie verlieren. Sollte der unwahrscheinliche Fall auftreten, dass das Ergebnis knapp ausfallen würde, hatte sie immer noch ein paar Tricks auf Lager.

Mike, der so siegesgewiss war, wäre bestimmt ein schlechter Verlierer. Bei dem Gedanken an seinen wütenden, funkelnden Blick, nachdem sie ihn bis aufs Hemd ausgenommen hätte, krampfte sich ihr Unterleib lustvoll zusammen. Ohne ihr Spiegelbild aus den Augen zu lassen, schob sie den Saum ihres Kleides langsam nach oben, Zentimeter für Zentimeter, ergötzte sich an dem Anblick ihrer nackten Haut. Sie drehte sich halb zur Seite, betrachtete den String zwischen ihren Pobacken, ihre Beine in den High Heels. Mit dem Finger fuhr sie von hinten durch die Spalte nach vorne und rieb den feuchten Stoffstreifen zwischen ihren Beinen, dort, wo Mike sie berührt hatte. Sie schloss die Augen, schob den Finger am Slip vorbei in ihr warmes pochendes Fleisch, stellte sich vor, er wäre in ihr, erst mit seinen Fingern, dann mit seinem Schwanz. Ihr Puls beschleunigte sich, ihre Knie wurden weich. Keuchend riss sie die Augen auf. War es nicht genau das, was er wollte? Sie aus der Fassung bringen, damit er leichtes Spiel hatte? Hastig drehte sie dem Spiegel den Rücken zu und zog ihr Kleid wieder zurecht. Bleib bei der Sache!, rief sie sich zur Ordnung. Nämlich ihn platt zu machen wie eine Flunder.

Punkt halb zehn holte er sie ab. Aber nicht im Smoking, wie sie es erwartet hatte, sondern in einem nachtblauen Hemd, das er lässig über der engen schwarzen Jeans trug, und einer schwarzen Lederjacke. Dazu trug er schwere Stiefel, und rasiert hatte er sich nach wie vor nicht. Amy schluckte hart. Also würde er heute Abend den Bad Guy mimen. Nun, das würde ihn auch nicht retten!

Sie lächelte dünn. „Das nennst du vernünftig angezogen?"

Dann schob sie sich an ihm vorbei. Er besaß tatsächlich die Frechheit, hinter ihr herzupfeifen.

Dafür würde er bluten!

„Sehr sexy", sagte er mit einem lüsternen Lächeln. „Vielleicht sollten wir das Pokern überspringen und gleich zur Sache kommen."

Sie ignorierte ihn.

Energisch ging sie voraus Richtung Aufzug, nicht ahnend, dass es gleich noch schlimmer kommen würde. Denn draußen vor dem Hotel wartete nicht sein Pick-up auf sie, sondern eine schwarz funkelnde Yamaha VMAX.

Mike zog tatsächlich alle Register.

Verdammt!

Sie hatte schon immer ein Faible für schwere Maschinen gehabt – und für Männer in Lederjacken.

„Da setze ich mich nicht darauf", maulte sie. „Mit dem

Kleid geht das nicht."

„Das geht."

„Ein Helm würde meine *vernünftige* Frisur ruinieren", versuchte sie es weiter.

„Du brauchst keinen Helm. Es ist nicht weit."

„Was, wenn wir angehalten werden?"

„Werden wir nicht."

„Du hast wohl auf alles eine Antwort!"

Er grinste.

„Was ist mit meiner Handtasche?", fragte sie genervt.

„Gib her", sagte er und verstaute sie unter dem Sitz.

Ihr Kleid rutschte bis über die Oberschenkel, als sie sich hinter ihm auf das Motorrad setzte. Ein Glück, dass ihre High Heels zusätzlich an der Ferse geschnürt wurden und nicht gleich bei der nächsten Kurve vom Fuß rutschen würden. Als Mike die Maschine startete, überzog der dunkle kraftvolle Sound aus den vier Schalldämpfern ihren Körper mit einer Gänsehaut, und die Vibration des Sitzes pflanzte sich gnadenlos in ihrem Unterleib fort.

Verdammt! Verdammt! Verdammt!

Rufe und Pfiffe ertönten, als sie losdüsten, was sie in die Wirklichkeit zurückholte. Wahrscheinlich sah sie aus wie die Darstellerin in einem Porno! Wütend starrte sie auf Mikes Nacken, dort wo sich seine braunen Haare kräuselten, und sie beschloss, den Spieß umzudrehen. Statt Abstand zu halten, schlang sie ihre Arme um seinen Oberkörper und rieb ihre Brüste an seinem Rücken. Fast unmerklich spann er sich an, gleichzeitig ertönte aus seinem Mund ein Laut, als würde Luft aus einem kaputten Reifen entweichen.

„Hör auf zu zappeln!", knurrte er sie an.

Na, also, geht doch!

Während links und rechts die Hotels wie bunte Schliere vorbeizogen, genoss Amy den Wind, der an ihrem Haar riss. Als sie an einer roten Ampel anhielten, erlaubte sie sich den Luxus, ihren Kopf an seine Schulter anzulehnen. Gierig sog sie den Duft seiner Lederjacke ein. Er sagte kein Wort, rührte keinen Muskel.

Nach nicht einmal zwanzig Minuten brachte Mike die Maschine mit einem eleganten Schlenker vor einer zypressengesäumten Villa zum Stehen. Ein Gefühl des Bedauerns stieg in Amy auf, als sie vom Sitz kletterte. Wider Erwarten hatte sie die Fahrt genossen. Sehr sogar. Ihr Gesicht fühlte sich heiß an, und als sie ihre Haare betastete, stellte sie fest, dass diese zerzaust waren. Was nicht weiter schlimm war, kam es ihrem heutigen Image doch nur zugute. Mike stieg ebenfalls vom Motorrad ab. Kurz musterte er sie, dann war er mit einem Schritt bei ihr, packte ihren Hinterkopf und presste seine Lippen auf ihre. Es war ein flüchtiger, wenn auch inniger Kuss, der einen ganzen Schwarm flatternder Schmetterlinge in ihrem Bauch aufscheuchte. Das Letzte, was sie jetzt gebrauchen konnte!

„Gehen wir, Baby“, flüsterte er hinterher mit einem hinterhältigen Lächeln.

Sie atmete tief durch, versuchte, ihre Gefühle unter Kontrolle zu bringen. Mike kämpfte mit verflucht harten Bandagen.

Als er ins Haus gehen wollte, hielt sie ihn auf. „Du?“

„Ja?“

„Wenn ich gewinne ...“

Sein Blick flackerte kurz. „Ja?“

„Wirst du tun, was ich verlange.“

„So lautet die Abmachung.“

„Gut.“ Sie lächelte.

„Aber dazu wird es nicht kommen.“

Oh, doch, das wird es!

„Was ist das für ein Anwesen?“, fragte sie neugierig, als er die elegante Villa im französischen Landhausstil aufschloss.

„Es gehört einem Freund, er ist zurzeit auf Barbados.“ Mike tippte auf dem Display am Eingang einen Zahlencode ein, und das kleine Lämpchen schaltete von rot auf grün. „Im Erdgeschoss gibt es einen sehr geräumigen Pokerraum, deshalb dachte ich, wäre es der ideale Ort für unser Vorhaben."

Welches Vorhaben er damit wohl meinte?

Jedenfalls hatte Mike nicht zuviel versprochen. Der Raum war in der Tat sehr schön. Er besaß eine Mahagonivertäfelung und antikes Mobiliar, was ihm eine elegante Note verlieh. Den Boden bedeckte ein dunkelroter, flauschiger Teppichboden. In der Mitte stand ein runder Pokertisch mit fünf Stühlen, an der Wand befand sich eine Bar, an der sich jeder frei bedienen konnte. In den folgenden zehn Minuten trudelten die übrigen drei Spieler ein. Ein gut aussehender Chinese, ein pockenfarbiger Mann mit roter Brille und eine Frau mittleren Alters in einem hässlichen Karohemd. Mike übernahm das Vorstellungsritual, doch Amy löschte die Namen gleich wieder aus ihrem Kopf, weil es Informationen waren, die diesen unnötig füllen würden.

Nachdem alle ihre Plätze eingenommen hatten, wurde der Typ mit der roten Brille zum Dealer ernannt und eröffnete die Partie.

„Der Mindesteinsatz liegt bei 20 Dollar."

Routiniert mischte er die Karten, wobei Amy ihn nicht aus den Augen ließ. Sie konnte nicht wissen, ob er nicht mit einem der anderen Spieler unter einer Decke steckte, mit Mike zum Beispiel. Amy legte ihre Scheine in die Mitte des Tischs und erhielt ihre zwei Karten. Eine Herzzehn und ein Pikkönig. Sie unterdrückte ein Lächeln. Eine vielversprechende Hand für den Anfang. Sie schätzte ihre Chancen ein und setzte entsprechend. Es war davon auszugehen, dass alle zu Beginn das Risiko meiden würden, und so war es auch. Runde an Runde reihte sich, während Amy mal gewann und auch mal verlor. Wie von ihr beabsichtigt. Erst einmal ging es darum, warm zu werden.

Indessen nahm sie ihre Mitspieler unauffällig unter die Lupe. Die meisten Gewinne teilten sich Mike und der Chinese. Der Typ mit der roten Brille schien eher eine

Statistenrolle zu spielen, die Frau im Karohemd wippte dauernd nervös mit dem Bein, aber Amy ließ sich nicht täuschen. Das alles gehörte vermutlich zur Taktik. Nach der vierten Geberrunde machten alle ihren Einsatz, und Amy beschloss, auf Risiko zu gehen. Es machte sich bezahlt. Sie gewann mit einem Royal Flush einen Zweitausend-Dollar-Pot, stieg aber bei der nächsten Runde aus, weil sie es nur auf zwei niedrige Paare brachte, und verlor fünfhundert Dollar. Was zu verkraften war.

Leichte Unruhe ergriff die Spieler am Tisch, als die nächste Runde mit einem Pikbuben und einem hohen Paar startete, nämlich Kreuzkönig und Herzkönig. Amy hatte eine Pikneun und eine Pikzehn auf der Hand. Ein hervorragendes Blatt. Sie spekulierte auf einen Straight Flush, also eine Straße mit fünf Karten derselben Farbe, und erhöhte. Natürlich gingen die anderen mit. Mike warf ihr ein kleines boshaftes Lächeln zu, doch sie ließ sich davon nicht beirren.

Als beim nächsten Mal die Pikacht aufgedeckt wurde, spürte Amy eine erste Anspannung. Acht, neun, zehn, Bube gehörten ihr. Fehlten nur noch die Sieben oder die Dame. Nach außen hin unbeeindruckt griff sie nach ihrem Glas, sie hatte sich Wasser eingeschenkt, und trank einen Schluck, dann spielte sie mit dem Anhänger zwischen ihren Brüsten. Prompt hatte sie die Aufmerksamkeit des Chinesen, während Mikes Grinsen breiter wurde. *Nicht ablenken lassen!* Die Frau mit dem hässlichen Hemd erhöhte um dreihundert Dollar und funkelte Amy böse an, als sie mitging. Der Typ mit der roten Brille schnaubte und passte, sein Einsatz ließ den Pot weiter anwachsen. Mike und der Chinese gingen mit. Jetzt hing alles von der letzten aufgedeckten Karte ab. Es war ein As. Das Herz sackte Amy in die Hose, sie hatte nichts mehr in der Hand. Ein mildes Lächeln, kaum wahrnehmbar und oft vor dem Spiegel geübt, umspielte ihre Lippen. Zeit zu bluffen. Als die Frau weitere fünfhundert Dollar in die Mitte des Tischs schob, ging Amy mit und setzte ihr gesamtes Kapital ein.

Im Pot lagen nun 3.500 Dollar. Frustriert warf die Mitspielerin ihre Karten hin. Danach passte auch der Chinese.

Mike blickte Amy unverwandt an, während er mit allem, was er hatte, mitging. Er verlangte, ihre Karten zu sehen. Anscheinend ging er davon aus, dass sie bluffte, und er hatte damit recht. Amys Magen verkrampfte sich, und sie konnte nicht verhindern, dass sie die Luft anhielt. Mit einem zufriedenen Gesichtsausdruck deckte Mike seine Karten auf. Ein Fullhouse. Drei Könige und zwei Achten. Ein sehr gutes Blatt. Kurz senkte Amy die Augenlider, atmete tief durch. In Erwartung dessen, was gleich kommen würde, verstärkte sich das Kribbeln in ihrem Schoß. Das hier war besser als Sex. Langsam streckte sie ihre Arme nach vorn, eine kaum wahrnehmbare Bewegung der Handgelenke, schon lagen ihre Karten auf dem Tisch: zwei Asse. Damit kam sie auf drei Asse und zwei Könige. Ebenfalls ein Fullhouse. Die anderen Spieler, die zum Zuschauen verdammt waren, keuchten. Zugegeben, ihr Blatt war dick aufgetragen, aber Mike hatte für seine Arroganz eine Lektion verdient.

Fassungslos starrte dieser auf den Filz, als würden dort kleine grüne Männchen eine Polonaise aufführen.

„Das höchste Dreierpaar entscheidet“, erklärte Amy überflüssigerweise und zog den gesamten Pot zu sich heran. Schließlich kannte jeder im Raum die Regeln. „Meine drei Asse schlagen deine drei Könige.“

Wenn Mikes Blicke hätten töten können, wäre sie augenblicklich in Flammen aufgegangen. Seine Lippen waren fest aufeinandergepresst, seine Nasenlöcher gebläht. Amy lächelte. Sie hatte kein schlechtes Gewissen, schließlich hatte er versucht, sie und jeden anderen am Tisch übers Ohr zu hauen, und zwar seit Anbeginn. Sie hingegen hatte gezählt, geblufft und taktiert, bis zur letzten Runde, als sie ihre sprichwörtlichen Asse aus dem Ärmel gezogen hatte.

„Bye Mike, hat Spaß gemacht“, säuselte der gut

aussehende Chinese mit einem verkniffenen Lächeln, bevor er Richtung Tür ging. „War mir ein Vergnügen, Amy."

Sie nickte freundlich.

Die Frau im Karohemd klopfte Mike kräftig auf die Schulter und lachte lauthals. „Sie hat dich ganz schön abgezockt, was?"

„Dich aber auch", erwiderte dieser missmutig.

Der Typ mit der roten Brille murmelte etwas in seinem Bart, bevor auch er den Raum verließ. Ein schlechter Verlierer.

Dann waren sie allein. Das Herz klopfte Amy bis zum Hals, als sie zur Tür ging, um sie von innen abzuschließen. Hinterher drehte sie sich zu Mike um.

„Du hast mich geleimt", knurrte er.

„Ausziehen!", befahl sie statt einer Antwort.

Ein warnender Ausdruck trat in seine Augen, doch sie ließ sich davon nicht verunsichern.

„Wir hatten eine Abmachung, Mike", sagte sie und trat einen Schritt näher. Sie konnte seine Wut spüren, oder war es Erregung? Vermutlich beides. „Ich will, dass du deine Stiefel und Socken ausziehst, danach deine Jeans und die Unterhose."

„Ich trage keine Unterhose", entgegnete er mit aufreizendem Tonfall.

Sie musste blinzeln. „Das Hemd darfst du anbehalten."

Ihre Nerven flatterten. Es war ja nicht so, dass sie solche Dinge jeden Tag tat. Um ehrlich zu sein, war es das erste Mal, und sie hegte die Befürchtung, dass es für sie nicht weniger schweißtreibend sein würde als für ihn. Schon jetzt schien ihr Schoß von einem Feuer speienden Ungetüm besessen zu sein. Ohne sie aus den Augen zu lassen, zog Mike seine Stiefel und Socken aus, dann war die Jeans dran. Regungslos beobachtete sie jede seiner Gesten. Knopf für Knopf öffnete er seinen Hosenlatz. Aufreizend langsam. Kaum auszuhalten!

„Etwas schneller, wenn ich bitten darf!", sagte Amy

mit einem Kratzen im Hals. „Ich will sehen, was du zu bieten hast."

Seine Augen verengten sich zu Schlitzen, dennoch kam er der Aufforderung nach und zog die Jeans über seinen Po. Er hatte de facto keine Unterhose an, und Amys Mund wurde trocken, als sie seinen Schwanz sah. Groß, prall und samtig war er, von dicken Adern durchzogen. Seine dunkle Eichel glänzte feucht. Was für ein Anblick! Ihre Finger sehnten sich danach, ihn zu streicheln, seine Konturen nachzuzeichnen und über den einzelnen Tropfen auf der Spitze zu fahren, um davon zu kosten ... Obwohl Mike stark erregt war, rührte sich kein Muskel in seinem Gesicht. Lässig stieg er aus der Hose und kickte sie weg.

Amy wandte den Blick ab, ließ ihn durch den Raum schweifen, bis sie gefunden hatte, wonach sie suchte. Auf ihren High Heels lief sie über den weichen Teppich, um einen Stuhl mit Armlehnen zu holen, den sie vor Mike abstellte.

„Hinsetzen!", befahl sie.

Ohne ein Wort des Protestes kam er ihrer Aufforderung nach. Sein Blick jedoch sprach Bände und versengte ihre Haut bis zum Knochen. Als sie daraufhin seine Handgelenke mit den Socken an den Armlehnen festband, ging sie nicht gerade zimperlich vor. Sie zog die Fesseln so straff, dass er keuchte, und machte am Ende einen doppelten Knoten.

„Du verdammte ..."

„Was?", unterbrach sie ihn. „Hure? Schlampe? Fotze?"

Sie erschrak vor sich selber. So leicht kam ihr das F-Wort normalerweise nicht über die Lippen, die Wirkung allerdings war verblüffend. Sein Schwanz zuckte, und ein süßes Machtgefühl durchströmte sie. Ihre Nasenlöcher waren weit geöffnet, die Zungenspitze ragte leicht heraus, als sie ihre Hand ausstreckte und mit ihren Fingern über seinen Nacken fuhr.

„Genieß die Show!", flüsterte sie ihm ins Ohr.

Das Gefühl der Unbesiegbarkeit floss wie eine Droge

durch ihre Adern.

„Glaubst du wirklich, diese Knoten können mich aufhalten?“, ließ er mit einem wölfischen Knurren vernehmen.

Statt einer Antwort zuckte sie mit den Achseln, wobei der rechte Ärmel über ihre Schulter rutschte.

„Sag mir, wie du das mit den Assen gemacht hast!“, zischte er.

„Hmm ... Nein.“

„Du hast knallhart beschissen“, stellte er weiter fest.

Sie lächelte engelsgleich. „Du doch auch! Pech für dich, dass ich darin besser bin“, fügte sie genüsslich hinzu.

Lächelnd stand sie vor ihm. Ihre Augen hielten seine gefangen, als sie quälend langsam den zweiten Ärmel ihres Kleides über die Schulter schob, bis ihre Arme frei waren. Mit wiegenden Hüften umrundete sie ihn, ließ ihren Blick gemächlich über seinen verräterischen Körper wandern, während er gierig ihren Duft einsaugte. Er hörte das leise Rascheln ihres Kleides bei jedem Schritt, glaubte die Wärme ihrer Haut zu spüren und unterdrückte den Impuls, wie ein Besessener an seinen Fesseln zu zerren. Dann stand sie wieder vor ihm mit erhobenen Armen und löste mit nur wenigen Handgriffen ihr Haar. Die Locken, die wie eine sonnendurchflutete Kaskade über ihre Schultern fielen, raubten ihm den Atem. Der dünne Stoff ihres Kleides wurde lediglich von ihren harten Nippeln am Hinunterrutschen gehindert, was ihm das Atmen nicht unbedingt erleichterte. Sein Schwanz war knüppelhart, pochte schmerzhaft, und ihm trat der Schweiß auf die Stirn. Als sie mit kreisenden Bewegungen ihre Nippel liebkoste, entfuhr ihm ein gequältes Keuchen.

„Das wirst du mir büßen, du Miststück“, krächzte er.

Milde lächelnd ließ sie das Kleid von ihren Brüsten gleiten. Ihre Titten waren klein, aber drall und reckten sich Mike verführerisch entgegen. Ihm lief das Wasser im Mund zusammen, er spürte das unbändige Verlangen, an ihren harten, dunkelroten Nippeln zu saugen. Mit ihren zarten Händen umschloss sie ihre Brüste, spielte mit ihnen und hielt dabei die Augen unverwandt auf seinen Schwanz gerichtet. Am liebsten hätte er sie angeschrien, doch weil er sich keine Blöße geben wollte, begnügte er sich damit, sie mit finsterem Blick anzustarren.

Seine Vergeltung würde schrecklich sein.

Ihre wunderschönen Brüste verschwanden aus seinem Blickfeld, und er musste blinzeln, als sie den Rockteil ihres Kleides langsam hochschob und ihm ihren perfekt geformten Arsch hinstreckte. Sie trug nichts außer einem schwarzen String. Wieder spürte Mike, wie es in seinem Schwanz pulsierte. Bereits auf dem Motorrad war er hart gewesen, als sie sich gegen ihn gepresst hatte, doch jetzt stand er kurz vor der Explosion.

„Baby“, sagte er. Seine Stimme klang auf einmal ganz tief und rau. „Ich werde dich so hart ficken, dass du nicht wissen wirst, wo oben und unten ist.“

„Träum weiter“, antwortete sie mit einem süßlichen Lächeln, während sie sich mit zwei Fingern ihren String über den Hintern schob.

Gemächlich rutschte das winzige Stück Stoff ihre Beine entlang und landete auf ihren Knöcheln, direkt oberhalb ihrer High Heels. Ob die kleine Schlampe haftbar gemacht werden konnte, wenn er einen Herzinfarkt bekam?, dachte er panisch, als sie sich vorbeugte, um nach ihrem String zu greifen. Mit einem gemeinen Lächeln trat sie erneut ganz nah an ihn heran, den Tanga zwischen ihren Fingern und ließ ihn vor seinem Gesicht baumeln. Er konnte ihre Lust riechen. Ein salziger und zugleich süßer Duft. Wie gern hätte er nach dem String geschnappt, seine Nase hineingesteckt und den Stoff sauber geleckt.

„Heb den Rock hoch!“, forderte er grob. „Ich will deine Möse sehen.“

„Du kannst mir gar nichts befehlen, Mike D. Stenton“, antwortete sie keck, doch er konnte sehen, dass ihre Augen vor Lust beinahe schwarz waren.

Statt zu tun, was er verlangt hatte, kniete sie sich vor ihn und hauchte seinen Schwanz an, ohne ihn zu berühren.

„Fuck, Amy!“, fluchte er. „Damit kommst du nicht durch!“

Wie um ihn zu verhöhnen, streckte sie ihre rosa Zunge heraus und ließ sie knapp über seiner tropfenden Eichel kreisen.

Gepeinigt warf er den Kopf in den Nacken.

Das Herz trommelte hart in ihrer Brust. Mike bot einen beängstigenden Anblick. Die Muskeln an seinem Hals standen hervor wie gespannte Drahtseile, sein prall gefüllter Schwanz ragte in die Höhe, während sich sein Brustkorb heftig hob und senkte. Lächelnd hob sie ihr Kleid, um ihm ihren nackten Schoß zu zeigen. Die blonden Schamhaare verbargen nicht viel, und sie troff vor Nässe. Als sie seinen starren Blick sah, wagte sie sich näher. So nah, dass sie mit ihren Brüsten beinahe sein Gesicht berührte.

„Hmpf!“, gab er von sich.

Sie grinste triumphierend.

Das war der Moment, als er sie überrumpelte. Seine muskulösen Beine schlangen sich um sie und brachten sie aus dem Gleichgewicht. Sie stieß einen kleinen Schrei der Überraschung aus, ruderte mit den Armen und musste sich notgedrungen an seinen Schultern festhalten, um nicht zu fallen. Dabei klatschten ihre Brüste in sein Gesicht. Gierig schnappten seine Lippen nach einem ihrer Nippel, seine Zunge fuhr über die harte Knospe und hinterließ einen lustvollen Schauer auf ihrer Haut. Sie keuchte, als sich seine Zähne in ihr zartes Fleisch vergruben.

„Sei ein braves Mädchen“, sagte der grünäugige Teufel unter ihr mit samtweicher Stimme. In seinem Blick lag kein Flehen, sondern Unnachgiebigkeit. „Setz dich auf meinen Schwanz.“

Alles in ihr schrie danach, ihm zu gehorchen, denn ihr Vorrat an Selbstbeherrschung war gänzlich aufgebraucht.

Ihr Körper war ein einziger lüsterner Nerv, dem es nach Erlösung dürstete.

„Nimmst du die Pille, Baby?", fragte der Teufel leise weiter.

Er bewegte sein Becken in einer aufreizenden Weise, lockte sie mit seinem Schwanz und wollüstigen Blick.

„Ja", hauchte sie.

„Gut."

Sie legte beide Hände auf seine Schultern und spreizte die Beine, dann senkte sie die Hüften. Als ihre feuchten Schamlippen seine Eichel berührten, seufzte sie.

Endlich!

Da hielt sie plötzlich inne. *Verfluchter Mist!* Sie nahm zwar die Pille, aber Mike lebte nicht gerade wie ein Mönch. Michael Fassbender in „Shame", schon vergessen?

„Was ist?", fragte er. Es klang ziemlich gereizt.

„Kondom ... Handtasche", stammelte sie.

„Brauchen wir nicht", sagte er heiser, während sie noch mit sich kämpfte. „Ich lasse mich regelmäßig testen. Ich bin sauber. Abgesehen davon vögele ich nie ohne Gummi. Heute jedoch ..."

Statt seinen Satz zu beenden, machte er sich lang und umschloss ihren Mund mit einem feuchten Kuss.

„Gib dir einen Ruck, Baby", murmelte er. „Wir haben uns die Erlösung verdient."

„Ich ... ich bin auch sauber."

„Natürlich bist du das."

Was sollte das schon wieder bedeuten? Doch sie war zu erregt, um sich ernsthaft zu ärgern.

Ihre Augen versenkten sich ineinander, während sie seinen Schwanz umfasste, um ihn in die richtige Position zu bringen. Seine mit Samt überzogene Männlichkeit war unwiderstehlich, und sie konnte nicht umhin, ihn mit dem Daumen zu streicheln. Ihr Keuchen vermischte sich mit seinem gequälten Stöhnen. Lächelnd setzte sie sich auf ihn, nahm ihn Zentimeter für Zentimeter in sich auf, bis er sie gänzlich ausfüllte. Ihr stockte der Atem, als er sie von unten stieß. Sein Schwanz war heiß und hart und herrlich. Sie spürte, wie sie noch feuchter wurde.

„Binde mich los“, forderte er mit einer kehligen Stimme.

Sie schüttelte den Kopf und schrie erschrocken auf, als er ihr fest in die Brust biss.

„Sofort!“

Sie stieß ein zittriges Lachen aus. „Auf keinen Fall.“

Ich bin doch nicht lebensmüde!

„Baby, irgendwann wirst du es tun müssen.“

Mit großen Augen sah sie ihn an.

„Du wirst um meine Rache nicht herumkommen“, sagte er. „Aber je schneller du mich losmachst, desto gnädiger werde ich mit dir sein.“

Sie blieb ihm eine Antwort schuldig, stützte stattdessen ihre Hände hinten auf seinen Knien ab und begann, auf ihm zu reiten. Ihre beiden Leiber waren schweißbedeckt, und sie konnte seinen flachen Atem hören. Ihr Becken hob und senkte sich, immer schneller stieß sie herab. Dann löste sie ihre rechte Hand von seinem Knie, um ihren Kitzler zu berühren. Sich seines brennenden Blickes bewusst rieb sie ihre empfindliche Perle, erst sanft, dann immer fester. Stöhnend warf sie den Kopf in den Nacken, hielt die Augen halb geschlossen. Die Spannung baute sich in ihren Beinen auf, sie krümmte die Zehen und spürte den nahenden Höhepunkt in ihren Waden. Als die Wellen der Lust über sie zusammenschlugen, bäumte sie sich auf und stieß kleine spitze Schreie aus.

Es war atemberaubend! Sie zuckte und schrie, peinigte ihn bis aufs Blut, und nur mit übermenschlicher Anstrengung gelang es ihm, nicht abzuspritzen. Innerlich vergab er sich die Goldmedaille für Standhaftigkeit. Ihr süßer Mund war halb geöffnet, japste heftig nach Luft, und ihm fielen diverse Dinge ein, die er liebend gern mit dieser rosafarbenen feuchten Höhle angestellt hätte. Ihre schweißbedeckten Titten befanden sich nur wenige

Zentimeter von seinem Gesicht entfernt, er konnte die Gänsehaut darauf erkennen, und ihre Nippel ... Er seufzte. Die harten Knospen standen mindestens einen Zentimeter ab. Luden ihn ein, sie zu lecken, an ihnen herumzuknabbern. *Fuck!* Was diese Frau mit ihm anstellte, ging über seinen Verstand! Jetzt hielt sie die Augen geschlossen, während ihr Orgasmus langsam verebbte. Eine zarte Röte hatte sich auf ihrem Schwanenhals ausgebreitet. Wie gern hätte er seine Zähne hineingestoßen, sein Mal auf ihrer milchweißen Haut hinterlassen. Als sie ihre Augen wieder öffnete, bannte er ihren Blick erneut.

„Binde mich los, Amy", verlangte er mit ruhiger Stimme.

Er hatte sich den Abend anders vorgestellt, und nichts, aber auch gar nichts war nach Plan gelaufen, aber was machte das schon? Amy bescherte ihm den Kick, den er sich herbeigesehnt hatte. Trotzdem hätte er sich nie erträumen lassen, dass es so gigantisch werden würde. Die kleine Hexe steckte voller Überraschungen! Zwar fühlte er sich ein wenig benutzt, doch stand es in keinem Verhältnis zu der Erregung, die er deswegen empfand. Ihre Finger zitterten, als sie sich an den Knoten zu schaffen machte. Angesichts dessen, was er gleich mit ihr anstellen würde, zuckte es schmerzhaft in seinem Schwanz. Wie sich zeigte, hatte sie etwas Mühe, fummelte ungeschickt herum. Sie war nervös. *Gut.* Während sie mit den hartnäckigen Knoten kämpfte, bewegten sich ihre Titten, und er spürte die leichte Reibung ihres Schoßes an seinem Schwanz. Nachdem sie ihn von seinen Fesseln befreit hatte, fing er ihren ängstlichen Blick auf. Was ihn noch härter werden ließ, falls das überhaupt möglich war.

Baby, jetzt bist du fällig!

Ein entschlossener Ausdruck trat in Mikes Augen, und ehe sie reagieren konnte, hatte er sie schon gepackt und auf die Beine gestellt. Kurz schwankte sie, dennoch ließ er ihr keine Zeit zum Durchatmen. Die Luft wurde ihr aus der Lunge gepresst, als er sie mit dem Gesicht nach vorn gegen die Wand stieß. Seine Hand hielt ihren Nacken fest.

„Eigentlich müsste ich dir den Arsch versohlen", flüsterte er in ihr Ohr. „Verdient hättest du es."

Sie erschrak, als seine Hand über ihren nackten Rücken hinabglitt und auf ihrem Hintern liegen blieb, konnte jedoch nicht verhindern, dass sich ihr Bauch erneut lustvoll zusammenzog.

„Aber das müssen wir leider verschieben", erklärte er weiter und wirbelte sie grob herum, sodass sich ihre Blicke wieder berührten. „Mit meiner Beherrschung ist es gerade nicht allzu gut bestellt, wie du dir denken kannst. Also werde ich gleich zur Sache kommen."

Mit wenigen Handgriffen hatte er sein Hemd ausgezogen und zu Boden geworfen. Sie erschauerte, als sie seinen nackten, muskelbepackten Oberkörper zum ersten Mal sah. Dunkle Haare verjüngten sich zur Mitte seines festen Bauchs hin zu einem schmalen Streifen, wie ein verführerischer Pfeil, der in die einzig richtige Richtung wies.

„Ich will, dass du den Fummel anbehältst, wenn ich dich ficke", sagte er, als sie sich anschickte, das Kleid über ihre Hüften zu ziehen. „Auch die High Heels."

Er stützte sich auf beiden Seiten von ihr ab, beugte sein Gesicht zu ihr hinunter. „Du bist wunderschön, wenn du kommst", sagte er rau. „Ich will es noch einmal sehen."

Seine Hand umfasste ihre Kehle und drückte sie gegen die Wand, machte sie bewegungsunfähig. Dann küsste er sie lang und gründlich. Das und die feste Umklammerung um ihren Hals entlockten ihr ein lustvolles Wimmern. Schon schob er sein Knie zwischen ihre Beine und trieb mit einem harten Glanz in den Augen seinen Schwanz in sie. Wie stark er sich anfühlte! Sein abgehackter Atem strich über ihre Schläfe, während er sie hart nahm. Dass er dabei ein wenig in die Knie gehen musste, weil sie trotz der High Heels immer noch ein gutes Stück kleiner war als er, schien ihn nicht zu kümmern. In ihrem Bauch zuckte es unkontrolliert, und sie schlang ihre Arme um ihn, drängte sich ihm gierig entgegen. Sie wimmerte erneut, spürte den nächsten Höhepunkt, der unaufhaltsam auf sie zuraste. Kurz zog er sich aus ihr heraus, griff in ihre linke Kniekehle und hob ihr Bein an, dann rammte er seinen Schwanz wieder in sie hinein.

„Gott, Baby, du bist so herrlich eng", keuchte er in ihr Ohr.

Ein Schauder lief durch ihre Muskeln, und er stieß sie noch hemmungsloser, fast brutal. Er nagelte sie förmlich an die Wand, ließ ihr keinen Spielraum. Das Gefühl des Ausgeliefertseins katapultierte sie über die Schwelle. Als sie die Augen schließen wollte, packte er ihre Locken, zwang sie, ihn anzusehen. Sie schrie, japste, stammelte seinen Namen, und die ganze Zeit über hielt sein Blick sie gefangen.

Bevor sie wusste, was ihr geschah, lag sie auf dem weichen Teppich und er auf ihr. Seine stählerne Umarmung ließ keine Flucht zu.

„Sprich mit mir", keuchte er und nahm erneut von ihr Besitz.

„Was?" Ihre Frage war mehr ein Piepsen.

„Sag irgendetwas. Ich liebe deine Stimme, sie ist unglaublich sexy."

„Wi... wirklich?"

„Ja."

„O ... Okay." Sie beugte sich ganz nah an sein Ohr, holte tief Luft. „Beim Pokern hast du gegen mich keine Chance, Mike. Du wirst immer von mir gefickt werden."

Gut, im Moment war es eher anders herum, aber wen kümmerte das? Sie spürte, wie er sich verkrampfte. Ein wollüstiges Geräusch entrang sich seiner Kehle, als er sich in ihr ergoss, eine Mischung aus Stöhnen und hysterischem Lachen. Das heiße Pulsieren zog sich in die Länge, wollte kein Ende nehmen. Amy legte ihre Arme um ihn, genoss das Gefühl der vollkommenen Verschmelzung. Sein

Körper zitterte ein letztes Mal, bevor er keuchend auf ihr zusammenbrach. Ihren Namen murmelnd lehnte er seine schweißnasse Stirn gegen ihre, sie spürte seinen Stoppelbart auf ihrer Haut und seinen galoppierenden Herzschlag an ihrer Brust, oder war es gar ihr eigenes Herz, das mit ihr durchging? Sie wusste es nicht, und es war auch nicht wichtig. Dann rollte er von ihr herunter, ohne sie loszulassen. Sie fand sich auf seinem Bauch wieder, die klebrige Nässe zwischen ihnen erfüllte sie mit Stolz und Zufriedenheit. Eine Weile lagen sie da, sprachen kein Wort, bis Mike das Schweigen brach.

„Ich lasse es gern auf einen weiteren Versuch ankommen“, sagte er mit einem leisen Lachen in der Stimme.

Sachte löste er sich von ihr, dann stand er auf und streckte ihr die Hand hin, um ihr aufzuhelfen. Sie spürte, wie der Saft aus ihr herausfloss und ihre Innenschenkel benetzte. Wie eine übergroße Puppe ließ sie sich von ihm anziehen. Langsam, fast liebevoll, schob er die Ärmel ihres Kleides über ihre Schultern und zog den Saum wieder nach unten. Anschließend war der String dran.

„Alles okay?“, fragte er besorgt, als sie immer noch nichts sagte. „Ich habe dir doch nicht wehgetan?“

Wortlos schüttelte sie den Kopf. Die Euphorie war einer seltsamen Taubheit gewichen. Befand sie sich vielleicht in einer Art Schockzustand? Sie hatte schon oft gehört und auch gelesen, dass guter Sex die Welt kurzfristig aus den Angeln heben konnte, es aber für ein Märchen gehalten. Bis heute. Wie sollte sie unter diesen Umständen eine emotionale Distanz wahren? Die Falle war bereits dabei, zuzuschnappen. Sie bekam kaum mit, wie Mike sich seinerseits anzog, nur dass er ihr seine warme Lederjacke überstreifte. Erst jetzt bemerkte sie, dass sie entsetzlich fror. Sanft umfasste er ihre Hand. Sie hätte sich ihm entziehen müssen, doch dazu fehlte ihr die Kraft.

Statt das Motorrad zu nehmen, hielt er ein Taxi an,

wofür sie ihm dankbar war. Keine zehn Minuten später standen sie oben vor ihrem Zimmer. Mit einem ernsten Ausdruck sah er auf sie hinunter, strich mit dem Daumen über das kleine Grübchen in ihrem Kinn, dann verfingen sich seine Finger in ihren Locken, und er drückte seine warmen Lippen auf ihre. Es war unglaublich, wie gut er küssen konnte. Ihre Münder verschmolzen ineinander, ihre Zungen fanden sich zu einem sinnlichen Tanz, und sie ließ sich ein letztes Mal fallen. Nur einen Augenblick später löste er sich von ihr. Blinzelnd sah sie zu ihm auf. Ein zärtliches Lächeln lag auf seinem Gesicht.

„Gute Nacht, Amy", flüsterte er.

Benommen blickte sie ihm nach, als er den Gang zu seiner Suite hinunterging. Nicht ahnend, dass argwöhnische Augen die Szene durch einen winzigen Türspalt beobachtet hatten.

Amy kramte fahrig in ihrer Handtasche herum, bis sie die Schlüsselkarte gefunden hatte, die sie durch den dafür vorgesehenen Schlitz führte. Das kleine rote Licht schaltete auf grün, und sie betrat ihr Zimmer. In den letzten zwei Jahren hatte sie hart daran gearbeitet, in jeder Minute ihres Lebens kontrolliert und effizient zu sein, außer wenn sie malte. In nur einer Nacht hatte Mike all ihre Anstrengungen zunichtegemacht. Es ist nur Sex, versuchte sie sich einzureden. Dumm nur, dass es für sie so etwas wie „nur Sex" nicht gab. Sie erkannte die ersten Anzeichen einer Verliebtheit, wenn sie diese sah – oder fühlte. Mit zusammengepressten Lippen begab sie sich ins Schlafzimmer und warf sich aufs Bett. Da gelangte ein warmer Duft an ihre Nase, ein Duft nach Mann und Leder, der ihr Herz zusätzlich quälte. Eine Woge aus Verzweiflung brandete über sie hinweg. Hektisch zog sie seine Lederjacke aus und pfefferte diese in die Ecke, als wäre sie eine gefährliche Giftschlange, dann rollte sie sich in die Tagesdecke ein. Dabei war ihr gleichgültig, dass sie immer noch geschminkt war und ihre High Heels trug. Sie wollte nur schlafen. Und alles vergessen.

Der Morgen danach

Nervös fuhr sich Mike durch die feuchten Haare, dann warf er einen Blick auf seine Armbanduhr. Es war 5:45 Uhr. Amy würde nicht begeistert sein, schließlich war sie erst vor fünf Stunden ins Bett gefallen. Andererseits hatten ihre Augen verstörend leer ausgesehen, als er sie vor ihrer Tür abgesetzt hatte. Sein Gefühl sagte ihm, dass sie gerade dabei war, die Schotten wieder dichtzumachen und zuzuschweißen, mit allem, was ihr zur Verfügung stand. Das würde er auf keinen Fall zulassen. Irgendwann in der Nacht hatte er mit dem Gedanken gespielt, durch die Verbindungstür zu gehen, um sie mit seinen Küssen am Grübeln zu hindern. Doch letztlich hatte er den Plan wieder verworfen, weil dieser vermutlich mehr Schaden angerichtet als Nutzen gebracht hätte. Zu Recht hätte sie seine Aktion als Eingriff in ihre Privatsphäre angesehen. Es war unfassbar, wie sehr seine Gedanken um sie kreisten, wie sehr sie ihn beschäftigte. Er hatte Sex mit ihr haben wollen. So weit, so gut, doch er wollte mehr davon. *Viel mehr*. Kaum hatte er sie verlassen, hatte sich sein Körper schmerzlich nach ihr gesehnt, als wäre sie ein Teil von ihm, das ihm gewaltsam amputiert worden war.

Zögernd klopfte er an die Tür. Er lauschte, nichts passierte, also klopfte er noch einmal, diesmal lauter. Da endlich hörte er hinter der Tür ein Rascheln und etwas, das wie ein leiser Fluch klang.

„Ja?“ Ihre Stimme hörte sich knurrig und verschlafen an.

„Ich bin’s“, sagte er nur.

Stille.

Eine gefühlte Ewigkeit starrte er auf die weiß lackierte

Tür. Plötzlich schlug ihm das Herz bis zum Hals, als wäre er wieder sechszehn Jahre alt. Ein unsicherer, stotternder Junge. Was, wenn sie nicht öffnete? Ihn vollends ignorierte?

„Amy, bitte mach auf!", sagte er. „Ich möchte dir etwas zeigen. Es hat nichts mit Sex zu tun, versprochen."

Da endlich wurde von innen die Klinke heruntergedrückt, und die Tür öffnete sich. Sie sah schrecklich aus und doch wunderschön. Noch immer trug sie das blaue Cocktailkleid vom Vorabend, ihr Mascara war verschmiert und die Frisur zerzaust, als hätte er sie die ganze Nacht geliebt. Ihre großen Augen blickten ihn an wie ein Reh die Scheinwerfer eines sich nähernden Autos.

„Geht es um den Fall?"

Statt einer Antwort schob er sich an ihr vorbei und betrat das Zimmer.

„Tut mir leid, dass ich dich so früh wecken musste", sagte er, obwohl es ihm kein bisschen leidtat.

Sie zuckte mit den Achseln. „Hab eh beschissen geschlafen. Also, worum geht's?"

„Das erfährst du, sobald du geduscht und dich umgezogen hast. Zieh dir bitte etwas Warmes an, es ist draußen noch recht frisch. Ich warte hier auf dich."

„Okay."

Begeisterung sah zwar anders aus, aber zumindest hatte sie ihn nicht hochkant hinausgeworfen.

„Möchtest du vorher eine Kleinigkeit essen? Soll ich den Zimmerservice rufen?"

Sie winkte hektisch ab. „Bloß nicht! Danke."

Nachdenklich blickte er ihr nach, wie sie mehr taumelnd als gehend ins Schlafzimmer zurückkehrte. Ganz Gentleman setzte er sich in einen der Sessel und wartete, bis sie fertig war. Zu seiner angenehmen Überraschung brauchte sie nicht lang. Bereits nach zehn Minuten erschien sie wieder, frisch geduscht und angezogen. Sie trug eine Jeans und einen langärmeligen Baumwollpulli, die Haare hatte sie zu einem Pferdeschwanz zusammengebunden. Ihr Gesicht war ungeschminkt. Über ihrem rechten Arm hing seine Lederjacke. Sie wirkte so mädchenhaft und unschuldig, dass es ihm einen Stich versetzte.

„Gut so?“, fragte sie und zeigte auf ihre Kleidung.

Der Hauch eines Lächelns lag auf ihrem Gesicht. Immerhin.

„Perfekt“, antwortete er leise.

Kurz trafen sich ihre Blicke, sie blinzelte, schaute weg.

Aha! Wie er vermutet hatte. Sollte er sie darauf ansprechen? Ihr versichern, dass sie sich keine Sorgen zu machen brauchte, dass es nur Sex war und er sie niemals verletzen würde? Doch mit einem Mal fiel ihm das Sprechen schwer. Er fühlte sich schrecklich hilflos. Vielleicht hatte er ihr bereits wehgetan, ohne es zu wollen …

„Komm!“, sagte er brüsker als beabsichtigt.

„Geht es um den Fall?“, fragte sie erneut.

Sie klang etwas atemlos, weil sie versuchte, auf seiner Höhe zu bleiben, während er mit großen Schritten den Gang entlanghetzte.

„Mike!“, rief sie plötzlich und blieb stehen.

Verblüfft drehte er sich um. „Was ist?“

„Wenn du mir nicht sofort sagst, wo’s hingeht, drehe ich auf dem Absatz um.“ Sie stemmte ihre Hände in die Hüfte. „Und hör verdammt noch mal auf, so zu rennen!“

Seine Lippen verzogen sich zu einem Grinsen. Da war sie wieder seine kleine Wildkatze.

„Es ist eine Überraschung, deshalb möchte ich nichts verraten. Aber du kannst mir vertrauen.“

Sie blickte ihn lange an. Obwohl ihre Miene regungslos blieb – darin war sie wirklich gut, außer er küsste sie oder hatte seinen Schwanz in ihr –, ahnte er, dass sie dabei war, das Für und Wider abzuwägen.

Am Ende gab sie nach. „Also gut. Was habe ich schon zu verlieren?“

„Eben“, antwortete er gelassen, obwohl ihm gerade ein

zentnerschwerer Brocken vom Herzen gefallen war.

Der Tag brach gerade erst an, als sie hinaustraten, und die Luft mutete milder an als erwartet.

„Sag mir, dass wir nicht wieder mit dem Motorrad fahren?“ Eine tiefe Furche hatte sich zwischen ihren Augenbrauen gegraben.

„Keine Sorge, die Maschine steht noch dort, wo wir sie zurückgelassen haben“, antwortete er zwinkernd und widerstand nur mit Mühe der Versuchung, sie zu küssen.

Die samtweiche Männerstimme im Radio schwärmte von einer Mona Lisa, einem Himmel voller Regenbögen und von einer Liebe, die niemals endete. Während Joshua Kadison seine unvergessliche Ballade sang, war Amy, als ob ihr eine unsichtbare Hand die Kehle zudrückte. *You're everything I've tried to find.* Die Luft im Pick-up wurde immer dünner, das Blut rauschte ihr in den Ohren. Voller Pein blickte sie nach draußen, versuchte, nicht auf den Text zu achten. *You'll always be beautiful in my eyes.* Es gelang ihr nicht. Unwillkürlich traten ihr die Tränen in die Augen.

„Kannst du das bitte ausmachen?“, forderte sie barsch, als sie glaubte, gleich losschreien zu müssen.

Mike warf ihr zwar einen kurzen Seitenblick zu, kam ihrer Aufforderung aber wortlos nach, und sie konnte befreit aufatmen.

„Danke“, murmelte sie etwas beschämt.

Schweigend fuhren sie vom Strip aus westwärts, ließen die Stadt hinter sich und nahmen die Nationalstraße nach Norden durch die Wüste. Schon von Weitem konnte Amy die schwarz zerklüfteten Felsen des Red Rock Canyons sehen. Nachdem der Pick-up die Mautstation passiert hatte, schlängelte er sich über die Panoramastraße nach oben. Mike hielt den Wagen im Nirgendwo an, holte eine Wolldecke hinter dem Sitz hervor und stieg aus.

„Hier entlang“, sagte er und griff nach ihrer Hand, kaum dass sie neben ihm stand.

Im Dämmerlicht konnte Amy außer dunklen

Silhouetten nicht viel ausmachen, also ließ sie sich widerstandslos führen, bis sie an einem Felsvorsprung haltmachten, der einen weiten Blick über die Ebene bot. Nachdem Mike dort die Decke ausgebreitet hatte, setzten sie sich. Amy stellte keine Fragen. Sie ahnte inzwischen, warum sie hier waren. Was ihr auffiel, war die Stille. Eine tiefe Stille, die etwas Friedliches an sich hatte und sie mit Ehrfurcht erfüllte. In der Ferne glitzerte Las Vegas mit seinen Millionen von weißen und orangefarbenen Lichtern wie eine Feuerqualle inmitten eines schwarzen Ozeans. Die zerklüfteten Bergkuppen dahinter säumte ein rötliches Band, das stetig größer wurde. Fasziniert beobachtete Amy, wie sich der Himmel aus blauer Tinte immer mehr verfärbte. Noch war Helios nicht in Erscheinung getreten, vielmehr hatte er seine Späher vorgeschickt. Einer von ihnen kletterte bereits über die Berge, dann noch einer und noch einer. Ein blendendes Feuer, das die umliegenden Steinriesen in gelbes Licht tauchte. Ein eindrucksvolles Schauspiel, das Amy für kurze Zeit ihre Sorgen vergessen ließ.

„Das ist wunderschön, Mike“, hauchte sie, ohne den Kopf abzuwenden. „Danke, dass du mir das zeigst.“

„Möchtest du Kaffee?“

Jetzt hatte er ihre volle Aufmerksamkeit. „Du hast Kaffee dabei?“

„Klar.“

Nun bemerkte sie auch den Rucksack, den er bei sich trug. Er holte eine Thermoskanne daraus hervor, drehte den Verschluss auf und goss etwas ein.

„Und? Möchtest du?“, fragte er mit einem kleinen Lächeln.

Im Morgenlicht funkelten seine Augen wie Smaragde, und ihr Herz krampfte sich schmerzlich zusammen. Sie nickte. Nachdem sie einen Schluck getrunken hatte, reichte sie ihm wortlos den Becher zurück. Sie sah sich unfähig, zu sprechen. Während er seinerseits trank, verlor sie sich wieder in der Betrachtung des Sonnenaufgangs. Die

Schatten wichen immer mehr dem Licht, krochen langsam aber sicher in die Dunkelheit zurück. Amy wünschte sich plötzlich, sie hätte Pinsel und Farbe dabei.

„Ich male, weißt du?“, flüsterte sie.

„Wirklich?“

„Ja, wenn auch nicht sehr gut. Aber darum geht es nicht, es geht mir dabei um ... um ...“

Sie suchte vergeblich nach den richtigen Worten.

„Ich weiß genau, was du meinst“, sprang er ihr bei. Seine Stimme klang wie eine Liebkosung. „Manchmal komme ich hierher und spiele Klarinette.“

Verblüfft starrte sie ihn an. „Du veräppelst mich?“

„Keineswegs.“ Er lachte. „Mein Lehrer meint, dass ich nicht das geringste Talent besitze, aber das ist mir egal. Ich liebe es, und es tut mir gut.“ Er fasste an sein Herz. „Hier.“

Oh, Gott!

In Panik sprang sie auf die Füße. „Ich will gehen!“

Stirnrunzelnd blickte er zu ihr hoch. „Warum denn?“

„Sofort!“

Er stand auf und nahm ihre Hände in seine. „Du erinnerst mich an einen Kojoten in der Falle, Amy“, sagte er sanft. „Du beißt jeden, der versuchen will, dich zu retten.“

„Ich versuche nur den zu beißen, der mich in die Falle gelockt hat!“

Ärger flackerte in seinen Augen auf. „Hör auf damit!“

„Ich weiß nicht, was du meinst!“

Sie wollte sich abwenden, doch er verstärkte seinen Griff.

„Wovor fürchtest du dich, Amy? Sag es mir.“

Ihre Unterlippe zitterte, als sie zu ihm aufschaute. Sein Blick war intensiv, aber nicht unfreundlich.

„Ich habe Angst vor Nähe, wenn du es genau wissen willst!“, stieß sie etwas atemlos hervor. „Ich weiß, dass es albern ist, schließlich hatten wir nur Sex ...“

„*Unglaublichen* Sex“, verbesserte er sie sanft.

Sie brachte ein schwaches Lächeln zustande. „Ja." Dann wurde sie wieder ernst. „Er hieß Olivier. Er sah gut aus, war charmant, und er hatte etwas Verruchtes an sich, das mich faszinierte. Ich habe mich Knall auf Fall in ihn verliebt. Wir waren fast zwei Jahre zusammen, ich dachte, er liebt mich", erklärte sie mit leiser Stimme. Sie musste schlucken. Mike wartete geduldig ab, wofür sie ihm unendlich dankbar war. „Aber das tat er nicht. Er hat mich nur benutzt und mich nach Strich und Faden betrogen ... in jeglicher Hinsicht."

„Du sagtest einmal, er hat dich verraten."

Das Herz klopfte ihr bis zum Hals. Konnte sie Mike vertrauen? Sie musterte sein kantiges Gesicht mit dem weiter gewachsenen Dreitagebart – wann hatte er sich eigentlich das letzte Mal rasiert? -, den Raubtieraugen und den festen Lippen.

„Sag mir, Mike, wie viel Bulle steckt noch in dir?"

„Was?", rief er verdutzt.

„Es ist nämlich so ..."

Sie löste sich von ihm und strich sich durch die Haare. Ihre Hände zitterten so stark, dass sie diese ineinander verschränken musste. Wer sagte, dass er ihr nicht in den Rücken fallen würde? Sie musste verrückt sein! Sie kannte ihn nicht, wusste nichts von ihm. Möglicherweise lag es an dem Naturschauspiel. Oder an seinem berührenden Geständnis mit der Klarinette. Jedenfalls beschloss sie, alles auf eine Karte zu setzen. Nach nur einer gemeinsamen Nacht. Beinahe hätte sie gelacht. Oh ja, der Sex war unglaublich gewesen! So unglaublich, dass sie vielleicht kurz davor stand, den zweitgrößten Fehler ihres Lebens zu machen.

Nachdem sie wieder auf der Decke Platz genommen hatte, schlang sie ihre Arme um ihre Knie. Ihr Puls raste, und sie bekam kaum Luft.

„Vor zweieinhalb Jahren wurde ich aus dem Gefängnis entlassen", erklärte sie leise, den Blick auf die glitzernde Stadt in der Ferne gerichtet. „Ich habe drei Jahre wegen

Kasinobetrugs gesessen. Ein ehrgeiziger Staatsanwalt in Paris entschied, dass Falschspielen nicht mehr als Kavaliersdelikt geahndet werden sollte, also wurde an mir ein Exempel statuiert. Eigentlich habe ich fünf Jahre bekommen, aber ich wurde früher entlassen, unter der Auflage, dass ich mich drei Jahre lang an keinen Spieltisch setze."

Sie legte eine Pause ein, wagte es nicht, aufzuschauen.

„Wie ist es dazu gekommen?", fragte Mike mit nüchterner Stimme.

„Olivier. Wir haben uns in einem Kasino kennengelernt. Damals habe ich lediglich aus Leidenschaft gespielt. Er musste gespürt haben, dass ich ... Talent besitze. Ich liebte das Taktieren und Kalkulieren am Spieltisch, bewegte mich aber immer im legalen Bereich. Olivier hat mir einige Tricks beigebracht. Ich fand ihn aufregend, weil er ganz anders war als die Typen, denen ich bis dahin begegnet war. Vielleicht wollte ich auch meiner Familie unbewusst eins auswischen. Alles bekannte Persönlichkeiten, Gutmenschen und Kunstmäzene." Ein Luftzug verriet ihr, dass sich Mike neben sie setzte. „Gut möglich, dass der zuständige Staatsanwalt deshalb harte Forderungen gestellt hat. Das verwöhnte Töchterchen, das Scheiße gebaut und das blütenreine Image der Familie beschmutzt hatte. Ein gefundenes Fressen! Du brauchst übrigens nicht nach meiner Familie zu googeln, ich habe meinen Nachnamen ändern lassen." Sie lächelte freudlos. „Am Anfang war es elektrisierend mit Olivier, die Spannung, der Kick. Doch irgendwann habe ich begriffen, dass ich für ihn nur Mittel zum Zweck war. Um ..." Sie fuhr mit der Zunge über ihre rauen Lippen. „... um sein Bett zu wärmen und sein Bankkonto zu füllen."

„Warum hast du ihn nicht verlassen, als noch Zeit war?"

„Ich habe Ausreden für sein Verhalten gesucht, hab bis zuletzt daran festgehalten, dass er meine große Liebe ist. Er hat mich erpresst, meinte, wenn ich nicht mache, was er verlangt, verpfeift er mich bei den Bullen. Das hätte einen Riesenskandal gegeben! Wie gesagt, meine Familie ist ziemlich berühmt. Ich dumme Kuh dachte, dass er mich unter Druck setzt, weil er Angst hat, mich zu verlieren.“ Sie schnaubte verächtlich. „Ist das nicht zum Totlachen?“

„Was ist dann passiert?“

Mikes Stimme war zu einem leisen Brummen angeschwollen.

„Olivier wurde immer gieriger, ging immer größere Risiken ein, und weil ich diejenige war, die am Spieltisch saß, haben sie natürlich mich erwischt und nicht ihn. Er hatte genügend Zeit, sich aus dem Staub zu machen.“ Die Worte sprudelten nur so aus ihr heraus. Auch, wenn es vielleicht ein Fehler war, sich Mike anzuvertrauen, tat es gut, das Drama ihres Lebens in Worte zu fassen. Bis auf Charles kannte niemand ihre Geschichte. „Mir wurde Haftverschonung versprochen, wenn ich das erschwindelte Geld zurückgebe – es waren um die zweihunderttausend Euro –, aber Olivier ist mit der Kohle abgehauen und untergetaucht. Er hat mich auflaufen lassen, hat hingenommen, dass ich in den Knast komme.“

„Der Verrat.“

Sie nickte. „Versteh mich nicht falsch, Mike. Ich habe Mist gebaut, und dafür musste ich geradestehen. Aber die Sache mit Olivier ...“ Ihr hartes Schlucken klang in der Stille überlaut. „Und jetzt habe ich mich wieder strafbar gemacht.“

„Warum das?“

Ihr entfuhr ein Schluchzen. Peinlich berührt drehte sie sich von Mike weg. „Verstehst du denn nicht?“, murmelte sie verzweifelt. „Als Vorbestrafte darf ich nicht ohne Visum in die USA einreisen. Ich habe bei den Angaben gelogen, außerdem darf ich mich an keinen Spieltisch setzen, solange meine Bewährung läuft, und die endet erst in sechs Monaten.“

Zwischen ihnen entstand eine bleierne Stille, die jäh von einem Handyklingeln unterbrochen wurde. Amy fühlte sich nach ihrer Beichte derart ausgelaugt, dass sie nicht einmal zusammenzuckte.

„Ja?“, meldete sich Mike mit harter Stimme. „In Ordnung.“ Und dann an Amy gewandt. „Wir müssen gehen.“

Ohne sie anzusehen, stand er auf, und ihr Herz zog sich derart brutal zusammen, dass sie beinahe gewimmert hätte. Was hatte sie sich nur dabei gedacht, ihr Leben in seine Hände zu legen? Sie war für ihn eine einmalige Sache, eine Bettgeschichte, nicht mehr und nicht weniger. Wie hatte es Miss Deveraux so schön formuliert? Er machte keine Gefangenen.

Hilflos stolperte sie hinter ihm her, als er zum Wagen lief. Zum Glück war die Sonne inzwischen aufgegangen, und Amy musste nicht befürchten, sich das Genick zu brechen. Mit Schwung warf Mike Decke und Rucksack hinten auf die Ladefläche, bevor er hinters Lenkrad sprang. Sein Körper wirkte angespannt, Amy konnte die unterdrückte Wut spüren. Der Pick-up setzte sich in Bewegung, kaum dass sie Platz genommen hatte.

Keiner von beiden sprach ein Wort, bis sie die Wüste verlassen hatten. Aus dem Augenwinkel musterte Amy sein versteinertes Profil. Mitgefühl oder Verständnis suchte sie in seinem Gesicht vergeblich.

„Wirst du etwas unternehmen?“, fragte sie, als sie die Spannung nicht mehr aushielt.

„Ich weiß es nicht“, antwortete er. „Ich muss nachdenken.“

Eine Weile fuhren sie weiter, und Amy registrierte nur am Rande, dass sie eine andere Route einschlugen als auf dem Hinweg.

„Tut mir leid“, flüsterte sie.

„Was?“

„Dass ich dich damit behelligt habe. Es war ein Fehler, es dir zu erzählen.“

„Das war es.“

Es klang wütend, und sie biss sich auf die Lippen, um

nicht in Tränen auszubrechen. Menschenkenntnis war wirklich nicht ihre Stärke. Sie straffte sich. Schluss mit dem Selbstmitleid! Sie brauchte keine anderen Menschen, kam gut allein klar. In einem Anflug von Schwäche hatte sie einen Fehler begangen, sie würde ihn wieder ausbügeln. Irgendwie ... In diesem Moment erblickte sie den vierstöckigen Komplex mit dem palmengesäumten Besucherparkplatz. Als sie das Infoschild sah, gefror ihr das Blut in den Adern. *Las Vegas Metropolitan Police Department* stand da in großen Lettern. Mike suchte einen schattigen Platz und hielt an, keine fünfzig Meter vom gläsernen Eingang entfernt.

„Wa... Was wollen wir hier?“

Endlich wandte er sich ihr zu. „Aaron hat Neuigkeiten“, antwortete er mit unbeweglicher Miene.

Kurz sah er sie an, dann öffnete er die Tür. Als sie sich nicht rührte, hielt er mitten in der Bewegung inne.

„Willst du nicht mit reinkommen?“

Sie schüttelte den Kopf. „Lieber nicht.“

Er nickte und stieg aus.

Mit tränenverschleierten Augen beobachtete sie, wie er zum Eingang ging und kurz darauf hinter der Glastür verschwand. Ob er ein paar Cops hinausschicken würde, damit diese sie festnehmen konnten? Einen verrückten Moment lang spielte sie mit dem Gedanken, die Flucht zu ergreifen. Einfach aus dem Wagen steigen und rennen und rennen, bis ihre Füße sie nicht mehr tragen konnten. Es war natürlich albern. Es war ja nicht so, dass sie sich in einer klassischen Wanderregion befand. Um sie herum verliefen die Freeways und achtspurigen Autostraßen, die für dieses Land so typisch waren. Ohne Wagen käme sie nicht weit ...

Tür auf. Tür zu.

Autohupen!

Verwirrt blickte sie sich um. Sie befand sich an einer ihr unbekannten Straße, die Autos zogen laut murrend an ihr vorbei. Wahrscheinlich, weil sie halb auf der Fahrbahn stand.

Wie bin ich hierhergekommen?

Mit hängenden Schultern trat sie zurück auf den Bürgersteig. Obwohl es von Minute zu Minute heißer wurde und sie keine Ahnung hatte, wohin sie gehen sollte, lief sie einfach den Bürgersteig entlang. Einem ungewissen Ziel entgegen. Hauptsache weg von Mike und seinem Verrat. Inzwischen rann ihr der Schweiß den Rücken hinab, und sie zog ihren Pulli aus, um ihn um die Hüften zu binden. Ihr Vorhaben war unsinnig. Sie hatte nichts bei sich. Kein Geld, keine Kreditkarte. Zurück ins Hotel konnte sie auch nicht. Dennoch marschierte sie weiter, immer weiter.

Unter einem schattigen Baum blieb sie schließlich stehen und setzte sich auf die Bank, nahm ihren Kopf zwischen die Hände. Eine Ewigkeit verging, ohne dass sie sich rührte. Aus weiter Ferne hörte sie, wie ein Auto stoppte und eine Tür zugeschlagen wurde, doch das alles ging sie nichts an.

„Kannst du mir vielleicht sagen, was das eben sollte?", fragte eine tiefe Stimme, die ihre Kopfhaut prickeln ließ.

Sie zuckte mit den Achseln, ohne aufzublicken. „Ich schätze, ich bin in Panik geraten."

Eine Hand mit langen starken Fingern schob sich in ihr Blickfeld.

„Komm." Es klang eine Spur sanfter.

Endlich blickte sie auf. Weil die Sonne hinter ihm stand, konnte sie seinen Gesichtsausdruck nicht erkennen. Seine ausgestreckte Hand ignorierend erhob sie sich.

„Es sind zwei weitere männliche Leichen aufgetaucht", erklärte er, als sie wieder im Pick-up saß.

Die Neuigkeit drang nur mühsam zu ihr durch, weil sie sich erst durch den Nebel aus Angst kämpfen musste.

„Ist das wahr?", flüsterte sie.

„Ja. Erst in Atlantic City und dann in Reno, wobei der Fall in Reno schon einige Tage alt ist. Die Verantwortlichen dort meinten wohl, sie könnten das

Ganze vertuschen. Kommt einem bekannt vor, was?" Er warf ihr einen kurzen Blick zu. „Aber als das mit Altantic City heute Nacht durch die Nachrichten spukte, haben sie in Reno ihre Meinung geändert."

Vier Tote.

„Die Uhren?", fragte sie leise.

„Aaron hat schon angefragt und zumindest aus Atlantic City die Bestätigung bekommen. Die Armbanduhr des Toten, übrigens eines Roulette-Dealers aus einem der Kasinos, stand ebenfalls auf 6:11 Uhr. Die Antwort aus Reno steht noch aus, aber ich denke, wir beiden wissen, wie sie lauten wird."

Je länger Mike sprach, desto ruhiger wurde Amy. Die Mordfälle halfen ihr, zu ihrer Professionalität zurückzufinden, für kurze Zeit, ihre eigene Geschichte zu vergessen. Sie wagte nicht zu hoffen, aber vielleicht würde Mike ihr Vertrauen nicht missbrauchen. Hätte er es nicht schon tun können, wenn er gewollt hätte? Was guter Sex alles bewirken kann!, dachte sie voller Bitterkeit. Vielleicht wenn der Sex mit Olivier besser gewesen wäre ... Sie verpasste sich innerlich eine Ohrfeige. Mike und Olivier. Da gab es nichts zu vergleichen. Als würde man ein Löwe einer Kakerlake gleichsetzen.

„Übernimmt das FBI den Fall?", wollte sie wissen.

„Ja."

„Armer Aaron."

Wieder warf er ihr einen Seitenblick zu. „Er ist nicht gerade begeistert. Sieht alles nach einem Serienkiller aus."

„Damit wäre meine Aufgabe hier erledigt", sagte Amy.

„Warum?"

Die Frage kam mit einer Heftigkeit, die sie überraschte und ihr Herz kurz zum Taumeln brachte.

„Unser Auftraggeber wollte wissen, ob der Mord unmittelbar mit seinem Kasino zusammenhängt und ob er noch mehr Zwischenfälle dieser Art fürchten muss. Wir können wohl davon ausgehen, dass nicht. Also ..."

Mike lenkte den Pick-up auf den Strip, sagte aber

nichts.

„Obwohl es mich schon gereizt hätte, Rick Mahoneys Apartment zu sehen“, fügte sie rasch hinzu, auch um die Stille zu füllen.

„Das können wir wohl abhaken.“

„Findest du es nicht merkwürdig, dass drei Morde in den USA geschehen sind und nur eines in Europa?“, nahm sie das Gespräch wieder auf, als sie in die Tiefgarage des *Tahiti Grand* fuhren. „Irgendwie passt das nicht zusammen.“

„Merkwürdig ist das schon, aber es ist nicht mehr dein Problem, wie du schon richtig erkannt hast.“ Er stellte den Wagen auf dem Privatparkplatz ab, löste den Gurt und drehte sich ihr zu. „Und was hast du jetzt vor?“

„Ich werde nachher mit Charles telefonieren“, erklärte sie, während sie mit ihrem Gurt kämpfte. „Sollte er die Sache ebenfalls so einschätzen, werde ich heute Abend zurückfliegen ... Wenn du mich lässt.“

Er schwieg.

„Du lässt mich doch?“

„Weiß ich noch nicht“, brummte er.

Sie blinzelte. Diese Reaktion hatte sie nicht erwartet.

„Hör auf, mit mir zu spielen, Mike!“, fauchte sie. Die Wut gab ihr Kraft, verlieh ihr neue Energie. „Sag mir, ob ich als freie Frau das Hotel verlassen werde oder in Handschellen?“

„Wir werden sehen.“

„Arschloch!“

Als sie den Türgriff packen wollte, riss er sie grob zurück. Seine Hände krallten sich in ihren Haaren fest, und er presste seine Lippen auf ihre. Sein Kuss war feucht, tief und hart. Er zitterte vor Wut, als er sie an sich drückte. Seine Zunge, die sich zwischen ihre Lippen drängte, ließ ihr keine Möglichkeit zum Rückzug. Sie keuchte, saugte seine Stärke gierig ein. Ihr Kopf schwirrte, als sie spürte, wie sich die Spirale der Lust erneut zu drehen begann. So sehr sie sich dagegen zu wehren versuchte, war sie doch

Butter in seinen Händen. Zu ihrem Glück oder Leidwesen löste er sich so abrupt von ihr, dass sie wankte.

„Du darfst als freie Frau das Land verlassen, Amy", raunte er ihr ins Ohr. „Sofern du es kannst."

Sofern du es kannst?

„Was meinst du damit? Mike? MIKE?"

Doch er war bereits ausgestiegen und im Aufzug verschwunden. Eigentlich hätte sie erleichtert sein müssen. Sie war eine freie Frau. Und doch ...

Wie sehr sich seine rätselhafte Bemerkung bewahrheiten sollte, erlebte sie keine zwei Stunden später.

„Was meinen Sie damit, ich kann meinen Rückflug nicht umbuchen? ... Hören Sie, ich muss sofort nach Europa zurück! Ich bin auch gern bereit, einen Aufpreis in Kauf zu nehmen ... Frühestens Freitag? Aber das ist in vier Tagen! Ich werde das auf keinen Fall ... Hallo? Hallo?"

Empört starrte Amy auf den Hörer. Die freundliche Dame der Fluggesellschaft hatte aufgelegt. Zwar hatte sie ihr versprochen, sie zu benachrichtigen, sollte wider Erwarten ein Platz frei werden, doch bis dahin war Amy an diese verfluchte Stadt gefesselt, genau genommen an *ihn*. Außer sich tigerte sie in ihren Zimmern umher. Sie musste etwas unternehmen, bevor sie von ihren zwiespältigen Gefühlen überwältigt wurde. Roulette, Blackjack und Poker konnte sie vergessen, auch an den Slotmaschinen durfte sie sich nicht sehen lassen. Sie wollte ihr Glück schließlich nicht überstrapazieren!

Es gab nur einen Ort, an den sie gehen konnte.

Im *Blue Moon*

Mike konnte ein Grinsen nicht unterdrücken, als er von Weitem Amy erspähte, die an der Bar vom *Marquesas* hockte und missmutig in ihre Cola starrte. Zumindest nahm er an, dass es sich um 11 Uhr morgens um Cola handelte. Aus einem Impuls heraus stellte er sich hinter eine Palme, um sie in Ruhe zu betrachten, ohne dass sie ihn gleich entdeckte. Wie hatte er nur so blind sein können? Die Zeichen waren eindeutig gewesen: die Klaustrophobie, die Distanziertheit, der Kontrollzwang ... Ihre Beichte hatte ihn nicht nur umgehauen, sondern auch mit rasender Wut erfüllt. Wut auf Olivier, der ihr alles eingebrockt hatte. Wut auf Amy, die so naiv gewesen war, auf dieses Schwein hereinzufallen. Wut auf sich selbst, weil ihn die Situation im ersten Moment völlig überfordert hatte. Die kleine beherzte, zugeknöpfte Amy Blanchard eine ehemalige Knastschwester? Undenkbar! Doch er war Ex-Bulle. Die Welt der Kriminalität hatte seit Langem ihren Schrecken verloren, und so hatte er sich schnell von dem ersten Schock erholt, den Gedanken akzeptiert. Das Leben ging nun einmal seltsame Wege. Er konnte sich denken, wie schwer es Amy gefallen sein musste, sich ihm anzuvertrauen, zumal sich Ex-Knackis schwer damit taten, neue Freundschaften zu schließen. Das Misstrauen saß tief. Und dann war da noch der Verrat durch ihren Freund ... Was für ein mieser Drecksack! Mike knirschte mit den Zähnen, wenn er daran dachte, wie der Penner sie behandelt hatte.

Er ließ seinen Blick über Amy wandern. Sie hatte ihren Pulli durch eine geblümte Bluse ersetzt, die Haare trug sie immer noch als Pferdeschwanz. Hübsch sah sie aus. Seine

Schicht hatte zwar erst begonnen, dennoch sprach nichts dagegen, ein paar Worte mit ihr zu wechseln.

„Und? Wie sieht's aus?", fragte er, sich lässig an die Bar lehnend.

Ein wütender Blick traf ihn. „Ich krieg keinen Flug! Es ist unfassbar! Wie's aussieht, stecke ich die nächsten Tage hier fest."

„So etwas passiert schon mal", erklärte er. „Zurzeit gibt's einige Kongresse, außerdem ist gerade Hauptsaison ..."

„Es gibt doch immer irgendwelche Kongresse und in Vegas ist das ganze Jahr über Hauptsaison!", schimpfte Amy.

Ihre blauen Augen schossen Blitze, ließen seinen Schwanz unter der Anzughose leicht anschwellen.

„Hast du vielleicht deine Finger drin?", fragte sie argwöhnisch.

„Wer? Ich?", fragte er ungläubig. Er griff sich an die Brust. „Wie kommst du denn darauf? Wie sollte ich das denn bitte machen?"

„Keine Ahnung. Schließlich warst du mal Bulle!", spuckte sie ihm ins Gesicht.

Was das betraf, hatte sie recht. Manche Beziehungen verjährten nie und waren Gold wert.

„Ich muss weiter", sagte er daraufhin, als wäre ihm plötzlich etwas Wichtiges eingefallen. „Die Arbeit ruft. Jedenfalls freue ich mich, dich noch eine Weile bei uns zu haben."

Mit diesen Worten drehte er sich um. Er konnte ihren zornigen Blick in seinem Rücken spüren.

Mit einem selbstzufriedenen Lächeln durchquerte er die Lobby, trat durch eine unauffällige Stahltür auf der „No Entry" stand und nahm die Treppe nach oben. Nicht ahnend, dass ein paar Stufen unter ihm ein Mann lauerte, der nur auf diese Gelegenheit gewartet hatte. Die Alkoholfahne hätte Mike eine Warnung sein müssen, doch weil er in seinem Tagtraum gefangen war, in dem eine gewisse Blondine in High Heels und String eine nicht unwichtige Rolle spielte, nahm er sie erst wahr, als es zu spät war. Hände wie Schaufelräder packten ihn grob von hinten, aber Mike gelang es, sich loszureißen. Reflexartig machte er einen Schritt nach vorne, dann drehte er sich um die eigene Achse, die Faust zum Schlag erhoben. Er erstarrte mitten in der Bewegung. Vor ihm stand Danny, die Augen glasig und zu Schlitzen verengt. Ehe Mike die Information verarbeiten konnte, bekam er dessen rechten Haken ins Gesicht. Er taumelte, Tränen schossen ihm in die Augen. Mehr verblüfft als wütend starrte er seinen Stellvertreter an.

„Was soll die Scheiße, Danny?"

Er spürte, wie warmes Blut seine Schläfe entlanglief.

„Du Schwein!", schrie sein Gegenüber.

Als sich dieser in duckender Haltung nach vorne stürzte und zum nächsten Schlag ausholte, war Mike vorbereitet. Er tat einen seitlichen Ausfallschritt, sodass die Faust seines Angreifers ins Leere stieß und dieser ins Stolpern geriet. Schon hatte er Danny von hinten gepackt und in den Schwitzkasten genommen. Dieser zappelte und versuchte ihn zu treten, und obwohl Mike ein gutes Stück größer war, hatte er Mühe, den untersetzten Mann im Zaum zu halten.

Dieser spuckte Gift und Galle.

„Du treibst es mit dieser Französin!", brüllte er. „Ich habe euch heute Nacht gesehen."

„Und wenn schon! Was geht's dich an?"

„Wie konntest du nur?" Danny warf ihm über die Schulter einen wütenden Blick zu. Es war offensichtlich, dass er getrunken hatte. „Du bist doch mit Laura zusammen ..."

„Jetzt krieg dich mal wieder ein, Danny! Laura und ich sind nicht zusammen! Wir haben ab und zu Sex, das ist auch schon alles."

Er konnte nicht fassen, dass er mit seinem Stellvertreter eine solche Unterhaltung führte. Und noch weniger, dass sich dieser zu Lauras Ehrenrettung als weißer Ritter aufspielte.

„Es geschieht in gegenseitigem Einverständnis!“, erklärte er weiter. „Sie treibt es, mit wem sie will, und ich ebenfalls. Keine Verpflichtungen. Keine Blessuren. Alles klar?“

Als Danny nicht reagierte, verstärkte Mike seinen Griff.

„Alles klar?“, wiederholte er.

„Ja“, brummte Danny. „Du kannst mich jetzt loslassen.“

„Sicher?“

„Jaja.“

„Ich warne dich, Danny. Wenn Du nicht mit diesem Mist aufhörst, werde ich richtig sauer.“

Danny nickte, und Mike ließ ihn los, trat aber vorsichtshalber einen Schritt zurück. Schwer atmend lehnte sich der rothaarige Mann an die Wand und blickte auf seine Schuhspitzen.

„So, und jetzt sagst du mir, was dich zu diesem Unsinn getrieben hat.“

Danny biss sich auf die Lippen.

„Ich habe nicht den ganzen Tag Zeit!“

„Tut mir leid, ich kann nicht“, erwiderte der andere, ohne aufzublicken.

Da fiel bei Mike der Groschen. „Du bist in Laura verknallt. Habe ich recht?“

Die Röte, die sich in Dannys Wangen sammelte, sprach Bände.

„Frag sie doch, ob sie mit dir ausgeht“, sagte Mike weiter.

Danny hob den Blick „Glaubst du, das habe ich nicht?“, stieß er frustriert hervor. *„Hast du dich verirrt, Rotkäppchen?“*, äffte er Laura nach. *„Lauf lieber zu deiner Großmutter und kriech unter ihren Rockschoß! Vielleicht findest du dort, was du suchst.“*

Autsch!

„Hör zu, Danny“, begann Mike. „Ich weiß zwar nicht,

wie sie emotional tickt, aber ich weiß, worauf sie im Bett abfährt. Sie mag es auf die harte Tour. Fesseln, Spanking, das ganze Programm. Du bist ein lieber Kerl, das ist das Problem. Solange du es bleibst, wird dich Laura mit ‘m Arsch nicht angucken.“

Danny blickte ihn entgeistert an. „Willst du damit sagen, dass ich einen auf fies machen soll, nur um sie zu beeindrucken? Das ist doch Schwachsinn!“

„Ich habe dir nur meine Meinung gesagt. Was du am Ende machst, ist deine Sache.“

In einer Geste der Verzweiflung fuhr sich der andere durch die Haare. „Ich denk drüber nach.“ Und dann: „Tut mir leid wegen eben. Ich hätte das nicht tun dürfen.“

„Stimmt.“ Mike bedachte seinen Stellvertreter mit einem harten Blick. „Sieh zu, dass du deinen Rausch ausschläfst und heute Abend wieder auf dem Damm bist, wenn du mich ablöst.“

Danny nickte mit feierlichem Ernst. „Da muss ein Pflaster drauf“, sagte er und zeigte auf Mikes linke Augenbraue. „Und danke.“

Innerlich den Kopf schüttelnd wandte sich Mike ab. Verliebte Männer waren solche Idioten!

750 Dollar. Die rothaarige Verkäuferin in der Boutique mit dem verheißungsvollen Namen *Passion d'Amour* griff nach den fünfzehn 50-Dollar-Scheinen und verstaute sie in der Kasse, bevor sie ihrer Kundin die mattschwarze Tüte mit einem leicht affektierten Lächeln in die Hand drückte. Die Pokerrunde hatte Amy nicht nur den bisher aufregendsten Sex ihres Lebens beschert, sondern auch 5.000 Dollar Gewinn. Einen Teil davon hatte sie eben in dem Laden für ein scharfes Outfit ausgegeben, bestehend aus einer schwarzen ärmellosen Lederweste mit Reißverschluss vorne, die auf der bloßen Haut getragen wurde, sowie passenden Hotpants.

Als sie oben in ihrem Schlafzimmer ihre neue Errungenschaft anprobierte, schickte sie ein Stoßgebet zum Himmel für ihre High Heels. Sicher, sie waren unbequem, und das Laufen war gewöhnungsbedürftig. Aber davon einmal abgesehen waren sie die besten Freunde einer Frau.

Amy kaute nervös auf ihrer Unterlippe herum, während sie ihr Spiegelbild betrachtete. Sie sah zwar gut aus, aber auch ziemlich nuttig! Andererseits wurde in dem Etablissement, das sie heute Abend besuchen wollte, ein solches Outfit erwartet. Das *Blue Moon* war ein exklusiver Sexklub nur wenige Querstraßen entfernt. Sie hatte stundenlang im Internet recherchiert, bevor sie darauf gestoßen war. Ein Anruf hatte ihre Bedenken beiseite geräumt. Die Frau am anderen Ende hatte freundlich geklungen und ihr versichert, dass dort nichts gegen ihren Willen geschehen würde und sie sich beim ersten Mal alles unverbindlich anschauen könnte. Doch Amy wollte nicht nur schauen. Was sie suchte, war Sex mit fremden Männern und die Bestätigung, dass die aufwühlende Erfahrung, die sie letzte Nacht mit Mike gemacht hatte, nur damit zusammenhing, dass Olivier ein grottenschlechter Liebhaber gewesen war.

Obwohl sie Mike kaum kannte, drehten sich ihre Gedanken schon jetzt nur um ihn. Das war ungesund. Wohin eine solche Obsession führen konnte, hatte sie schon einmal erlebt. In ein paar Tagen würde sie Las Vegas verlassen und Mike nie wiedersehen. Den Schmerz, der dann folgen würde, könnte sie kein zweites Mal ertragen. Andere Männer würden den Sex mit ihm vielleicht nicht vergessen machen, aber zumindest ein Stück weit relativieren. Es würde sicher ausreichen, um wieder einen klaren Kopf zu bekommen.

Das jedenfalls redete sie sich ein, als sie Stunden später ihre Locken bürstete, bis sie ihr weich und glänzend über den Rücken fielen. Für ihre Verhältnisse hatte sie sich stark geschminkt. Sie hatte grauen Lidschatten aufgetragen, dunklen Kajal und Mascara. Weil ihre Augen im Smokey Eyes Stil geschminkt waren, hatte sie auf einen knalligen

Lippenstift verzichtet. So bedeckte ein zartes Rosé ihre Lippen. Das Haar trug sie offen, ein breites schwarzes Haarband aus weichem Jersey bändigte die wilde Pracht. Amy war mit dem Ergebnis zufrieden, dennoch schlotterten ihre Knie, als sie ihr Handtäschchen über die Schulter schob und die Zimmertür zuzog. Zum Schutz vor neugierigen Blicken hatte sie einen locker fallenden, schwarzen Kurzmantel übergezogen, den sie sich ebenfalls neu gekauft hatte. Trotzdem hatte sie den Eindruck, als würden sie alle anstarren, als sie die Lobby Richtung Ausgang durchquerte. Obwohl der Klub gut zu Fuß zu erreichen war, spielte sie kurz mit dem Gedanken, sich ein Taxi zu nehmen. Dann aber drückte sie ihren Rücken durch, achtete darauf, dass ihr Gang kraftvoll und selbstbewusst wirkte. Sie war schließlich in Vegas! Andere liefen als Elvis verkleidet durch die Straßen, da konnte sie sich wohl in sexy Klamotten in der Öffentlichkeit zeigen.

Als sie die zwanzig Meter hohe, grimmig glotzende Steinfigur passierte, atmete sie erleichtert aus. Das Schlimmste war überstanden.

Dachte sie zumindest.

In diesem Moment stellte sich ihr ein breiter Brustkorb in den Weg, und ihr Herz machte einen Satz. Mike. Er trug einen dunklen Anzug mit schwarzem Seidenhemd. Ausnahmsweise war er frisch rasiert, dafür klebte ein kleines Pflaster auf seiner linken Augenbraue: das i-Tüpfelchen auf seinem finster blickenden Gesicht.

„Wo willst du in dem Aufzug hin?“, grollte er.

„Das geht dich nichts an“, erwiderte sie kühl, während sie versuchte, sich an ihm vorbeizudrängeln.

Genauso gut hätte sie versuchen können, einen Berg zur Seite zu schieben.

„Fordere mich nicht heraus, Amy.“ Je länger sein Blick auf ihr verweilte, desto grimmiger wurde er. „Ich kann auch wieder meine Meinung ändern, was deine unbehelligte Abreise betrifft.“

„Willst du mich etwa erpressen?“, fragte sie erbost.

„Verrat mir einfach, was du vorhast, dann mache ich dir keine Schwierigkeiten."

Wer's glaubt!

Mit dem Vorsatz, sich nicht von ihm einschüchtern zu lassen, blickte sie ihm fest in die Augen.

„Ich bin auf dem Weg ins *Blue Moon*, wenn du es genau wissen willst", erklärte sie.

Ihm fiel die Kinnlade runter. „In den Sexklub?"

War ja klar, dass er den kennt!

„Ganz genau", antwortete sie, konnte jedoch nicht verhindern, dass ihre Stimme leicht zitterte.

„Was willst du dort, verflucht?"

„Das ist meine Sache. Nur weil wir einmal miteinander geschlafen haben, heißt es nicht, dass du die Exklusivrechte besitzt", sagte sie kühl.

In seine Augen trat ein gefährliches Funkeln. „Also gut", antwortete er. „Aber ich komme mit."

„Auf keinen Fall!"

„Du hast das nicht zu bestimmen, Amy", sagte er mit schneidender Schärfe. „In zwei Stunden endet meine Schicht, dann begleite ich dich ins *Blue Moon.* Bis dahin bleibst du im Kontrollraum, wo du keinen Unsinn anstellen kannst."

„Hast du keine Angst, dass ich spionieren könnte?", ätzte sie. „Außerdem habe ich Besseres zu tun, als die halbe Nacht in deinem blöden Kontrollraum zu versauern!"

Als sie davon staksen wollte, packte er blitzschnell ihr Handgelenk und zerrte sie ungeachtet ihres Protests hinter sich her.

„Autsch!", maulte sie, während sie versuchte, nicht umzuknicken. Für solche Aktionen waren High Heels definitiv nicht geeignet. „Lass mich los, du tust mir weh!"

„Hör auf, dich zu zieren, Amy", zischte er ihr ins Ohr.

„Oder soll jeder hier denken, du seist eine Nutte, die ich auf der Herrentoilette beim Schwanzlutschen erwischt habe?"

Kurz blieb ihr die Luft weg.

„Na also“, sagte er in einem selbstzufriedenen Tonfall.

„Ich hasse dich“, fauchte sie ihn an.

Etwas Besseres fällt dir nicht ein?

„Dein Pech.“

Schmollend ließ sie sich von ihm in ein ihr unbekanntes Treppenhaus ziehen.

„Sind wir bald da?“, nörgelte sie in der Absicht, ihm das Leben so schwer wie möglich zu machen.

Als er nicht darauf reagierte, streckte sie seinem Profil die Zunge heraus.

„Das habe ich gesehen“, sagte er, ohne den Kopf abzuwenden.

„Schön!“ Kurze Pause. „Was ist eigentlich mit deinem Auge passiert?

„Ein Betrunkener.“

„Tut’s weh?“

„Nein.“

„Schade.“

Im Kontrollraum des *Tahiti Grand* herrschte rege Betriebsamkeit. Ein halbes Dutzend Leute saßen vor den Monitoren und beobachteten die Säle. Verdächtig wirkende Spieler wurden herangezoomt, ihre Hände und Gesichter eingefangen. Intelligente Computer waren in der Lage, die Mimiken zu analysieren, Schlüsse zu ziehen und anhand der Pupillengröße und des Pulses den Stresspegel zu messen, sobald jemand hoch setzte oder gewann.

Also doch!

Offenbar gab es solche elektronischen Spielverderber nicht nur im Film. Waren sie überhaupt legal? Obwohl sich Danny leicht verspätete, verging die Zeit wie im Flug. Amy hatte schon immer darauf gebrannt, den Kontrollraum eines Kasinos von innen zu sehen. Als Mike sie mit den Worten abholte „Und? Hast du dich gut unterhalten?“ und seine Frage mit einem hintergründigen Grinsen unterstrich, strafte sie ihn mit Nichtbeachtung. Er musste nicht unbedingt erfahren, dass sie sich sogar prächtig unterhalten hatte.

Auf dem Weg zum Klub nahm er ihren Arm und hakte ihn unter. Der heimliche Seitenblick in eine vorbeiziehende Vitrine verriet ihr, dass sie beide ein schönes Paar abgaben. Der Gedanke versetzte ihr einen Stich. Der Eingang zum *Blue Moon* befand sich in einer etwas schummrigen Seitengasse, wie man es von einem Laden dieser Art erwarten konnte. Das Gebäude an sich wirkte von außen recht unscheinbar. Vor der schwarzen Tür stand ein sehniger Mann mit hartem Gesicht und hautengem Muskelshirt.

„Guten Abend", begann Amy, bevor Mike etwas sagen konnte. Sie wollte ihm und auch sich beweisen, wie erwachsen sie mit der Situation umgehen konnte. „Mein Name ist ... blaue Orchidee." Sie konnte Mikes spöttisches Grinsen wie ein brennendes Eisen in ihrem Nacken spüren. „Ich werde erwartet."

„Willkommen", sagte der Mann und brachte sogar ein kleines Lächeln zustande. „Ich wünsche Ihnen einen vergnüglichen Abend, Miss." Und dann an Mike gewandt. „Mister Stenton."

„Fred", begrüßte dieser den Türsteher.

Amy erstarrte zur Salzsäule, und Mike musste sie fast gewaltsam ins Innere schleifen.

„Die Betreiberin ist eine Freundin", flüsterte er ihr ins Ohr.

Plötzlich kam sie sich schrecklich dumm vor und war versucht, hinauszustürzen und zum Hotel zurück zu laufen, doch Mike zog sie unbarmherzig weiter. An der Garderobe gab sie ihren Mantel ab, dann liefen sie einen Gang entlang, in dem geschmackvolle, wenn auch eindeutige Nacktfotografien hingen. Am Ende schob Mike einen Vorhang zur Seite, und sie betraten einen Raum, der von Kristalllüstern beleuchtet wurde. Im Internet hatte gestanden, dass das *Blue Moon* wie ein Bordell aus den Vierziger Jahren eingerichtet war. Der Raum war recht groß und in Séparées unterteilt. Letztere waren lauschig und dennoch einsehbar, sodass jeder Gast passiv oder aktiv an den dort stattfindenden Vergnügungen teilhaben konnte. In der Mitte stand eine beidseitig zugängliche, gläserne Bar mit Hunderten von Flaschen vor silbernen Spiegeln. Amy machte im hinteren Teil einen kleinen Pool und einen Billardtisch aus, auf dem gerade nicht gespielt wurde. Vielmehr räkelte sich dort eine knapp bekleidete, langbeinige Rothaarige. Amy vermutete, dass sie nicht lange allein bleiben würde.

Eine groß gewachsene dunkelhäutige Schönheit in einem atemberaubenden roten Glitzerkleid löste sich aus einer schummrigen Ecke und kam auf die Neuankömmlinge zu, wobei zugeschwebt vielleicht die treffendere Formulierung gewesen wäre. Das schwarze Haar trug sie in glänzenden Wellen, ihre Lippen waren dunkelrot geschminkt. Es war nicht schwer zu erraten, dass sie die Herrscherin dieses exquisiten Hauses war. Sie legte ihre langen manikürten Finger auf Mikes Arm.

„Darling“, raunte sie mit einer tiefen Altstimme. „Was für eine wundervolle Überraschung! Du hättest anrufen sollen.“

Sie hauchte ihm zwei Küsse auf die Wange, berührte kaum seine Haut, was zwar affektiert, aber auch unendlich elegant wirkte.

„Masha“, erwiderte dieser sichtlich erfreut. „Schön, dich zu sehen. Hinreißend siehst du aus. Wie immer.“

Die Göttin in Rot lächelte geschmeichelt, da erst schien sie seine weibliche Begleitung zu bemerken. „Du hast eine Freundin mitgebracht, wie ich sehe. Sehr hübsch!“ Wie die Schlange das Kaninchen nahm sie Amy ins Visier, fuhr mit dem Zeigefinger sanft über ihre Wange. „Schmeckt sie so gut, wie sie aussieht?“

„Sogar noch besser“, antwortete Mike mit einem kleinen Lächeln.

„Hmmm ...“ Mashas heiße Lippen streiften Amys Mund, die wie versteinert war. „Ein Engel als Nutte verkleidet. Darf ich ein bisschen mit ihr spielen?“ Sie klimperte mit ihren falschen Wimpern. „Du darfst auch zusehen, Darling."

„Ein reizvolles Angebot, wirklich", antwortete Mike, während sich Amys Verstand weigerte, zu arbeiten. „Ich wäre nicht abgeneigt, allerdings glaube ich, dass unsere ... blaue Orchidee hier fürs eigene Geschlecht wenig übrig hat. Oder habe ich da etwas verpasst, Baby?"

Amy schüttelte heftig den Kopf. Die Betreiberin des Klubs war betörend, keine Frage, aber Sex mit anderen Frauen kam für Amy nicht infrage. Mit sechszehn hatte sie mit einer Freundin etwas herumexperimentiert, sie hatten sich geküsst und sich gegenseitig die Brüste gestreichelt. Alles harmloses Zeug, trotzdem war sie damals zu dem Schluss gekommen, dass Frauen nicht ihr Fall waren.

„Wie schade." Der laszive Finger rutschte tiefer, fuhr Amys Hals entlang bis hinunter zum Reißverschluss. Wie zufällig hakte er sich daran fest und zog ihn einige Zentimeter hinunter. „Solltest du es dir anders überlegen, mein Engel, findest du mich hinter der roten Tür mit der Aufschrift „Darkroom".

„D... danke, sehr freundlich", stammelte Amy.

Masha stieß ein sonores Lachen aus und entfernte sich mit wiegenden Hüften. Erneut geriet Amy in Panik. Sie hatte hier nichts verloren, zumal es mit Mike an ihrer Seite von Minute zu Minute schlimmer und beschämender wurde. Ein Albtraum! Trotzdem konnte und wollte sie jetzt keinen Rückzieher machen. Sie musste den Abend irgendwie hinter sich bringen.

Mike fluchte innerlich. Er war noch keine zwei Minuten im *Blue Moon*, schon hatte er eine Erektion. Daran war Masha schuld. Das Bild der beiden Frauen, die sich nackt aneinanderrieben und gegenseitig leckten, hätte sogar einem Toten einen Ständer beschert. Mashas dunkle Finger auf Amys milchweißen Brüsten, ihr roter Mund um die kleinen Nippel ... *Fuck!* Eigentlich hatte er sich vorgenommen, auf seine kleine Wildkatze aufzupassen und sie nicht den größeren Raubtieren zum Fraß vorzuwerfen. Um auf andere Gedanken zu kommen, wandte er den Blick von Amys scharfer Aufmachung ab. Keine gute Idee! Unweit von ihm, in einem der Séparées, wälzten sich ausgerechnet zwei Frauen und ein Mann auf einer Liege. Der Mann lag auf dem Rücken, eine der Frauen ritt ihn, während die andere auf seinem Gesicht saß und sich von ihm verwöhnen ließ. Die beiden Frauen küssten sich leidenschaftlich, Mike konnte ihre tanzenden Zungen sehen. Weil er immer noch Amys Hand hielt wie ein Schraubstock, damit sie ihm nicht entwischte, spürte er, dass sie schwitzte. Er sah auf sie herab. Ihre weit aufgerissenen Augen waren auf einen Käfig gerichtet, der von der Decke hing und knapp über dem Boden schwebte. Im Innern hockte eine nackte Frau mit Halsband und lutschte durch das Gitter einem Mann den Schwanz. Sie tat es voller Inbrunst und mit halb geschlossenen Augen. Mike, der sah, wie Amys Kehlkopf sich bewegte, als sie heftig schluckte, wurde noch härter.

„Komm“, knurrte er.

Erschrocken blickte sie ihn an. Ihre Wangen waren gerötet, ihre Brüste hoben und senkten sich heftig. In der Lederkluft bot sie einen unglaublichen Anblick, und er hatte irritiert festgestellt, dass aus dunklen Ecken bereits feuchte Augenpaare wie Nacktschnecken an ihr klebten. Er führte sie zu einem der hinteren, etwas abgeschiedeneren Séparées. Als er Anstalten machte, sich zu setzen, blieb sie stehen.

„Möchtest du lieber in den nicht öffentlichen Bereich?“, fragte er sie.

Sie schüttelte den Kopf, straffte sich wie ein kleiner Soldat vor dem Kampf, was ihm ein etwas gequältes Lächeln entlockte. Nachdem beide auf der Couch Platz genommen hatten, wobei sie auf genügend Abstand zwischen ihnen achtete, kam eine barbusige Serviererin und brachte ihnen eine Flasche Champagner sowie eine Schale mit Kondomen. Ein Geschenk des Hauses, wie sie betonte. Während Mike an seinem Glas nippte, ließ Amy ihres unberührt. Es war offensichtlich, dass sie nervös war. Warum in Gottes Namen kam sie hierher, wenn es sie mit solchem Unbehagen erfüllte?

Er lehnte sich zurück, setzte einen gelangweilten Blick auf. „Was genau erwartest du vom heutigen Abend, Amy?“, fragte er sie.

„Ich möchte Sex mit mindestens drei Männern haben“, kam es wie aus der Pistole geschossen. „*Fremden* Männern.“

Hätte sie ihm in die Eier getreten, hätte es die gleiche Wirkung gehabt, stellte er verwundert fest. Denn es tat weh, verdammt weh! Er nahm einen weiteren Schluck aus dem Glas.

„In Ordnung“, antwortete er mit einer Gelassenheit, die er nicht verspürte. „Bleib einfach entspannt sitzen. Öffne deine Jacke bis zum Bauchnabel, schlag deine Beine nicht übereinander, dann gilt es, abzuwarten. Ich denke nicht, dass es lange dauern wird.“

Er sollte recht behalten und die unangenehmste Erfahrung seines Lebens machen.

Zwei Kerle, ein dünner Latino mit Pferdeschwanz und ein muskulöser Glatzkopf, beide in den Dreißigern, setzten sich zu ihnen an den Tisch oder genauer gesagt platzierten sich links und rechts von Amy, während Mike etwas abseits saß und die Champagnerflasche im Alleingang leerte. Die beiden hielten sich nicht lang mit Small Talk auf, sondern legten gleich los. Der Glatzkopf strich über Amys Oberschenkel, gleichzeitig hauchte er einen Kuss auf ihre nackte Haut, genau zwischen ihren Brüsten. Das Champagnerglas unter Mikes Fingern knackte unheilvoll, als der Latino begann, an ihrem langen Hals zu lecken, als wäre sie eine Eiswaffel. Indessen hatte Amy den Kopf in den Nacken gelegt und die Augen geschlossen. Offensichtlich genoss sie die Aufmerksamkeit der beiden Männer. Ihre Locken ringelten sich wild um ihr Gesicht. Wie er ihre Haare liebte! Inzwischen hatte der Glatzkopf nicht nur seine Lippen, sondern auch seine schmierige Hand in ihrem Ausschnitt. Er knetete ihre rechte Brust und leckte den rosa Nippel. Mike rauschte bei dem Anblick das Blut in den Ohren. Ein weiterer Schluck Champagner musste her, diesmal allerdings direkt aus der Flasche.

In diesem Moment schoben sich ein paar nackte Brüste in sein Blickfeld, die ihm die Sicht auf Amy nahmen. Wie sich herausstellte, gehörten sie einer Blondine mit reichlich Schmuck und wenig Kleidung, die zu viel *J'adore* aufgetragen hatte.

„Na, Süßer", säuselte sie ihm ins Ohr und griff ihm höchst subtil in den Schritt. „Ich bin neu hier, kannst du mir den Weg zum Darkroom zeigen?"

„Nein", antwortete er kaltschnäuzig, während er versuchte, an den gepiercten Brüsten vorbeizulinsen, die vor seinem Gesicht baumelten.

Doch die Blondine ließ nicht locker. „Du und ich werden viel Spaß miteinander haben, ich spüre das."

Nun hob Mike den Blick und schaute in ein Gesicht, das zu lange unter dem Solarium gelegen hatte. „Ich sagte Nein! Und nimm die Hand da weg!"

Als die Blondine schmollend davonzog, bedauerte er es fast, sie weggeschickt zu haben, denn nun hatte er wieder freie Sicht auf das Geschehen. Was er sah, trieb seinen Blutdruck in die Höhe. Der Typ mit dem Pferdeschwanz hatte inzwischen genug davon, Amys Hals vollzusabbern, und positionierte sich zwischen ihren weit gespreizten Oberschenkeln. Mit versteinertem Gesicht sah Mike zu, wie das Sackgesicht seinen Schwanz herausholte und zu wichsen begann.

„Du stehst wohl drauf zuzugucken, wie deine Tussi rangenommen wird?", sprach der Kerl ihn unvermittelt an. „Ich für meinen Teil ficke Muschis lieber, als zu glotzen."

Mikes Kiefer mahlten, dennoch ersparte er sich eine Antwort. Durch einen roten Nebel beobachtete er, wie der Pferdeschwanz den Platz wechselte und Amy seinen

Ständer an die Lippen drückte, während der Glatzkopf ihre Brüste malträtierte. Nur mit Mühe unterdrückte er ein wölfisches Knurren.

Tu dir das nicht an. Schau weg!

Doch er konnte nicht. Und es war auch gut so. Andernfalls hätte er den Anflug von Panik in Amys Gesicht nicht gesehen und auch nicht ihren Hilfe suchenden Blick.

Sofort sprang er auf die Füße. „Es reicht!“, sagte er mit eisiger Stimme. „Der Spaß ist vorbei!“

Schon hatte er die beiden Kerle gepackt und von Amy weggerissen.

„Du spinnst wohl, du Wichser!“, tobte der Pferdeschwanz mit dem offenen Hosenlatz. „Du hast hier gar nix zu melden! Wir werden die Schlampe jetzt fi...“

Der Idiot hatte das Wort „ficken“ noch gar nicht zu Ende gesprochen, als Mikes Faust mitten in sein hässliches Gesicht krachte. Blut spritzte, und Mikes Herz machte einen Luftsprung. Schon war Fred, der Türsteher, zur Stelle.

„Was ist hier los?“, fragte er mit tiefer grollender Stimme.

Mike atmete tief durch bei dem Versuch, seine Mordlust in den Griff zu bekommen. „Die beiden scheinen nicht zu kapieren, dass sie hier keinen Stich landen werden.“

Während der Pferdeschwanz seine Nase hielt und wimmerte, drehte sich der Kahlkopf zu Fred um. „Der Typ kann doch nicht einfach dazwischengehen, nur weil er einen Furz quer sitzen hat. Wir kamen gerade in Fahrt und ...“

„Gentlemen, wenn Mister Stenton sagt, es ist vorbei, dann ist es vorbei.“ Fred blieb höflich, dennoch lehnte er sich leicht nach vorne. Eine eindeutige Warnung. „Ich würde Sie bitten, sofort den Klub zu verlassen.“

„Meine Nase blutet wie Sau ...“, jammerte der Latino.

„Umso eher sollten Sie verschwinden. Sie ruinieren das

ganze Mobiliar."

„Aber ..."

Wie aus dem Nichts tauchten plötzlich zwei finster aussehende Klubmitarbeiter mit Oberarmen so dick wie Baumstämme auf, um den beiden Ruhestörern auf die Sprünge zu helfen. Pferdeschwanz und Glatzkopf blieben nichts anderes übrig, als den Rückzug anzutreten.

Mit einem schmallippigen Lächeln reichte Mike dem Türsteher die Hand.

„Danke, Fred."

„Keine Ursache, Mister Stenton."

Dann ging er zu Amy, die ihn benommen anstarrte, und zog sie unsanft hoch. In den letzten Minuten hatte er die Hölle auf Erden erlebt und war stinkwütend. Es wurde Zeit, die kleine Wildkatze dafür bezahlen zu lassen!

Süße Vergeltung

Unerbittlich hielt Mike ihre Hand fest, während er durch den Klub stürmte und den Hintereingang ansteuerte. Er schien sich hier gut auszukennen, denn sie gelangten ohne Umwege auf einen hell erleuchteten Privatparkplatz, der auf drei Seiten von hohen Mauern eingegrenzt war. Eine Einfahrt führte auf die Hauptstraße. Mit großen Schritten zerrte er sie zu einem glänzend schimmernden Bentley.

„Was wollen wir hier?", krächzte sie.

Ihr Puls spielte verrückt.

„Öffne deine Jacke!", befahl er. „Ich will deine Möpse sehen!"

„Was?"

„Ist es nicht das, was du wolltest? Den ultimativen Kick erleben?" In seinen Augen las sie kalte Wut und noch etwas anderes, das sie nicht deuten konnte. „Das kannst du gern haben."

„Mike, ich ..."

„Sofort Amy! Mein Geduldsfaden ist im Moment sehr, sehr dünn."

Sein herrischer Tonfall trieb ihr die Nässe zwischen den Beinen. Was die beiden Kerle von eben mit ihrem Gegrabsche und Gestöhne nicht fertiggebracht hatten, erzielte er mit nur wenigen Sätzen. Mit zitternden Fingern öffnete sie den Reißverschluss, die Jacke klaffte weit auf, und in der kühlen Nachtluft wurden ihre Nippel sofort hart.

„Gut, und jetzt streckst du deine Arme nach vorne aus und legst deinen Oberkörper flach auf der Motorhaube ab."

Sie schluckte hart, wagte nicht, zu widersprechen.

Genau genommen wollte sie auch gar nicht.

„Heute noch?"

Sie quiekte erschrocken, als seine Hand ihren Rücken herunterdrückte und ihre nackten Brüste die kalte Karosserie berührten. Mit einer ungeduldigen Bewegung schob Mike ihre Hotpants bis zu den Kniekehlen hinunter, sodass sie ihre Beine kaum spreizen konnte, dann hakte er zwei Finger unter den Stringtanga und zog daran. Sie erschauerte, als dieser zerriss.

„Süßer Arsch", sagte Mike mit gedehnter Stimme. „Und weiß wie frische Sahne ..." Er machte eine vielsagende Pause. „Noch."

In ihrem Innern zogen sich alle Muskeln reflexartig zusammen.

Sie drehte den Kopf etwas nach hinten, sah, wie er seine Jacke auszog und diese rechts auf die Motorhaube legte. Seine Bewegungen waren langsam und bedächtig, auch als er die Ärmel seines Hemdes sorgfältig nach oben krempelte. Die Erregung flutete durch ihren Körper und brachte ihr Herz zum Rasen.

„Augen nach vorn!"

Sie gehorchte, wartete mit zitternden Beinen. Schon klatschte seine flache Hand auf ihrem nackten Hintern. Amy keuchte, mehr vor Schreck als vor Schmerz. Wieder schlug er zu, diesmal kräftiger, und ein kleiner Schrei stahl sich aus ihrer Kehle, der von den Häuserwänden widerhallte.

Oh, Gott!

Amy presste die Zähne so fest aufeinander, dass es schmerzte. Seine Schläge erregten sie in einem Maße, wie sie es niemals für möglich gehalten hätte. Ihr Schoß lief über. Ob er ihre Nässe sehen konnte?

„Was ist?", fragte er plötzlich.

Es klang verärgert.

Und dann: „Was glotzt ihr so?"

Genau in dem Moment, als die Erkenntnis in Amys lustumnebelten Verstand sickerte, dass sie offenbar ungebetene Gäste hatten, wurde es um sie herum schlagartig dunkel. Mike hatte seine Jacke über ihren Kopf geworfen.

„Zugucken kostet 5.000 pro Nase. Ein Blowjob 10.000. Und wenn ihr sie ficken wollt, müsst ihr 20.000 hinblättern. Cash!"

Was?

Amy japste, spürte, wie sie irrsinnigerweise noch feuchter wurde. Er meinte es nicht ernst, natürlich meinte er es nicht ernst, aber sein verächtlicher Tonfall wie alles andere auch machten sie schärfer als der ganze Sexklub zusammen samt Masha und ihrem geheimnisvollen Darkroom. Der verfluchte Mistkerl beherrschte sein Geschäft, und wie!

„Kein Interesse?", sagte Mike spöttisch weiter. „Dann verpisst euch!"

„Mike?", fragte Amy kleinlaut, als für eine Weile nichts geschah.

„Hm."

„Sind sie weg?"

„Yep." War da etwa ein Lachen in seiner Stimme? „Ein Junggesellenabschied, so wie's aussah."

„Das ist nicht witzig!"

„Du hast ihre dummen Gesichter nicht gesehen, Baby." Kleine Pause. „Wo war ich? Ah, ja."

Ein neuerlicher Schlag traf sie, und der scharfe Schmerz hallte direkt in ihrem Unterleib wider. *Erbarmen!* Sie sehnte sich so sehr danach, seinen Schwanz in sich zu spüren. Wie hatte sie nur glauben können, eine ähnliche Erfüllung mit anderen Männern zu finden? Noch immer lag seine Jacke auf ihrem Kopf, reduzierte sie zu einem namenlosen, bibbernden Etwas. Gleichzeitig gewährte sie ihr den nötigen Schutz, damit sie sich ihrer Lust hemmungslos hingeben konnte. Sie malte sich das Bild aus, das sie bot. Den bloßen Hintern in der Luft, rot gestreift von seinen Schlägen, ihre feucht glänzende Scham und die leicht gespreizten Beine auf den High Heels, und dann ihre nackten Brüste, die gegen die Motorhaube gequetscht wurden.

Sie stöhnte unwillkürlich auf.

„Das gefällt dir wohl, hm?“, fragte Mike leise, er klang heiser vor Erregung.

Bevor sie antworten konnte, schlug er wieder zu, und sie biss sich auf die Lippen, um ein erneutes Stöhnen zu unterdrücken.

„Lauter, kleine Wildkatze! Ich will dich schreien hören.“

In Erwartung des nächsten Schlages spann sich Amy an, dort der kam nicht. Stattdessen berührte etwas Warmes, Feuchtes die zarte Haut ihres Innenschenkels. Ihre überreizten Nerven brauchten einen Moment, um zu erkennen, dass es seine Zunge war. Schon gruben sich seine Finger in ihre Pobacken, spreizten sie auseinander. Sie erschauerte, spürte, wie der Saft aus ihrem offenen Spalt heraussickerte. Ohne Vorwarnung leckte er über ihr geschwollenes Geschlecht, trank gierig ihre Lust, bevor er mit der Zunge gegen ihren Kitzler trommelte und so fest daran saugte, dass sie beinahe gekommen wäre. Als sie unkontrolliert zuckte, ließ er ein kehliges Lachen hören. Seine Zunge drang tief in ihre feuchte Höhle und fickte sie wie ein Schwanz. Als sein Daumen über ihren Kitzler rieb, flehte sie ihn an, sie zu erlösen, doch er scherte sich nicht darum. Stattdessen zog er ihren Aufstieg zum Gipfel hinaus, indem er immer wieder seinen Kopf zurückzog. Gepeinigt stöhnte sie auf, Schweißperlen traten ihr auf die Stirn. Dann war plötzlich seine Zunge wieder da, leckte, bohrte und kreiste, bis es explosionsartig aus ihr herausbrach und sie mit einem lang gezogenen Schrei kam. Wie er es gewollt hatte.

Mit langsamen Zungenschlägen leckte er sie sauber, während Wogen heißer Lava erneut durch ihren Unterleib schwappten. Sie seufzte enttäuscht, als er sich wieder von ihr löste. Doch nur einen Atemzug später hörte sie, wie er den Reißverschluss seiner Hose öffnete. Die Härchen in ihrem Nacken stellten sich auf.

Endlich!

„Soll ich dich ficken, Amy?"

Sie nickte hektisch.

„Bitte darum!"

Ihr entfuhr ein Keuchen. „Du kannst mich mal!"

Er lachte. Sie fühlte die seidige Haut seiner Eichel zwischen ihren Schamlippen, doch er tat den Teufel einzudringen, stattdessen quälte er sie, indem er sich an ihr rieb.

„Verfluchter Bastard!"

„Bitte darum, Amy."

Seine Stimme war samtweich und verführerisch wie sein Schwanz, der über ihren geschwollenen Kitzler strich.

„Fick mich, Mike!", brach es endlich aus ihr heraus. „Bitte."

Das ließ er sich nicht zweimal sagen. Amy rang nach Luft, als er ihr seinen Schwanz mit einem einzigen glatten Stoß hineinschob. Er war knüppelhart.

„Das fühlt sich gut an, Baby", murmelte er mit kratziger Stimme. „So gut."

Sie seufzte, als er sich zurückzog, um gleich wieder seinen Schwanz hineinzutreiben, genüsslich, herausfordernd. Seine Hand wanderte zwischen ihre Beine, rieb mit dem Daumen wieder über ihren Kitzler. Amy spürte das Kribbeln in den Nervenenden, es war kaum auszuhalten. Mit jedem Stoß drang er tiefer in sie ein, als wollte er ihr Innerstes erforschen. Ihre Finger gruben sich in den Stoff seiner Jacke, während er sie immer härter fickte. Als sie zum zweiten Mal von einem heftigen Orgasmus durchgeschüttelt wurde, erfüllte ihr lautes Stöhnen die Stille auf dem Parkplatz, und ihr war es gleich, ob man sie noch in Los Angeles hören konnte.

Da verschwand die Jacke plötzlich von ihrem Kopf, Mikes Faust krallte sich in ihren Haaren fest und zog ihren Kopf in den Nacken.

„Solange du in Vegas bist, gehörst du mir. Hast du

mich verstanden?", zischte er, während er sie weiter stieß. Hart und rhythmisch.

„Ja, Mike."

„Ich will nicht, dass andere Männer dich anfassen."

„Ja, Mike."

„Der einzige Schwanz, den du lutschen wirst, ist meiner."

Seine Zungenspitze glitt über ihre wild pochende Halsschlagader.

„JA, MIKE!"

Hungrig packte er ihr Brüste, verdrehte ihre Nippel, und sie keuchte. Er hielt inne.

„Tue ich dir weh?"

Sie schüttelte den Kopf.

„Gut. Ich sehe, wir verstehen uns."

Sie hörte das Lächeln in seiner Stimme.

„Was tust du da?", knurrte er, als sie kurz darauf zu zappeln begann.

„Ich ... möchte mich anfassen."

„Du unersättliches kleines Ding!"

Schon umschlang sein Arm ihren Oberkörper, um sie aufzurichten. Seine linke Hand griff nach ihrer rechten Brust, drückte ihren Rücken gegen seinen Körper, während sich seine rechte Hand auf die Finger legte, die sie zwischen ihre Beine geschoben hatte. Nicht um sie zu führen, sondern um zu spüren, wie sie sich bewegten.

„So ist es gut, Baby." Seine Stimme klang rau. „Reib deine kleine Perle."

Mit Worten und Gesten trieben sie sich gegenseitig über den Gipfel und stürzten gemeinsam stöhnend in die Tiefe. Während ihr Körper von einem heftigen Beben erschüttert wurde, schlug er seine Zähne in ihren Hals und presste ihr Becken gegen seinen Unterleib, um zum letzten Mal ganz tief in sie einzudringen. Sie spürte, wie er sich in sie ergoss, seine Muskeln lockerten sich, und er sank auf sie herab. Keuchend lagen sie da, bevor er sich vorsichtig zurückzog und ihr aufhalf. Ihre Beine fühlten sich wie

Gummi an.

„Alles in Ordnung?", fragte er.

Sie nickte. Ihre Finger zitterten, als sie den Reißverschluss ihrer Jacke zu schließen versuchte, wie auch seine, als er ihr behilflich war. Nachdem er ihr die Hotpants über den Hintern geschoben hatte, drückte er ihr einen zärtlichen Kuss auf die Lippen.

„Was hast du dir dabei gedacht, hierherzukommen?" Sein Blick war ernst.

Wortlos blickte sie ihn an.

„Kannst du es nicht sagen oder willst du es nicht sagen?"

„Ich kann nicht."

Etwas in ihren Augen hielt ihn davon ab, nachzuhaken.

Zurück im Hotel, Mike war zuvor in den Klub gegangen, um ihren Mantel zu holen, bestand er darauf, dass sie bei ihm übernachtete. Obwohl sie nur eine Tür weiter wohnte, sagte sie nicht Nein. Seine Suite glich ihren Räumlichkeiten, nur dass es noch zwei zusätzliche Zimmer gab, eine Küche und ein separates Esszimmer.

„Mike?"

„Ja, Baby?"

„Ich möchte duschen. Und zwar nur duschen", fügte sie schnell hinzu, als sie das Flackern in seinen Augen sah.

„In Ordnung." Er lächelte. „Frische Handtücher findest du im linken Schrank", rief er ihr zu, als sie Richtung Badezimmer ging.

„Danke."

Ein Blick in den Spiegelschrank über dem Waschbecken verriet ihr, dass Mike großen Wert auf Körperpflege legte, was ihr zugutekam. Die Reinigungsmilch für empfindliche Haut eignete sich hervorragend dazu, sich abzuschminken. Nachdem sie Kleider und Schuhe ausgezogen hatte, band sie sich die Haare mit dem Tuch zusammen und stieg unter die Dusche. Sie konnte nicht verhindern, dass einige Strähnen nass wurden, doch das war ihr gleich. Während sie sich wusch und das Wasser aus unzähligen Düsen ihren Körper benetzte wie ein warmer Sommerregen, gingen ihr viele Dinge durch den Kopf. Der Klub war ein Fehler gewesen, das wusste sie jetzt. Als die beiden Männer sie berührt hatten, hatte sie die Augen geschlossen und sich vorgestellt, dass es Mikes Hände waren, die ihre Brüste liebkosten, Mikes Lippen, die ihren Nacken küssten, doch es hatte sich falsch angefühlt. Ganz falsch.

Wie unbeteiligt er die ganze Zeit über gewirkt hatte! Er hatte sich auf der Couch zurückgelehnt, die Arme hinten lässig abgestützt und die Beine übereinandergeschlagen. Sie hatte sich so schmerzlich nach seiner Berührung gesehnt, doch für einen Rückzieher war es zu spät gewesen. So hatte sie das Spiel weitergespielt. Als sich dann die sexy Blondine vor ihn gestellt hatte, hatte sie unwillentlich gewinselt, was einer der Männer als Zeichen der Ermutigung aufgefasst hatte. Er hatte ihr etwas von „Fotze" und „durchficken" ins Ohr geflüstert. Eine Woge der Übelkeit war über sie hereingebrochen.

Tränen drängten nach oben. Nur noch vier Tage, dann würde sie Mike nie wiedersehen. Die Vorstellung riss ihr das Herz in Stücke. Sie saß in der Falle. Da half alles Zappeln und Winden nichts. Aus eigener Kraft käme sie da nicht mehr heraus. *Es ist nur Sex!* Für sie war es viel mehr als das. Aber schließlich wusste Mike genau, welche Knöpfe er drücken musste, um eine Frau zu seinem willenlosen Spielzeug zu machen. Wie bei der Brünetten auf der Toilette. Sie selbst bildete da keine Ausnahme. Und doch hatte er sie aus einer grauenvollen Situation gerettet, hatte einem der Männer sogar die Nase gebrochen. *Weil er als Ex-Bulle Ehre im Leib hat.* Amy konnte nicht verhindern, dass ihr inzwischen die Tränen haltlos übers Gesicht liefen.

„Alles in Ordnung?", riss seine Stimme hinter der Tür sie aus ihren trüben Gedanken.

„Ja", antwortete sie und wischte sich ärgerlich die Tränen aus dem Gesicht, bevor sie den Duschknopf zudrehte.

„Mike?“, rief sie schnell hinterher.

„Was ist?“

„Ich habe für heute Nacht nichts anzuziehen ...“

Sie hörte, wie seine Schritte sich entfernten, kurz darauf kehrte er zurück. Die Tür öffnete sich ein Stück, und etwas Cremefarbenes flog durch die Luft und landete auf dem Hocker neben der Dusche. Nachdem sich Amy abgetrocknet hatte, schlüpfte sie in das seidene Pyjamahemd. Es reichte ihr bis zu den Knien, roch frisch und fühlte sich wundervoll auf der Haut an. Im Schlafzimmer empfing Mike sie mit nacktem Oberkörper und Pyjamahose, das Pendant zu ihrem Hemd und der Grund, warum sich ihr Mund plötzlich knochentrocken anfühlte.

„Möchtest du etwas trinken“?, fragte er mit einem Lächeln.

Sie nickte eifrig.

„Wasser?“

„Gern.“

Er holte eine Flasche Pellegrino aus der Küche und grinste anzüglich, als er sie ihr reichte, woraufhin Amy innerlich den Kopf schüttelte. Das männliche Ego! Während sie die halbe Flasche leer trank, legte er sich ins Bett und klopfte mit einer einladenden Geste neben sich auf die Decke. Seltsamerweise war sie kein bisschen gehemmt, als sie unters Laken glitt. Vielleicht, weil sie einfach zu erschöpft war. Oder auch, weil sich das alles verdammt gut anfühlte und sie das Grübeln satthatte. Mit einem tiefen Seufzen schmiegte sie ihren Kopf an seine Schulter und ließ zu, dass er sie an sich zog. Sie sprachen kein Wort, bis er irgendwann das Schweigen brach.

„Vorhin im Klub ...“ Sie spürte das Zögern in seiner Stimme. „... da habe ich die Panik in deinem Gesicht gesehen.“

Sie nickte.

„Sagst du mir den Grund?“

„Olivier ...“

Er schnaubte, sagte jedoch nichts, wartete, dass sie weitersprach.

Ein Kloß steckte fest in ihrer Kehle, während sie nach Worten rang. „Ein Mal da ... da hat er mich mit seinen Freunden geteilt.“ Sie hörte ein leichtes Knacken wie von Fingerknöcheln und begriff, dass Mike die Faust fest geballt hatte. „Es sollte ein Beweis meiner Liebe zu ihm sein. Zum Glück ist es bei dem einen Mal geblieben. Ich war ihm zu lustlos, hat er gesagt, eine richtig frigide Kuh.“

„Oh, Baby ...“

„Die Erinnerungen sind plötzlich auf mich eingestürzt. Die grapschenden Hände, der feuchte Atem der Männer ...“ Bekümmert schüttelte sie den Kopf. „Das mit dem Klub war eine blöde Idee.“

„Eine ganz blöde Idee.“ Seine beruhigende Wärme und sein Geruch umfingen sie, als er sie fest an seine Brust drückte. „Man kann dich wirklich keine Minute allein lassen.“

Seinem kräftigen und regelmäßigen Herzschlag lauschend, döste sie langsam ein. Irgendwann löschte er das Licht. Sie drehte sich auf die Seite, er legte seine Arme um sie und vergrub sein Gesicht in ihrem Haar. Durch den Stoff ihres Hemdes spürte sie seine Erektion an ihrem Hintern, dennoch versuchte er nicht, sich ihr aufzudrängen. Mit einem Lächeln auf den Lippen versank Amy in einen tiefen, traumlosen Schlaf.

Des Rätsels Lösung

Ein Kribbeln.

Zuckende Wärme.

Kratzende Barstoppeln.

Seufzend hob Amy die Arme, um sich zu strecken. Ihre Lider flatterten, dennoch hielt sie die Augen weiter geschlossen, während sich der Nebel in ihrem Kopf langsam lichtete. Lippen saugten an ihrem rechten Nippel. Ihr Puls schoss in die Höhe. *Seine* Lippen. Eine wundervolle Art, geweckt zu werden! Ihre Fingerspitzen tasteten sich abwärts, strichen über seine nackte Haut, ganz zart, und dennoch konnte sie spüren, wie sich seine Muskeln heftig zusammenzogen, als sie über seinen Bauch fuhr. Eine gefühlte Ewigkeit spielte sie mit dem Bund seiner Pyjamahose, und er vergaß darüber, zu atmen. Bis sie ein Einsehen hatte und ihre Finger unter den seidigen Stoff schob. Als sie seinen steifen Schwanz umfasste, packte er ihren Kopf und küsste sie. Ihre Zungen fanden sich zu einem sinnlichen Reigen, rieben sich, neckten sich. Meine Zähne sind nicht geputzt, fuhr es Amy durch den Kopf, doch der Gedanke löste sich wie Rauch im Wind auf, als seine Fingerspitzen wie zufällig über ihre geschwollenen Schamlippen strichen.

Sie öffnete die Augen, sah ihn an. Sein Haar war strubbelig, sein Gesicht unrasiert, und ein verschmitztes Lächeln umspielte seinen Mund. Mit der freien Hand strich er eine Locke aus ihrer Stirn, hielt ihren Blick fest, während er zwei gekrümmte Finger in ihren feuchten Schoß stieß. Gierig krampfte sich ihr Fleisch um ihn, doch sie überraschte ihn und auch sich, als sie seine Schultern packte und ihn auf den Rücken rollte. Sie legte sich flach auf ihn und schob seinen Schwanz zwischen ihre weit gespreizten Beine.

„Liebe mich, Mike“, flüsterte sie.

Seine grünen Augen funkelten im Halbdunkel. Mit langsamen, gemächlichen Stößen bewegte er sich in ihr, während ihre Wange in seiner Halsbeuge lag und sie es genoss, seine nackte Haut auf ihrer nackten Haut zu spüren. Gierig sog sie seinen männlichen Duft ein. Er ließ sich Zeit, streichelte ihren Rücken, hielt sie am Nacken fest, um ihren Mund in aller Ruhe zu erforschen. Sein Schwanz füllte sie vollständig aus, bei jedem Stoß rieb er ihre empfindliche Perle, und es dauerte nicht lang, bis ihr Unterleib sich spasmisch zusammenzog. Stöhnend bäumte sie sich auf. Als sie über die Klippe stürzte, riss sie ihn mit sich. Sie spürte den Schauder, der durch seinen Körper lief, als er kam. Dabei rief er immer wieder ihren Namen. Überwältigt beugte sie sich zu ihm hinunter und presste ihre Lippen auf seinen japsenden Mund. Ihre blonden Haare legten sich über sein Gesicht, schlossen die Welt aus, bis ihr gemeinsamer Höhepunkt verebbt war. Hinter ihren Augen brannte es verdächtig. *Herrgott nochmal!* Der Sex mit Mike machte sie zu einem Nervenbündel!

Nach einer Weile hob sie den Kopf. Ihre Blicke begegneten sich.

„Frühstück?“, fragte er mit einem kleinen Lächeln.

Sie lächelte zurück. “Gern.“

„Gut!“

Schon hechtete er aus dem Bett. Allerdings verhedderte er sich in seiner Pyjamahose, die irgendwo zwischen Oberschenkel und Knie hing, und wäre um Haaresbreite über seine eigenen Füße gestolpert. Amy brach in schallendes Lachen aus, als er aus dem Zimmer taumelte, während er gleichzeitig versuchte, die Hose über seinen appetitlichen Hintern zu ziehen.

„Tee oder Kaffee?“, warf er ihr über die Schulter zu. Es klang ziemlich brummig.

„Kaffee bitte.“

Mit einem Kichern stieg sie ebenfalls aus dem Bett, knöpfte ihr Pyjamahemd zu und ging zur Toilette, um zu erledigen, was man auf der Toilette halt so erledigte. Als sie fertig war, ging sie zurück ins Schlafzimmer.

„Du hast nicht zufällig eine Unterhose für mich?“, rief sie laut Richtung Küche.

Ein Geräusch ließ sie aufblicken. Mike lehnte mit blasierter Miene am Türrahmen, als ob das kleine Missgeschick von eben niemals passiert wäre. An seinem rechten Zeigefinger baumelte ein blauer Baumwollslip, den Amy als ihr Eigenturm erkannte.

Konnte der Mann Gedanken lesen?

„Ich hatte so eine Ahnung, dass du vielleicht lieber mit Höschen frühstücken möchtest. Deshalb war ich vorhin so frei, einen deiner Slips aus deinem Zimmer zu holen.“ Er sah sie prüfend an. „Vergibst du mir, meine Hübsche?“

Sie setzte eine affektierte Miene auf. „Ausnahmsweise.“

Als sich auf seinem Gesicht Erleichterung breitmachte, wurde ihr warm ums Herz. Wie jedem Ex-Knacki ging ihr Privatsphäre über alles, etwas, das er verstand.

„Ich hoffe, du hast nicht herumgeschnüffelt?“, fragte sie dennoch halb neckend, halb ernst.

„Niemals!“ Er legte eine Hand auf sein Herz. „Ich schwöre.“

Sie grinste.

Nachdem sie sich den Slip angezogen hatte und noch einmal mit ihren Fingern durch ihre Haare gefahren war, begab sie sich barfuß in die Küche, während Mike mit der Zubereitung des Frühstücks fortfuhr und Amy die Gelegenheit nutzte, das Spiel seiner Rückenmuskeln zu bewundern. Er hatte zuvor den Schalter zur automatischen Öffnung der Vorhänge getätigt, und die Sonne zeichnete verheißungsvolle Muster auf die Terracottafliesen.

„Erzähl mir mehr von dir, Amy“, sagte Mike, als sie etwas später an der Küchentheke vor einem leckeren Rührei mit Speck saßen.

Sie biss sich auf die Lippen, haderte mit der Vorstellung, sich einem Fremden anzuvertrauen.

Aber Mike ist kein Fremder. Nicht mehr.

„Was willst du wissen?“, fragte sie schließlich.

„Wie kommt es zum Beispiel, dass du perfekt Englisch sprichst?“

„Maman ist ... war Engländerin.“

„Sie ist tot?“, fragte er sanft nach.

Sie nickte. „Sie starb bei einem Zugunglück, als ich zehn Jahre alt war.“

„Hast du Geschwister?“, fragte er, während er ihr und sich Kaffee in Homer Simpson-Tassen einschenkte.

„Ja, zwei. Lilian ist acht Jahre älter als ich und der ganze Stolz unseres Vaters. Logan ist zwei Jahre jünger. Nach Mamans Unfalltod wurden Logan und ich auf ein englisches Internat geschickt, und das war’s dann. Aus den Augen, aus dem Sinn. Wir haben unseren Vater kaum gesehen, höchstens an Weihnachten oder Ostern. Wir mussten ihn siezen und Monsieur nennen.“ Sie stieß ein böses Lachen aus. „Nicht einmal an Mamans Todestag hat sich das miese Schwein sehen lassen.“

„Amy, Lilian und Logan sind englische Namen ...“

„Ja, immerhin in dieser Sache konnte sich Maman durchsetzen, ansonsten hatte sie wenig zu melden. Unser Vater ist ein echter Despot. Ich habe mich oft gefragt, wie die beiden ein Liebespaar hatten werden können. Sie die liebenswerte Lehrerin aus Essex, er der eiskalte Großindustrielle aus Lyon. Maman hätte etwas Besseres verdient.“

„Sie hat sich diese Ehe ausgesucht, Baby. Vielleicht liebte sie deinen Vater.“

Amy nickte. „Ich schätze, am Anfang hat sie das wohl, und dann ...“

Liebe kann so zerstörerisch sein.

Eine Weile hingen beide ihren Gedanken nach.

„Was ist aus deinen Geschwistern geworden?“, unterbrach Mike schließlich das Schweigen.

Amy fuhr sich nervös durchs Haar. Sie war es nicht gewohnt, über ihre Familie zu reden. „Mein Schwesterherz ist der feuchte Traum unseres Vaters: Oxford-Abschluss mit summa cum laude, Top-Anwältin in einer der größten Kanzleien Londons. Sie ist sein ganzer Stolz und das genaue Gegenteil von mir! Ich sollte aufgrund meiner mathematischen Fähigkeiten Betriebswirtschaft studieren, aber ich habe das Studium nach sechs Semestern geschmissen. Das war mir zu öde. Stattdessen habe ich mich mit Nebenjobs über Wasser gehalten, bis ich herausfand, dass ich ein Händchen fürs Kartenzählen habe ... Als ich im Gefängnis war, hat mich unser Vater kein einziges Mal besucht. Stattdessen hat er seinen Anwalt geschickt, damit ich eine Verschwiegenheitserklärung unterschreibe. Er hatte wohl Angst, ich würde meine Geschichte an die Medien verkaufen! Und natürlich hat er mich enterbt.“ Sie zuckte mit den Schultern. „Als ob ich an seinem Scheißgeld interessiert wäre!“

„Und dein Bruder?“

Ihre Mundwinkel verzogen sich zu einem traurigen Lächeln. „Logan hat seinen ganz eigenen Weg gefunden, Reißaus zu nehmen. Kaum war er volljährig, ist er zur Army gegangen. Jetzt kämpft er in Afghanistan für Menschen, die ihn am liebsten tot sehen würden.“ Sie presste die Lippen zusammen. „Wir sehen uns so gut wie nie, aber er versucht, sich einmal im Monat zu melden, damit ich weiß, dass er noch lebt“, fügte sie mit leiser Stimme hinzu.

„Hm.“

„Was ist?“, fragte sie, als sie Mikes umwölkte Stirn bemerkte.

„Statt abzuhauen, hätte er dich beschützen müssen!“, brach es aus ihm hervor.

„Es ist nicht seine Schuld. Mamans Tod hat ihm sehr zugesetzt, er hatte selbst mit inneren Dämonen zu kämpfen. Außerdem war er bei einem Kampfeinsatz, als ich im Eilverfahren verurteilt wurde.“

„Aber ..."

„Nein!" Amy klopfte mit dem Zeigefinger energisch auf den Tisch. „Gegen meinen kleinen Bruder lasse ich nichts kommen!"

Das zärtliche Lächeln, das über Mikes Gesicht huschte, trieb ihren Herzschlag in die Höhe. „Das sehe ich."

„Was ist mit dir? Hast du Geschwister?", fragte sie etwas atemlos.

„Nein", antwortete er, nachdem er einen Schluck Kaffee genommen hatte. „Es gab nur meine Mom und mich und natürlich meinen Großvater."

„Ah, der Mann mit dem Auto."

„Genau der."

Das Kinn auf die Faust gestützt und den Blick auf ihn gerichtet wartete Amy, dass er weiter erzählte.

„Mein Vater ist abgehauen, da war ich fünf. Meine Mom musste mehrere Jobs annehmen, um über die Runden zu kommen. Sie hatte sehr wenig Zeit für mich, und so hat mich der Vater meines Vaters großgezogen. Er war übrigens Falschspieler, ein richtig guter noch dazu", fügte er mit einem Augenzwinkern hinzu.

Amy grinste. „Ach, daher die Tricks beim Poker. Ganz nett für den Anfang", tönte sie großspurig, um ihn zu necken. Was auch bestens funktionierte, wie sie an seinen zusammengezogenen Augenbrauen ablesen konnte. „Was ist aus deiner Mutter geworden?", hakte sie nach.

Und bedauerte sofort, gefragt zu haben, denn die Empörung in seinen Augen wich Traurigkeit.

„Du musst nicht darüber reden, wenn du nicht möchtest", beeilte sie sich zu sagen.

Er winkte müde ab. „Schon gut. Zwei Jahre, nachdem mein Großvater an Krebs gestorben war, erkrankte sie an der Europäischen Schlafkrankheit. Kennst du das?"

Amy überlegte. „Meinst du die Krankheit wie im Film „Zeit des Erwachens"?"

„Ja, die meine ich. Von einem Tag zum anderen fiel sie in diesen komatösen Zustand, kapselte sich komplett von der Außenwelt ab. Fünf Jahre vegetierte sie in einem Heim, bis sie endlich einschlief. Diesmal für immer."

Amys Herz zog sich schmerzlich zusammen. *Er ist ganz allein auf der Welt.*

„Es tut mir leid, Mike."

Gedankenverloren starrte er in seine Kaffeetasse. „So ist das Leben."

„Warum bist du zur Polizei gegangen?"

„Weil Großvater wollte, dass aus mir etwas Anständiges wird."

„Ist nicht wahr?"

„Doch."

Sie brach in ein fröhliches Lachen aus, in das er mit einstimmte.

„Das ist nett", sagte sie.

„Finde ich auch."

Ihre lächelnden Blicke trafen sich.

„Und warum hast du den Dienst quittiert?", fragte sie nach einer Weile.

Ein kaum wahrnehmbarer Schatten legte sich auf sein Gesicht. Offenbar besaß sie das Talent, permanent die falschen Fragen zu stellen. Auf der anderen Seite war er es gewesen, der die Fragerunde gestartet hatte.

„Einige Kollegen haben die Hand aufgehalten", erklärte er. „Das war nicht richtig, aber es waren Kollegen, sogar ein paar Freunde waren dabei. Alles Männer, denen ich mein Leben blind anvertraut hätte und umgekehrt. Ich konnte sie nicht verpfeifen. Andererseits ist Korruption bei der Polizei wie ein Geschwür, das wächst und wächst. Bevor ich davon befallen werden konnte, bin ich gegangen." Sein Blick wanderte zur Wanduhr neben dem Kühlschrank. „Ich fürchte, ich muss mich fertigmachen. In einer halben Stunde habe ich ein Sicherheitsmeeting mit meinem Team." Seine Stimme hatte einen nüchternen Tonfall angenommen. „Wir haben den kompletten Vormittag dafür angesetzt, und ich darf nicht zu spät kommen, schließlich leite ich die ganze Veranstaltung. Der

Videoausfall in der Nacht des Mordes wäre ohne Insiderwissen nicht möglich gewesen. Es gibt ein Leck, und wir müssen herausfinden, wo."

„Sei vorsichtig!", sagte Amy.

„Baby, es ist nur ein Meeting." Er drückte ihr einen Kuss auf die Nase. „Essen wir heute Abend zusammen?"

Sie schenkte ihm ein strahlendes Lächeln, obwohl sich ihr Herz zusammenkrampfte. Die Abende und die Nächte, mehr würde ihr bis zu ihrer Abreise nicht vergönnt sein.

„Gern", antwortete sie.

„Schön. Ich freue mich."

Nachdem er geduscht und sich angezogen hatte, küsste er sie noch einmal, dann war er weg. Etwas unschlüssig blickte sie sich um. Obwohl die Suite keine Wünsche übrig ließ, entbehrte sie jedoch jeglicher persönlichen Note. Einzig die Bücherwand samt Notenblättern und die umfangreiche CD-Sammlung im Wohnbereich verrieten etwas über den Menschen Mike D. Stenton. Und natürlich die eingerahmte Fotografie neben dem Flachbildfernseher, auf dem drei Personen zu sehen waren: eine hübsche, etwas müde aussehende junge Frau mit schulterlangen, dunklen Haaren, ein älterer Herr mit Bart und Schlapphut und ein schätzungsweise zehnjähriger Junge mit auffällig grünen Augen, der von einem Ohr zum anderen grinste. Dahinter erhob sich der leuchtende Cowboy Vegas Vic, das Wahrzeichen von Las Vegas. Das Foto war offensichtlich in der Fremont Street aufgenommen worden.

Wie gebannt starrte Amy auf das Bild, bis die Konturen immer mehr verschwammen. Die Gesichter wurden unscharf, und sie blinzelte bei dem Versuch, wieder klar zu sehen. Mit einigem Schrecken erkannte sie, dass sie hemmungslos schluchzte und nicht mehr aufhören konnte. Sie weinte um Mikes Familie. Sie weinte um ihren kleinen Bruder, der täglich sein Leben aufs Spiel setzte. Sie trauerte um ihre wunderschöne warmherzige Mutter, deren Umarmung sie schmerzlich vermisste. Sie weinte, weil sie sich verloren fühlte und nicht annähernd so stark war, wie sie gedacht hatte.

Nachdem sie sich wieder gefasst hatte, spielte sie zum ersten Mal mit dem Gedanken, ihren Aufenthalt in Vegas zu verlängern. Wie würde Mike reagieren, wenn sie ihm gestand, dass sie ihn liebte?

Ihn liebte?

Der Gedanke war aufgepoppt, einfach so. Verwundert blickte Amy ins Leere. Liebe ... Welch' großes Wort! War es wirklich Liebe, was sie empfand, oder hatte ihre Empfindung mehr mit Lust und Verlangen zu tun? Sie horchte in sich hinein. Der Schwarm flatternder Schmetterlinge in ihrem Bauch machte einen Riesenradau, die Flügelschläge verursachten Übelkeit, Herzrasen und Kurzatmigkeit. Die Diagnose war über jeden Zweifel erhaben: Sie war bis über beide Ohren verliebt.

Sie wollte keine Minute mehr ohne Mike sein, wünschte sich nichts mehr, als jeden Morgen ihres verbleibenden Lebens neben ihm aufzuwachen, Freud und Leid mit ihm zu teilen ... für immer ... Ihr Lächeln verblasste. Sie war verrückt! Schließlich kannte sie ihn erst seit wenigen Tagen. Bei Olivier war es ihr ähnlich ergangen, und das nur, weil er sie an Colin Farrell erinnert hatte. Wohin es geführt hatte, wusste sie ja! Sie war noch Jungfrau gewesen und für Olivier ein leichtes Opfer. Die Erinnerung ließ sie vor Wut erbeben. So etwas durfte nie wieder geschehen! Aus diesem Grund hatte sie sich vor langer Zeit geschworen, keinem Mann mehr zu vertrauen, ganz gleich, wie aufrichtig er sich gab. Also auch nicht Mike.

Zu dumm, dass alles in ihr danach schrie, genau das zu tun.

Sie kehrte in ihr Zimmer zurück, duschte und zog sich ein pinkfarbenes Shirt an, dazu dunkelblaue Shorts mit gewelltem Saum, dann tigerte sie nervös auf und ab. Irgendwann hatte sie das Grübeln satt und warf sich in einen der bequemen Sessel, griff nach der Fernbedienung und zappte sich durchs Vormittagsprogramm. Hunderte von Kanälen und nur Schrott! Auf *Church Channel* betete ein streng dreinblickender Fernsehprediger Verse aus dem Neuen Testament herunter. Amy unterdrückte ein Gähnen. Die Kitschtapete mit phosphozierendem Jesus im Hintergrund sah aus, als hätte sie bereits in den 80er Jahren die Wand irgendeines Wohnzimmers verschandelt. Gerade wollte Amy weiterschalten, da erstarrte sie mitten in der Bewegung. Das Adrenalin schoss durch ihre Adern und ließ sie kurzzeitig schwindeln.

6,11

Hektisch sprang sie auf, lief Richtung Schlafzimmer und riss die Nachtschränkchen neben ihrem Bett auf. Keine Bibel. Verdammt! Zum Glück gab es den hauseigenen Laptop mit W-LAN. Sie schaltete den Rechner im Wohnbereich ein und zerrte ihre Lesebrille aus dem Etui. Als sie ihre Lieblingssuchmaschine zu Rate zog, wurde sie rasch fündig.

Im Brief des Paulus an die Epheser, Kapitel 6, Vers 11, steht, wie die Menschen sich gegen böse Geistermächte wie Satan wehren können: „Ziehet an den Harnisch Gottes, dass ihr bestehen könnt gegen die listigen Anläufe des Teufels.“

Im Folgenden wurde genau erklärt, wie das geschehen sollte:

14 So steht nun fest, umgürtet an euren Lenden mit Wahrheit und angetan mit dem Panzer der Gerechtigkeit 15 und an den Beinen gestiefelt, bereit einzutreten für das Evangelium des Friedens. 16 Vor allen Dingen aber ergreift den Schild des Glaubens, mit dem ihr auslöschen könnt alle feurigen Pfeile des Bösen 17 und nehmt den Helm des Heils und das Schwert des Geistes, welches ist das Wort Gottes.

Nur dass die Mörder es nicht beim Wort Gottes bewenden ließen.

„Das ist es!“, murmelte Amy.

Bei den Sonntagspredigten im Gefängnis hatte ihnen der Pfarrer immer wieder die Stelle aus dem Neuen Testament unter die Nase gehalten und ihnen eingebläut, dass man nur auf die Weise den Teufel erfolgreich bekämpfte. Eine Erinnerung, die Amy nur zu gern verdrängt hatte! Kein Wunder, dass es ihr nicht einfallen wollte. Die abgetrennten Hände und nackten Füße jedenfalls würden in diese Denkweise passen, auch wenn sie keinen Schimmer hatte, was sie bedeuteten. Im Internet fand Amy keine entsprechenden Hinweise. Weil ihr das Thema unter den Nägeln brannte und sie nichts Besseres zu tun hatte, außer durch Gefühlsduseleien irrezuwerden, beschloss sie, jemanden zu fragen, der sich berufsbedingt mit der Thematik beschäftigte. Vielleicht wusste er mehr darüber. Sie rief ein Taxi und fuhr zu Frank Mahoney. Zum Glück war der Schriftsteller zu Hause und erfreut, sie zu sehen.

„Was halten Sie davon?“, fragte sie ihn, nachdem sie ihm ihr Anliegen unterbreitet hatte.

Sie saßen am gleichen Tisch wie bei ihrem letzten Besuch, nur dass diesmal keine selbst gemachte Limonade kredenzt wurde, sondern Earl Grey Tee. Von ihrer Theorie, die Mordfälle könnten etwas mit dem Brief von Paulus an die Epheser zu tun haben, sagte sie nichts, schließlich wurde die Info über die stehengebliebenen Armbanduhren im Augenblick noch von der Polizei zurückgehalten. Vermutlich um eine Panik zu vermeiden. Sie befragte Frank nur hinsichtlich der Symbolik.

„Sie sagen, der Mörder hat meinem Vater Schuhe und Socken ausgezogen? Das habe ich nicht gewusst.“ Er wirkte sehr gefasst, wofür ihn Amy bewunderte. „Nackte Füße sind in der Bibel gleichbedeutend mit Ehrfurcht und Demut“, sagte er nachdenklich, als spräche er zu sich selbst. „Sie können auch als Herabstufung der betroffenen Person verstanden werden.“

„Eine Bestrafung vielleicht.“

„Ich interpretiere das eher als eine Erlösung.“

„Würde die ... ähm ... andere Sache in diese Denkweise passen, was meinen Sie?“

Aus Rücksichtnahme vermied sie es, die abgesägten Hände beim Namen zu nennen.

„Davon können wir ausgehen. Auge um Auge, Zahn um Zahn. Raffgierige Menschen, die andere ausnehmen, müssen zwangsläufig mit dem Verlust ihrer Hände büßen."

Innerlich jubelte Amy. Langsam fügte sich das Puzzle zusammen. Sie war der Lösung des Rätsels ganz nahe, das spürte sie.

„Glauben Sie, dass der Killer Ihren Vater für ... böse gehalten hat?"

Frank strich selbstvergessen mit dem Finger über die Tischplatte. War sie vielleicht zu weit gegangen? Schließlich trauerte der Mann.

„Mister Mahoney?"

„Er hat Botschaften des Teufels bekommen."

„Botschaften? Wer?"

„Mein Vater."

„Bitte was?", krächzte Amy.

Sie glaubte, sich verhört zu haben.

„Satan sagt den Schwachen, wen sie vernichten sollen."

„Ich ... ich verstehe nicht, Mister Mahoney."

Der Schriftsteller blickte sie durch seine Hornbrille seltsam an. „Was genau gibt es nicht zu verstehen, Miss Blanchard? Der Teufel ist unter uns."

Ihre Nackenhaare stellten sich auf, und plötzlich hatte sie es eilig, fortzukommen. „Ich ... äh ... denke, ich muss jetzt gehen." Sie sprang auf die Füße. „Sie haben mir sehr geholfen, vielen Dank."

Frank Mahoney lehnte sich zurück und lächelte. „Gern geschehen."

Und genau dieses Lächeln war es, das ihr den kalten Schweiß aus den Poren trieb. Es war klinisch und doch berechnend.

Das Lächeln eines Psychopathen.

Ihr eigenes Lächeln fühlte sich wie festgetackert an, als sie sich von Frank Mahoney verabschiedete. Hoffentlich würde er ihr das Entsetzen, das wie Eiswasser durch ihre Venen floss, nicht anmerken. Glücklicherweise war sie eine hervorragende Schauspielerin, wenn es darum ging, ihre

Gefühle zu verbergen. Als sie auf wackeligen Beinen das Haus verließ, kribbelte es in ihrem Nacken. Sie wirbelte herum und erhaschte zwischen den Vorhängen ein blasses Gesicht. Frank Mahoneys Haushälterin. Wie hieß sie noch gleich? Juanita? Maria? Sofia? Amy fiel es nicht mehr ein, so sehr sie ihren Kopf auch zermarterte. Während sie vor dem Komplex auf ihr Taxi wartete, wandte sie sich immer wieder nervös um, bis endlich der heiß ersehnte gelbe Wagen um die Ecke kam und sie hastig einstieg. Als das Taxi losfuhr, atmete sie erleichtert aus.

Was, wenn Mahoney bei den Recherchen für sein Buch zu übereifrig gewesen war? Die christliche Lehre des Mittelalters zu sehr verinnerlicht hatte? Aber seinen eigenen Vater töten, weil er angeblich Botschaften des Teufels bekam? Der Gedanke war einfach zu grotesk.

Dessen ungeachtet lief sie schnurstracks zur Rezeption und fragte nach Mikes Handynummer, kaum dass sie im *Tahiti Grand* angekommen war. Nach einigem Hin und Her und der Intervention von Miss Deveraux wurde ihr die Nummer schließlich ausgehändigt. Doch sooft sie auch Mikes Nummer wählte, sie erreichte nur die Mailbox. Offenbar saß er immer noch im Meeting und hatte sein Mobiltelefon ausgeschaltet. Sie hinterließ ihm eine Nachricht, in der sie ihm erklärte, dass sie bezüglich der Morde einen neuen Verdacht hatte und dass sie glaubte, Frank Mahoney könnte mit der Sache etwas zu tun haben. Zwischendurch überlegte sie, Miss Deveraux von ihren Mutmaßungen zu erzählen, doch dann verwarf sie den Gedanken. Sie wollte nicht die Pferde scheu machen, ohne vorher mit Mike gesprochen zu haben.

Zurück auf ihrem Zimmer kam ihr ein Gedanke. Hatte die Polizei Frank Mahoneys Alibi gründlich überprüft? In der Woche, als Renard in Monte Carlo und Rick Mahoney in Vegas getötet worden waren, hatte Frank behauptet, in New York zu sein. Wieder bemühte Amy das Internet, suchte nach seiner Autorenhomepage. Unter der Rubrik „Termine“ waren die einzelnen Stationen seiner Lesereise in New Yorker Buchhandlungen verzeichnet. Aber nur weil sie dort auftauchten, hieß es nicht zwangsläufig, dass die Lesungen auch stattgefunden hatten. Also klapperte Amy die Buchläden telefonisch ab. Beim dritten Anruf geriet sie an eine besonders mitteilsame Buchhändlerin.

„Der arme Mann! Sein Vater ist gestorben, wussten Sie das? Deshalb hat er seine Lesereise abbrechen müssen. Wo es ihm eh schon so schlecht ging ..."

Hellhörig geworden, hakte Amy nach. „Ihm ging es schlecht? Wie meinen Sie das?"

„Er hätte an drei Nachmittagen bei uns lesen sollen, aber schon am ersten Tag machte er einen kränklichen Eindruck. Trotzdem hat er sich sehr professionell verhalten und hat bis zum Schluss durchgehalten. Über 250 Leute waren gekommen. Ein sensationeller Erfolg! An den beiden folgenden Tagen ist er leider nicht mehr erschienen. Er musste wegen einer Darminfektion absagen."

Das Adrenalin schoss durch Amys Adern. „Haben Sie das überprüft?"

„Warum hätte ich das bitte tun sollen?", fragte die Buchhändlerin hörbar pikiert. „Ich habe nicht eine Sekunde daran gezweifelt, dass sich Mister Mahoney unpässlich fühlte."

„Wissen Sie, in welchem Hotel er untergebracht war?"

„Nein."

„Und wie ging's dann weiter?"

„Na, wie wohl? Sein Vater ist gestorben, und er ist abgereist!", entgegnete die Buchhändlerin, die kurz darauf das Gespräch recht abrupt beendete.

Nachdenklich legte Amy den Hörer zurück. Frank Mahoneys Alibi hinkte gewaltig. Ausgerechnet, als sein Vater ermordet wurde, soll er krank in seinem Zimmer gelegen haben?

Ein Zufall?

Das galt es, zu checken. Amy hatte eine Idee. Eine etwas spleenige Idee, zugegeben, aber jetzt, da ihre kleinen grauen Zellen rotierten, war sie nicht zu bremsen. Wieder griff sie nach ihrem Handy. Diesmal ließ sie sich die Servicenummern der drei größten New Yorker Flughäfen geben – JFK, La Guardia und Newark –, um zu erfahren, ob am 4. oder 5. September ein gewisser Frank Mahoney einen Flug nach Las Vegas gebucht hatte. Aus Datenschutzgründen wurde ihr allerdings die Info versagt. Weil der Akku ihres Handys praktisch leer war, rief sie Charles, der über sehr gute Kontakte verfügte, übers Haustelefon an und bat ihn, das für sie herauszufinden. Sie erläuterte ihm die Dringlichkeit, und er versprach, sich so schnell wie möglich zu melden. In der Zwischenzeit überlegte sie, ob sie Mike in seinem Büro aufsuchen sollte, doch ohne entsprechende Berechtigung würde ihr der Zutritt in den Räumen der Security verweigert werden. Hatte er nicht gesagt, das Meeting ginge den ganzen Vormittag? Sie blickte auf die Uhr. Es war halb zwölf. Sie würde sich noch etwas gedulden müssen.

Kurz darauf klingelte das Telefon. Es war Charles.

„Und?", fragte sie etwas atemlos.

„Am 4. September hat ein Frank Mahoney tatsächlich einen Flug gebucht, aber nicht nach Las Vegas, sondern nach Nizza. Er ist in der gleichen Nacht zurückgeflogen. Wenn man's genau nimmt, war er länger in der Luft als am Boden."

Amy musste sich setzen. „Ach, du Scheiße ..."

„Ich habe hier die Flugdaten. Die Zeit, die er hier war, fällt mit Renards geschätztem Todeszeitpunkt zusammen. Als Renard tot aufgefunden wurde, war Mahoney längst wieder in der Luft Richtung New York."

„Wenn das so ist, wer hat dann Rick Mahoney getötet?", flüsterte Amy nach einer ziemlich lang währenden Schrecksekunde.

„Ich weiß es nicht, und das sollte dich jetzt auch nicht mehr interessieren. Deine Arbeit in Vegas ist getan. Mach, dass du da wegkommst!"

„Ich muss unbedingt die Behörden informieren." Amy kaute nervös auf ihrem Daumennagel herum. „Und mein Flug geht erst in drei Tagen. Das weißt du doch."

„Tu, was du nicht lassen kannst." Charles klang nicht gerade begeistert. „Aber pass auf deinen Arsch auf, okay?"

„Natürlich." Sie wollte gerade auflegen, als ihr etwas einfiel. „Übrigens geht der Sicherheitschef des *Tahiti Grand* davon aus, dass es im Kasino einen Insider geben muss." Ihr Puls beschleunigte sich, und das nur, weil sie Mike erwähnte. „Er sagt, ohne einen Insider wären der Mord und die anschließende Zurschaustellung nicht möglich gewesen. Lombardi sollte seine Leute unter die Lupe nehmen."

„Guter Punkt. Ich sag ihm Bescheid, falls er das eh nicht schon gemacht hat."

Charles beendete das Gespräch, und Amys Gedanken kehrten zu Frank Mahoney zurück. Wenn er Antoine Renard in Monte Carlo getötet hatte, wer hatte dann seinen Vater auf dem Gewissen? War das vielleicht so eine Abmachung à la „du erledigst meinen Alten, im Gegenzug mache ich deinen kalt"?

Oh Gott!

Sie musste sofort zu Mike! Das Ganze duldete keinen Aufschub mehr. Gerade, als sie zur Tür gehen wollte, klingelte das Telefon erneut. Amy zuckte heftig zusammen. Ihre Nerven lagen blank. Es war ein Mitarbeiter der Rezeption, der ihr mitteilte, dass eine Frau namens Conchita Jimenez sie dringend zu sprechen wünschte. Dann senkte er die Stimme und meinte, die Frau sähe verängstigt aus. Amy runzelte die Stirn. Sie kannte keine Conchita Jimenez. Als sie um eine Beschreibung der betreffenden Person bat, fiel der Groschen: Conchita Jimenez war Frank Mahoneys Haushälterin.

Was sollte sie machen? Erst nach Mike suchen und danach mit Conchita sprechen? Sie hielt es für unklug. Was, wenn Conchita der Mut verließ und sie wieder verschwand? Womöglich hatte sie etwas zu erzählen, das Licht in diesen mysteriösen Fall bringen würde. Während Amy nach unten fuhr, wappnete sie sich innerlich. Was immer Conchita zu berichten hatte, es würde sicherlich nicht angenehm werden. Die kleine Frau sprang sofort auf, als sie Amy erblickte. Die braunen Augen hinter den dicken Brillengläsern blinzelten heftig.

„Señora?"

„Conchita? Was kann ich für Sie tun?"

„Es geht um Señor Mahoney." Ihre Stimme klang drängend und bestürzt. „Er will machen schlimme Sache. Schlimme Sache."

„Was meinen Sie?"

„Nicht hier, Señora." Die Haushälterin blickte verstohlen um sich. „Zu viele Ohren."

Amy zwang sich zur Ruhe. „Wir sollten die Polizei rufen, Conchita."

Jetzt wurde die kleine Frau erst recht panisch. „Keine Polizei, bitte, keine Polizei!"

Amy seufzte. Vermutlich war die arme Frau illegal in den USA.

„Draußen auf Strip kleine Park", stammelte diese weiter. „Dort wir können reden ohne fremde Ohren."

Amy hatte keine Wahl. Frank Mahoneys Haushälterin schien kurz davor, durchzudrehen, wenn sie also von ihr etwas erfahren wollte, musste sie ihr ein sicheres Umfeld außerhalb des Hotels bieten. Ein paar Augenblicke später traten die beiden Frauen auf den Gehweg hinaus. Sie umrundeten das *Tahiti Grand*, liefen an einem künstlichen Wasserfall vorbei, dann überquerten sie die Straße zur gegenüberliegenden Ecke. Conchita blickte immer wieder über die Schulter. Indessen versuchte Amy mehr oder weniger erfolgreich, sich nicht von deren Nervosität anstecken zu lassen. Als die alte Frau über die Bordsteinkante stolperte, packte Amy reflexartig ihren Arm.

„Alles in Ordnung?", fragte sie besorgt.

Weil ihr Blick auf die keuchende Haushälterin gerichtet war, bemerkte sie den schwarzen Transporter nicht, der sich von hinten näherte. Als das Geräusch einer sich öffnenden Schiebetür ertönte, hob Conchita ruckartig den Kopf. Nackte Angst lag in ihren Augen.

„Señora!“, warnte sie.

Im selben Moment spürte Amy, wie sich eine Hand mit einem Tuch auf ihren Mund legte. Ein scharfer Geruch stieg ihr in die Nase, und blanke Panik fraß sich durch ihre Adern. Schon lösten sich die Straße, der Wagen und auch Conchita in ihre Einzelteile auf. Dann war nur noch Dunkelheit.

Gelbe Rosen

Mike streckte sich ausgiebig. Als es in seinem Rücken knackte, seufzte er. Das Meeting hatte länger gedauert, dennoch waren sie ein gutes Stück vorangekommen, und er war zuversichtlich, mit Dannys Hilfe bald den Insider festnageln zu können. Sein Magen knurrte, und er sah auf die Uhr. Es war nach halb zwei. Zeit für einen kleinen Happen. Er dachte an Amy. Wie süß sie in seinem Pyjama ausgesehen hatte! Sein Inneres zog sich sehnsuchtsvoll zusammen. Obwohl sie sich erst für den Abend verabredet hatten, beschloss er spontan, sie aufzusuchen. Vielleicht hatte sie Lust, ihm bei einem Burger Gesellschaft zu leisten.

Unten in der Shopping-Area kaufte er einen Strauß gelber Rosen, bevor er mit dem Privatlift nach oben fuhr. Vor ihrer Tür nestelte er an seinem Hemdkragen herum und klopfte an. Keine Antwort. Er versuchte es noch einmal. Immer noch nichts. Die tiefe Enttäuschung, die er dabei empfand, erschreckte ihn. Plötzlich kam er sich vor wie ein Vollidiot mit seinem Blumenstrauß und seinen frisch gekämmten Haaren. Was hatte er gedacht? Dass sie den ganzen Tag auf ihrem Zimmer hockte und auf ihn wartete? Unschlüssig blickte er auf die Rosen. Es gab keinen Grund, warum er sie wegwerfen sollte. Also beschloss er mithilfe seiner Schlüsselkarte, ihre Räumlichkeiten zu betreten, um den Blumenstrauß in eine Vase zu stellen. Bei ihrer Rückkehr würde sich Amy bestimmt über den Anblick freuen.

Nachdem er aus einem Schränkchen im Wohnbereich eine gläserne Vase herausgenommen hatte, begab er sich ins Schlafzimmer, um sie im angeschlossenen Bad mit

Wasser zu füllen. Unverständnis zeichnete sich auf seinem Gesicht ab, als er das Zimmer betrat. Bis auf die Einrichtung war es komplett leer. Auf den ersten Blick wies nichts darauf hin, dass hier jemand logierte. Koffer und Kleidung waren verschwunden. Mike versuchte, ruhig zu bleiben. Amy war ein ordentlicher Mensch, wahrscheinlich hatte sie alles in die Schränke eingeräumt, um die Zeit totzuschlagen. So ein Tag konnte ganz schön lang werden, wenn man die Spieltische mied! Schwungvoll öffnete er den Kleiderschrank. Das Grinsen gefror in seinem Gesicht. Nichts außer Holzbügel und einem Ersatzkopfkissen oben im Regal. Er wirbelte herum und stürmte ins Bad. Dort empfing ihn das gleiche Bild. Der Spiegelschrank war komplett leer geräumt, in der Dusche lagen auch keine Dusch- oder Shampooflaschen herum.

Fassungslos schüttelte er den Kopf, lehnte sich gegen das Waschbecken. Sie war abgereist, ohne ihm Bescheid zu sagen. Vielleicht war sie wieder in Panik geraten wie vor dem Police Department ... Er schluckte den bitteren Kloß in seinem Hals hinunter. Heute Morgen beim Frühstück waren sie sich doch nähergekommen, hatten Vertrauen aufgebaut! Zumindest war er davon ausgegangen. Da fiel ihm sein Handy ein. Er hatte es während des Meetings nicht eingesteckt, sondern auf seinem Schreibtisch liegen lassen. Bestimmt hatte sie ihm eine Nachricht auf der Mailbox hinterlassen!

Keine fünf Minuten später stürmte er in sein Büro, schnappte sich sein Handy und drückte den entsprechenden Knopf. Mit angehaltenem Atem presste er das Gerät an sein Ohr. Wartete, bis die weibliche Roboterstimme zu sprechen begann – und ihm einen Magenschwinger verpasste.

Keine neuen Nachrichten vorhanden.

Wieder und wieder rief er die Mailbox ab, doch es änderte nichts daran, dass Amy verschwunden war, ohne ein Wort zu hinterlassen. Wut und Verzweiflung stiegen in ihm hoch, verursachten einen säuerlichen Geschmack auf seiner Zunge. Obwohl im ganzen Gebäude Rauchverbot herrschte, zündete er sich eine Zigarette an.

Verfluchtes Weibswild!

Er rief die Rezeption an.

„Hat Miss Amy Blanchard bei Ihnen ausgecheckt?“, fragte er dort an, in der Hoffnung, dass sie ihre Schlüsselkarte abgegeben hatte, bevor sie sich aus dem Staub gemacht hatte.

Was er dann erfuhr, stürzte ihn in ein Gefühlschaos. Zunächst bekam er einen Schweißausbruch, dann zitterte die Zigarette zwischen seinen Fingern, als ihm klar wurde, dass Amy bereits vor zwei Stunden mit einer verängstigten Conchita Jimenez nach draußen gegangen war und sie seitdem niemand mehr gesehen hatte. Die Welt geriet urplötzlich in Schieflage. Mike brauchte nicht erst seinen Bulleninstinkt zu bemühen, um zu erkennen, dass etwas nicht stimmte! Seine Gedanken rotierten, und er beschloss, in Amys Zimmer zurückzukehren. Vielleicht würde er dort etwas finden, das ihm weiterhalf. Er drückte die Kippe in seiner leeren Kaffeetasse aus, dann fuhr er wieder nach oben.

Nachdem er den Raum vergeblich auf den Kopf gestellt hatte, ging er zum Hoteltelefon und drückte auf die Wiederholungstaste, wie es bei polizeilichen Hausdurchsuchungen Usus war.

„Allô?“, meldete sich eine Männerstimme.

Lächerlicherweise verspürte Mike den kalten Stich der Eifersucht.

„Hier ist Mike Stenton, der Sicherheitschef des *Tahiti Grand*. Wer spricht dort?“

„Charles Dufour.“ Und dann: „Was ist passiert?“

Zehn Minuten später wusste Mike Bescheid. Nachdem das Gespräch beendet war, stand er noch lange da, bis ihm einfiel, den Hörer aufzulegen. Sein Kopf war wie leer gefegt. Irgendwann fiel sein Blick auf den Strauß Rosen, der vergessen auf dem Wohnzimmertisch lag. Wie ferngesteuert füllte er die Vase mit Wasser und stellte die

Blumen hinein.

Amy.

Hätte er ihren Rückflug nicht sabotiert, indem er bei der Fluggesellschaft seine Beziehungen geltend gemacht hatte, wäre sie jetzt nicht in dieser Situation. Nur weil er mit ihr mehr Zeit hatte verbringen wollen. Mit ihr hatte noch etwas spielen wollen ... Die Schuldgefühle drohten ihn zu ersticken.

Die Tür fiel laut ins Schloss, als er hinausstürzte, um nach Danny zu suchen. Zu seiner Überraschung fand er ihn in der Lobby am Fuß des Minivulkans, seinen Arm hatte er um die Schultern einer üppigen Brünette gelegt. Es war Laura.

„Tut mir leid, die traute Zweisamkeit zu stören", zischte er Danny ins Ohr. „Aber ich brauche deine Hilfe. Dringend!"

Schuldbewusst fuhr das Paar auseinander, strich sich die Haare und Kleider glatt.

„Natürlich", antwortete Danny und stand hastig auf, während Mike bereits wieder auf dem Absatz kehrtmachte.

Laura hielt ihn am Ärmel fest. „Das geht doch für dich in Ordnung, oder?", fragte sie ihn mit weit aufgerissenen Augen.

Irritiert blickte er sie an. „Was?"

„Na, die Sache mit Danny und mir."

„Oh, ja klar." Nur mit Mühe brachte Mike ein höfliches Lächeln zustande. In Gedanken war er ganz woanders. „Herzlichen Glückwunsch."

Dann schubste er Danny vor sich her Richtung Aufzüge.

„Was ist denn los?", fragte dieser etwas außer Atem, als sie in die Tiefgarage fuhren.

„Es geht um Amy", antwortete Mike knapp. „Ich fürchte, sie steckt in ernsten Schwierigkeiten." Mit wenigen Sätzen umriss er die Situation.

Dannys Kommentar war knapp, brachte es aber auf den Punkt. „Scheiße."

„Du sagst es."

„Und wohin fahren wir?"

„Zu Frank Mahoney. Er wird wissen, wo Amy ist. Und wenn nicht, prügele ich so lange auf ihn ein, bis er es weiß!"

Mikes Nacken war derart verspannt, dass er vor Schmerz zusammenzuckte, als er sich ans Steuer seines Pick-ups setzte. So schnell es die Verkehrslage erlaubte, brachte er den Strip hinter sich und lenkte seinen Wagen auf den Freeway, überholte rechts, überholte links, ignorierte das ärgerliche Hupen um ihn herum und auch Dannys verkrampfte Körperhaltung. Irgendwann hielt er es allein mit seinen Gedanken nicht mehr aus und wandte sich an seinen Stellvertreter.

„Also du und Laura, hm?"

„Ähm, ja. Ich hoffe, das ist okay für dich."

Mike reagierte gereizt. „Ich hab dir letztes Mal schon erklärt, dass zwischen Laura und mir nichts läuft ..."

„Ist ja gut."

Danny sah ihn von der Seite derart erwartungsvoll an, dass Mike widerwillig grinsen musste.

„Okay, erzähl mir, wie du das hinbekommen hast."

„Ich habe auf deinen Rat gehört, von wegen, ich sei zu nett und so. Also habe ich ihr eine Nachricht geschickt ..." Danny blickte leicht beschämt auf seine Finger. „... die angeblich von dir stammte, um sie in ein Hotelzimmer zu locken. Als sie aufgetaucht ist, habe ich sie von hinten gepackt und aufs Bett geworfen. Mann, die hat vielleicht Feuer gespuckt! Dann habe ich sie gefesselt und ... ähm ... na ja, dann ging alles seinen natürlichen Weg."

Mike hob eine Augenbraue. „Gratuliere. Offenbar hat es ihr gefallen."

„Ja und wie! Sie hat vor Lust geschrien wie am Spieß und ..."

„Schon gut!", unterbrach Mike ihn. „Ich kann mir den Rest denken."

Ja, der Sex mit Laura war immer recht laut gewesen.

Und rau. Ganz anders als mit Amy. Mit ihr war der Sex wie eine Naturgewalt. *Sie* war wie eine Naturgewalt, die über ihn hinweggefegte und sein gesamtes Leben durcheinanderwirbelte. Was er für sie empfand, war weit mehr als nur körperliche Begierde. Im *Blue Moon* war ihm das auf recht drastische Weise klar geworden.

Die roten Ziegeldächer des Komplexes, in dem Frank Mahoney wohnte, riss ihn aus seinen Gedanken. Sie waren am Ziel angelangt. Nachdem Mike den Wagen auf der gegenüberliegenden Straßenseite geparkt hatte, überquerten er und Danny im Laufschritt die Straße und traten durch den Säuleneingang. Sie ließen den Pool hinter sich, machten einen Bogen um die Rezeption, und begaben sich auf den Kiesweg zu Mahoneys Bungalow. Weit und breit war niemand zu sehen, und die Vorhänge waren zugezogen. Mike bat Danny, in den kleinen Garten zu gehen und sich hinter dem Haus zu postieren, für den Fall, dass Mahoney durch den Hintereingang zu flüchten versuchte – sofern es einen gab. Dann betätigte er die Klingel, legte das Ohr an die Tür und lauschte. Nichts. Wieder klingelte er. Wieder nichts. Er blickte sich verstohlen um, bevor er einen Dietrich aus der Hosentasche zog und diesen ins Schlüsselloch steckte. Bereits beim ersten Mal war ihm aufgefallen, dass die Tür nicht durch einen Alarm gesichert war. Vermutlich verließen sich die Bewohner auf die Argusaugen des Rezeptionisten. Dennoch zweifelte Mike keine Minute daran, dass eine diskret angebrachte Videoüberwachung für die nötige Sicherheit sorgte. Er hatte also nicht viel Zeit. Vorsichtig machte er sich am Schloss zu schaffen, und schon bald klickte es verheißungsvoll. Nachdem er das Haus betreten hatte, schloss er schnell die Tür hinter sich. Ein Blick in alle Räume bestätigte ihm, was sein Gehör schon verraten hatte. Frank Mahoney war ausgeflogen, von seiner Haushälterin fehlte ebenfalls jede Spur. Das Haus hatte tatsächlich einen Hintereingang, und Mike winkte Danny herein.

„Lass uns zügig alle Räume durchsuchen, ob wir etwas Verdächtiges finden“, sagte er ihm. „Ein Hinweis darauf, wo Amy und die Haushälterin sein könnten. Du übernimmst die erste Etage, ich das Erdgeschoss.“

Die beiden Männer gingen methodisch vor, öffneten jede Schublade, jeden Schrank. Der Bungalow hatte keinen Keller, also beschränkte sich ihre Suche auf die beiden Etagen. Außer jeder Menge religiösen Nippes‘ fanden sie keinerlei Hinweise, die vermuten ließen, dass Frank Mahoney ein gefährlicher Psychopath war oder Teil einer Gruppe von gefährlichen Psychopathen. Keine Fotos mit herausgeschnittenen Augen, keine Leichenteile in der Tiefkühltruhe, keine Motorsäge im Kleiderschrank. Je länger sie stöberten, desto stärker wurde die Beklemmung in Mikes Brust. Die Zeit lief ihnen davon. Nach gut zwanzig Minuten brachen sie ihre Suche frustriert ab.

„Wir versuchen etwas anderes“, brummte er Danny zu, der ihn ratlos ansah.

Beide verließen das Haus durch die Hintertür, dann begaben sie sich in den Garten des Nachbarn. Sie hatten Glück. Dieser saß im Liegestuhl und las Zeitung. Als ein Schatten auf ihn fiel, blickte er erschrocken auf. Er hatte schütteres Haar und trug eine Sonnenbrille.

„Sir, können Sie uns sagen, wo Frank Mahoney ist?“, fragte Mike ohne Umschweife.

„Was tun Sie auf meinem Rasen?“, kam es empört zurück.

„Wir können Sie auch gern mit aufs Revier nehmen, Sir.“

Der Mann wurde unter seiner Bräune kreidebleich. „Was wollen Sie von mir?“

„Wir suchen Ihren Nachbarn, Frank Mahoney.“

Verwirrt wanderte die Sonnenbrille von Mike zu Danny und zurück.

„Ich ... ich weiß nicht, wo er ist.“

„Ich warne Sie. Wenn Sie uns anlügen, könnte es für Sie sehr unangenehm werden“, herrschte Mike ihn an.

Jahrelange Übung.

Um keine Zweifel an Mikes Worten aufkommen zu lassen, baute sich Danny breitbeinig vor dem Mann auf, die Finger im Gürtel. Wäre die Situation nicht eine verzweifelte gewesen, hätte Mike gegrinst.

„Ich habe wirklich keine Ahnung, Officer", antwortete der Nachbar in weinerlichem Ton. „Aber ich weiß, wer es wissen könnte."

„Wer?"

„John Neville. Er ... er wohnt hinten in dem blauen Haus neben dem Tennisplatz. Mister Mahoney und er sind befreundet."

„Danke, Sir!" Mike nickte dem Mann ernst zu. „Ihnen noch einen schönen Tag."

Es ging doch nichts über einen bühnenreifen Auftritt!

Danny blickte ihn schief von der Seite an, als sie das Grundstück verließen.

„Wir könnten in große Schwierigkeiten geraten, wenn herauskommt, dass wir ..."

„Ich weiß", unterbrach ihn Mike.

Es war ihm scheißegal.

John Neville stellte sich als mittelgroß und gut aussehend heraus, Typ Hollywoodschauspieler mit Zahnpastalächeln. Mike mochte ihn nicht, vielleicht, weil sich dieser im Laufe ihres sehr kurzen Gesprächs als dumm und anmaßend zugleich herausstellte. Eine nervtötende Kombination.

„Wir sind auf der Suche nach Frank Mahoney", sagte er, kaum, dass der andere die Tür geöffnet hatte.

„Wer soll das sein?", kam es rotzig zurück.

„Sie und er sind miteinander befreundet."

„Quatsch! Den kenne ich nicht."

Mike fühlte, wie ihm vor Wut der Kamm schwoll. „Sie lügen", sagte er mit eiskalter Stimme.

Der andere zuckte mit den Achseln. „Das behaupten Sie."

Der Typ war so dumm, dass er nicht begriff, wie nah er

am Abgrund stand. Also half ihm Mike auf die Sprünge. Ohne Vorwarnung packte er ihn am Kragen und schob ihn ins Haus, während Danny hastig die Tür hinter ihnen schloss. Im Eingangsflur drückte er Neville gegen die Wand und zog ihn hoch, bis nur noch dessen Zehenspitzen den Boden berührten. Seine Fingernägel bohrten sich in dessen Hals, mit seinem gesamten Körpergewicht presste er sich gegen ihn. Was er in diesem Moment empfand, grenzte an Blutrausch. Vor seinem inneren Auge sah er Amys leblosen Körper, stellte sich vor, wie es wäre, sie zu verlieren, kurz nachdem er sie endlich gefunden hatte.

Als ihm Neville einen hämischen Blick zuwarf, sah er rot. Mit seiner freien Hand packte er die Hoden des Möchtegern-Schönlings und drückte sie zusammen, während dieser im Gesicht immer dunkler wurde. Nur am Rande bekam er mit, wie Danny den Mund zum Protest öffnete.

„Wo ist Frank Mahoney?“, wiederholte Mike unbeeindruckt.

„Fuck you!“, kam es stammelnd zurück.

Also verstärkte Mike seinen Griff. Neville wimmerte vor Schmerz.

„Ich mache aus deinen Eiern Hackfleisch, wenn du mir nicht sagst, wo Mahoney ist!“

Die Augen des anderen flackerten, es war offensichtlich, dass er große Schmerzen litt, dennoch knickte er erst ein, als Mike die Faust noch fester ballte.

„Er ... Er ist auf der Insel der Reinheit!“

„Wo soll das sein?“

„In der Mojave-Wüste.“

Mikes Geduldsfaden war kurz vorm Zerreißen. Während er sich mit diesem Idioten befasste, wurde Amy vielleicht irgendwo festgehalten, wenn nicht gar gefoltert oder Schlimmeres. Er dachte an die abgesägten Hände und kämpfte mit der Übelkeit. Sein Daumennagel bohrte sich durch Nevilles Hose. Dieser schrie, ihm strömte der

Schweiß übers Gesicht.

„Die Mojave-Wüste ist groß, Mann", sagte Mike.

„I... Im ehemaligen Ver... Vergnügungspark *Fun Fair Desert*", keuchte Neville.

„Ich weiß, wo das ist", warf Danny ein.

Der Schönling stieß ein Kichern aus, das Mike einen Schauer über den Rücken jagte. „Na... Natürlich ..."

Mike stutzte, aber nur für einen Sekundenbruchteil. „Wenn du mich anlügst, komme ich wieder und bringe das hier zu Ende", fauchte er.

Der andere schüttelte heftig den Kopf. „D... Das ist die Wahrheit, ich schwöre."

Mike ließ Neville los, der mit einem Ächzen auf den Boden plumpste und sich wie ein Embryo zusammenkrümmte.

„Wir sind hier fertig", sagte er zu Danny und wandte sich ab.

Da hörte er, wie Neville in seinem Rücken etwas sagte.

„Ich weiß, wer du bist, du Arschloch!", murmelte er mit einem triumphierenden Flackern in den Augen. „Bist wohl auf der Suche nach deiner kleinen Hure ..."

Mike wirbelte herum. „Wo ist sie?", brüllte er. „Auch auf dieser verschissenen Insel der Reinheit?"

Ein boshafter Ausdruck huschte über Nevilles schmerzverzerrtes Gesicht. „Ja, aber du kommst zu spät, Arschloch! Die blonde Ketzerin schmort schon in der Hölle."

Mikes Lungen leerten sich schlagartig. Woher er die Kraft nahm, wusste er nicht, aber als er seine Faust ins Gesicht des Mannes schmetterte, brach dieser bewusstlos zusammen.

Höllenfeuer

„Totes Määädchen."

Ein Wispern. Körperlos.

„Totes Määädchen."

Eindringlich und grausam.

Amy schlug die Augen auf und war blind. Blanke Panik überkam sie. War sie tatsächlich tot? Nein. Wäre sie tot, würde ihr Puls nicht so rasen, und sie würde auch keinen stechenden Schmerz in den Schultergelenken verspüren. Licht glomm hinter dem Nebel aus Schwärze. Sie brauchte einen Moment, um zu begreifen, dass man ihr einen Sack übergestülpt hatte. Ihre Arme waren über ihrem Kopf an den Handgelenken zusammengebunden, ihre Fußspitzen berührten gerade so den Boden. Vermutlich hing sie an einem Haken, der in der Decke festgemacht war.

„Hübches totes Määädchen ..."

Fingernägel krochen unter ihr Shirt, schabten über ihren Bauch. Amy schauderte, als diese hinauf zu ihrer linken Brustwarze wanderten. Kurz verharrten sie, dann stachen sie mit aller Kraft zu. Amy biss sich auf die Lippen, um nicht laut aufzuschreien. Sie wollte diesem sadistischen Schwein die Genugtuung nicht gönnen, sie leiden zu sehen. Er erlaubte ihr eine winzige Atempause, bevor er ohne Vorwarnung das empfindliche Knötchen brutal herumdrehte. Alles verschwamm und verdüsterte sich vor ihren Augen. Verzweifelt zerrte sie an ihren Fesseln, versuchte, ihren Peiniger zu treten, doch ihre Beine wollten ihr nicht gehorchen. Sie waren ebenfalls zusammengebunden.

Die Krallen entfernten sich, und Amy rang japsend nach Luft. Ihr Peiniger stieß ein röchelndes Lachen aus. Ein Mann.

„W... Was haben Sie mit Conchita gemacht?“

„Conchita?“ Er klang überrascht.

Es war nicht Frank Mahoney.

„Conchita Jimenez. Die Frau, die ... die gemeinsam mit mir ... auf ... diesem Bürgersteig war.“

„Ach die.“ Wieder lachte er. „Die hat schon längst Erlösung erfahren.“

Oh, Gott! Sie haben sie getötet.

Amy wollte ihn anschreien, doch die Angst schnürte ihr die Kehle zu. Vermutlich erwartete sie das gleiche Schicksal wie Mahoneys Haushälterin. Wieder biss sie sich auf die Lippen, diesmal, um die Tränen zurückzuhalten.

„Aber du nicht!“, redete der Wahnsinnige weiter. „Du verdienst keine Erlösung durch unsere Hand wie die anderen. Deshalb werden wir dich der Gnade der Wüste aussetzen. Unser Vater hat entschieden, dass du lebendig begraben wirst. Bis dahin hat er mir erlaubt, ein bisschen mit dir zu spielen.“

Lebendig begraben?

Übelkeit kroch Amys Kehle hoch, die sie hektisch hinunterschluckte. Gab es einen schlimmeren Tod als das?

„Fick dich!“, krächzte sie.

Ein Fehler.

Farben explodierten hinter ihren Augenlidern, als seine Faust sie seitlich im Gesicht traf. Stechender Schmerz schoss durch ihren Körper, so heftig, dass ihr die Luft wegblieb. Sie konnte die Tränen nicht mehr zurückhalten. Nicht einmal im Gefängnis hatte sie eine solche Angst verspürt. Es war ein tief reichendes, lähmendes Grauen, als hätte jemand einen Eiszapfen in ihr Hirn gerammt. Sie war keine toughe Heldin wie in den Filmen oder Romanen. Sie würde ihn anflehen, sie zu verschonen. Sie würde alles tun, damit er sie am Leben ließ.

Lebendig begraben! Gott, hilf mir!

Doch mit dem letzten bisschen Vernunft, das ihr geblieben war, wurde ihr klar, dass es vergeblich sein würde. Ihr Peiniger wollte sie demütigen, seine

Überlegenheit demonstrieren, und sie konnte nichts dagegen tun. Seine Hand packte ihren Pferdeschwanz und zog ihren Kopf brutal nach hinten.

„Wolltest du etwas sagen?“, flüsterte er in ihr Ohr.

„Wa... warum das alles?“

„Warum diese Männer sterben mussten?“ Er ließ abrupt ihr Haar los, und ihr Kopf fiel vornüber. „Sie waren Komplizen des Teufels. Gottes Engel im Himmel singen und tanzen, denn sie haben bekommen, was sie verdienen. Unsere heilige Pflicht ist es, das Böse auf dieser Welt auszumerzen.“

„Da gibt's für euch ja noch 'ne Menge zu tun“, flüsterte Amy mehr zu sich selbst.

Zum Glück hörte er die Ironie aus ihren Worten nicht heraus. „So ist es!“, rief er mit neuem Eifer. „Vielleicht besteht für dich Hoffnung.“

Er legte seine Hände auf ihre Schultern, streichelte die schmerzenden Muskeln. Ihr Körper verkrampfte sich vor Ekel. Sie beschwor Mikes Gesicht herauf, die grünen Augen unter den dunklen Brauen, die sinnlichen Lippen und die zerzausten braunen Haare.

„Ich werde mit Vater reden“, sagte der Wahnsinnige weiter. „Vielleicht darfst du die gleiche Erlösung erfahren wie die anderen Sünder.“

Strangulation und abgesägte Hände statt lebendig begraben werden.

Amys Herz hämmerte wie besessen, und ein leises Wimmern fand den Weg über ihre trockenen Lippen. Eine Hand legte sich auf ihren Kopf.

„Gut so“, sagte der Wahnsinnige. „Du bist auf einem guten Weg.“ Seine Zähne marterten die Innenseite ihres Oberarms, dort, wo die Haut empfindlich und das Fleisch zart war. Inzwischen strömten ihr die Tränen haltlos übers Gesicht. „Ich würde gern noch ein bisschen spielen, aber Vater will dich sehen.“

Er band sie los, und ein scharfer Schmerz zuckte durch ihre Schultern, als sie ihre Arme nach unten nahm. Schon packte er ihren Nacken und schubste sie vorwärts. Weil ihre Fußgelenke zusammengebunden waren, hopste sie mehr, als dass sie ging. Er stieß sein schreckliches Lachen aus.

„Du müsstest mal deine Titten sehen!", verhöhnte er sie. „Sie hüpfen wie kleine Bälle in einem Bällebad. Hüpf! Hüpf! Hüpf!"

Mike?, brüllte sie in Gedanken. *Wo bist du?*

Inzwischen müsste er doch seine Mailbox abgehört haben! Vielleicht saß er aber immer noch im Meeting, und sie würde hier sterben. Das Ende. Ewige Finsternis. Heftiges Schluchzen kroch ihre Kehle hoch, drohte, sie durchzuschütteln. *Reiß dich zusammen!* Noch war nicht alles verloren. Solange sie lebte, bestand Hoffnung.

Da wurde der Sack von ihrem Kopf entfernt, und sie musste blinzeln, weil helles Licht sie blendete. Das Erste, was sie sah, war ein lebensgroßer Nussknacker auf einem Schaukelpferd. Das Zweite war Conchita, die nebendran auf einem Holzstuhl saß und strickte. Amy erschauerte. Hatte sie vielleicht schon den Verstand verloren? Oder war sie doch tot? Langsam klarte sich ihr Blick, und sie nahm noch mehr Details wahr. Ein Puppentheater, ein Jahrmarktstand mit Wurfbällen und weitere Kuriositäten aus einer längst vergangenen Zeit. Die Sonne schien durch ein fleckiges Sprossenfenster und ließ den aufgewirbelten Staub in der Luft glitzern. Amy befand sich in einem Lagerschuppen. Ihre Augen wanderten zu Conchita zurück, die in diesem Moment den Blick hob, ohne ihre Handarbeit zu unterbrechen. Die Augen hinter den dicken Gläsern schauten verächtlich, beinahe angeekelt, als wäre Amy eine Kakerlake in ihrer Küche. Plötzlich begriff die junge Frau, dass sie in eine Falle getappt war, doch merkwürdigerweise berührte es sie nicht.

Sie wurde grob herumgewirbelt, wankte und hätte fast

das Gleichgewicht verloren, wenn dieselbe Hand sie nicht auf einen Stuhl gedrückt hätte. Ihr Peiniger befand sich jetzt neben ihr, und sie sah, dass er eine schwarze

Skimaske mit drei Löchern trug, für Mund und Augen. Jedoch war es nicht sein Anblick, der sie mit Entsetzen erfüllte, sondern der des Mannes, der wenige Meter vor ihr stand. Er war mit einer roten Kutte bekleidet, ähnlich der, von der Frank Mahoney bei ihrem ersten Besuch gesprochen hatte. Die dazugehörige Spitzkappe hielt er in der Hand. Er versuchte erst gar nicht, seine Identität vor ihr zu verbergen. Das Herz sank Amy in die Kniekehlen. Sie war so gut wie tot.

Der Mann war überraschend jung. Sein strahlendes Gesicht unter den dichten Locken wurde von blauen Augen beherrscht. Man hätte ihn für einen netten Collegestudenten halten können, wäre da nicht der kalte Ausdruck in seinem Blick gewesen.

„Fürchte dich nicht“, begann er mit der wohltönenden Stimme eines Verführers. „Mit der Hilfe des Herrn, des Allmächtigen, werde ich dich heilen. Nimm deine linke Hand und erhebe sie zum Himmel!“

Als Amy keine Anstalten machte, der Aufforderung zu folgen, packte der Mann mit der Skimaske ihre Hand und riss sie hoch. Wieder schoss ein stechender Schmerz durch ihre Schulter, und plötzlich wurde sie von Mordfantasien heimgesucht.

„Jetzt nimm deine rechte Hand und lege sie auf die kranke Stelle.“

Schon packte der Maskenmann ihre andere Hand und drückte sie auf ihr Herz. In einer theatralischen Geste hob der Mann in der roten Kutte die Arme, öffnete den Mund …

Da durchbrach der röhrende Motor eines Wagens die Stille, kurz darauf peitschten zwei Pistolenschüsse auf.

„Hilfe!“, schrie Amy aus Leibeskräften. „Hilfe!“

In diesem Moment stürzte das Dach ein.

Das nackte Ödland erstreckte sich bis zum Horizont. Über dem Asphalt der Interstate flimmerte die klare Luft, während vom tiefblauen Himmel die Sonne erbarmungslos herunterbrannte. Der ehemalige Vergnügungspark *Fun Fair Desert* befand sich laut Navi etwa zwanzig Meilen südlich der Interstate. Als der Pick-up auf eine schnurgerade Straße einbog, bemerkte Mike in der Ferne einen dunklen Schatten am Fuß eines Gebirgsstocks. Eine Geisterstadt, wie sie in der Mojave-Wüste immer wieder vorkamen. Als sie diese durchquerten, markierten einzelne Briefkästen den Weg zu Häusern, die mindestens eine halbe Meile entfernt standen. Der Beweis, dass in dieser unwirtlichen Gegend immer noch Menschen lebten. Irgendwann stießen sie auf einen Schotterweg, der nach zehn Minuten im Nirgendwo endete. Ein schlichtes Tor, das schief in den Angeln hing, kennzeichnete die Einfahrt zum *Fun Fair Desert.* Nachdem Danny das Tor geöffnet hatte, fuhr der Pick-up holpernd weiter, eine Straße entlang, die als solche kaum bezeichnet werden konnte und in einen verlassenen Parkplatz mündete. Dahinter erhob sich eine Ansammlung von bunt angemalten Baracken und anderen Gebäuden.

Mike stellte den Wagen in sicherer Entfernung ab und beschloss, zu Fuß weiterzugehen. Er nahm seine Beretta aus dem Handschuhfach, steckte sie in den Hosenbund und stieg aus, wobei Danny seinem Beispiel folgte. Nachdem sie den staubigen Parkplatz überquert hatten, gelangten sie auf das Areal des ehemaligen Vergnügungsparks. Ein verrostetes Karussell und ein ausgeschlachtetes Riesenrad, von dem nur die Achse übrig war, zeugten von der lebhaften Vergangenheit. Die beiden Männer bewegten sich langsam vorwärts, indem sie hinter den heruntergekommenen Baracken Deckung suchten. Mike blinzelte. Der Schweiß brannte in seinen Augen. Wo wurde Amy gefangen gehalten? Er ließ seinen Blick umherwandern, doch nichts wies daraufhin, dass sich hier ein Psychopath mit seinen zwei Opfern verschanzt hatte. Was, wenn Neville ihn angelogen hatte? Wenn Amy woanders festgehalten wurde? Er verdrängte gewaltsam den Gedanken. Die Konsequenzen wären unaussprechlich!

Dann stießen sie auf das Wohnhaus. Ein grauer Kasten mit Fensterläden, der im Gegensatz zu den umliegenden Gebäuden in Schuss gehalten wurde und zu dem eine Doppelgarage und ein großer Schuppen gehörten. Vorsichtig machten die beiden Männer eine Runde entlang der Fenster im Parterre, spähten hinein und sahen nichts außer alten Möbeln und Bildern an den Wänden. Alle Türen waren verschlossen. An der Südseite des Hauses ging Mike in die Knie und presste seine Nase an ein Kellerfenster, versuchte im dämmrigen Inneren etwas zu erkennen, vergebens. Keine Spur von Amy. In gebückter Haltung schlichen Danny und er weiter zur Doppelgarage, die weit offen stand. Drinnen befand sich ein blauer Chevrolet. Mike griff nach seiner Beretta. Sicher war sicher. Kurz linste er durch die Scheiben. Der Wagen war leer. Wie auch der Kofferraum, was ihn vor Erleichterung kurz schwindeln ließ. Der Schuppen war die nächste Station. Ein älteres Gebäude, schätzungsweise zehn Meter breit und zwanzig Meter lang, wahrscheinlich diente es früher der Unterbringung von landwirtschaftlichen Maschinen.

Mikes Nackenhaare sträubten sich. Sein noch vorhandener Bulleninstinkt sagte ihm, dass sie auf der richtigen Spur waren. Er schlich die Längsseite des Schuppens entlang bis zur Tür und entsicherte seine Pistole, dann presste er sein Ohr gegen das Holz – nicht das kleinste Geräusch war zu hören. Langsam, ganz langsam drückte er die Klinke hinunter. Mit einem leisen Quietschen ging die Tür auf. Mike gab Danny ein Zeichen, den Eingang zu sichern, und bereitete sich vor, hineinzugehen. Sein Puls beschleunigte sich.

Da röhrte es laut hinter ihm. Der blaue Chevrolet schoss aus der Garage und raste auf ihn zu. Obwohl der breit grinsende Kühlergrill bereits sein gesamtes Sichtfeld ausfüllte, schien es Mike, als würde die Erde sich langsamer drehen. Im Zeitlupentempo, so kam es ihm vor, hechtete er von der Tür weg, um auf dem staubigen

Wüstenboden zu landen. Sofort rappelte er sich auf, die Beretta hielt er dabei mit beiden Händen. Ohne nachzudenken, feuerte er sie zweimal ab. Die Frontscheibe des Chevrolets splitterte und färbte sich blutrot, dann krachte der Wagen führerlos in den Schuppen, wobei ein Teil des Dachs in sich zusammenstürzte.

So viel zum Thema Überraschungsmoment!

Danny eilte an seine Seite. „Alles okay?", fragte er etwas atemlos.

Mike nickte, dann sprang er durch das Loch, wo einstmals die Tür gewesen war und begab sich auf die Fahrerseite des Chevrolets. Frank Mahoneys weit aufgerissene Augen starrten ihm entgegen, sein Gesicht war blutüberströmt. Er war tot. Mit der Waffe im Anschlag und Danny dicht auf den Fersen kletterte Mike weiter über ein Trümmerfeld aus Holzlatten, Staub und Metall. Offenbar war der Schuppen unterteilt, denn eine schiefe Trennwand blockierte den Weg – hinter der plötzlich ein maskierter Mann hervortrat. In der Hand hielt er ein M-16-Sturmgewehr. Mike warf sich flach auf den Boden, dabei unterdrückte er einen Schmerzensschrei, als sich etwas Spitzes in seinen Oberschenkel bohrte. Auf den Ellenbogen aufgestützt feuerte er seine Waffe ab, während Danny hinter einem Holzbalken Schutz suchte. Der maskierte Mann schoss im gleichen Moment, und Mike hörte, wie die Kugeln in den Chevrolet einschlugen. Er selbst feuerte dreimal. Eine Kugel prallte ab, die anderen beiden trafen den Mann in der Brust und schleuderten ihn rückwärts zu Boden. Schon war Mike bei ihm und riss ihm die Maske vom Kopf. Ein Mann mittleren Alters mit glatten Haaren.

„Wo ist sie?", schrie er ihn an. „Wo?"

Der Mann versuchte zu sprechen, Blutbläschen quollen aus seinem Mund, dann wurde sein Blick starr und sein

Kopf rollte leblos zur Seite.

Scheiße!

In diesem Moment hörte Mike ein verdächtiges

Geräusch hinter der Wand.

„Bleib hier und halt mir den Rücken frei“, zischte er Danny zu, während er das Magazin seiner Beretta wechselte.

Anschließend lief er auf die Wand zu, presste sich mit dem Rücken dagegen, bevor er vorsichtig durch die Öffnung spähte. Der Weg war frei. Mit vorgehaltener Waffe bewegte er sich vorwärts durch einen halb zerstörten Gang. Dieser Teil des Schuppens stand noch, die Frage war nur, wie lange. Mike streckte seinen Kopf durch die einzige Tür. Was er sah, pumpte das Endorphin durch seinen Körper direkt in sein Herz.

Sie lebt! Meine kleine Wildkatze lebt!

Er atmete tief durch, dann trat er langsam durch die Öffnung. Conchita, die wie Espenlaub zitterte und ihn ängstlich anstarrte, beachtete er nicht. Seine Augen waren auf den Mann in der roten Kutte gerichtet, der Amy im Schwitzkasten hatte und ihr eine Pistole an die Schläfe hielt.

„Waffe fallen lassen!“, sagte Mike.

Amy hatte ein geschwollenes Auge, und doch lächelte sie. Ein Lächeln, das nur für ihn bestimmt war. Wie gern hätte er dem Wichser hinter ihr in den Kopf geballert, aber dieser benutzte Amy als Schild. Wieder atmete Mike tief durch, versuchte seinen Puls unter Kontrolle zu bringen.

Jetzt nicht die Nerven verlieren.

„Noch einen Schritt, und ich erschieße sie!“, drohte sein Gegenüber.

„Die Schlampe ist mir egal“, erwiderte Mike mit eisiger Ruhe. „Aber du und deine Leute versaut den Ruf meines Kasinos. Ich habe keine Ahnung, was der Fuck soll, aber dafür wirst du bluten.“

Mike bemühte sich um eine regungslose Miene, seine Augen blickten Amy stumpf an.

Vertrau mir, Baby, rief sein Herz ihr zu.

Und das tat sie.

Woher sie den Mut nahm, wusste er nicht. Sie handelte

einfach. So hart sie konnte, stieß sie mit dem Hinterkopf gegen das Kinn des Mannes in ihrem Rücken. Dieser ächzte überrascht, und bevor er reagieren konnte, ließ sie sich fallen. Weil ihre Füße zusammengebunden waren, knallte sie unsanft auf den Boden, aber ihr Gewicht brachte den Mann, der sie immer noch festhielt, aus dem Gleichgewicht. Das reichte aus. Mike nutzte seine Chance und schoss dem Kerl in die Schulter und dann in den Oberschenkel. Mit einem Schmerzensschrei brach dieser zusammen. Der Ex-Cop kickte die Waffe seines Gegners in die entgegengesetzte Richtung, dann eilte er zu Amy, die auf dem Boden lag und am ganzen Körper zitterte. Etwas in seiner Brust verkrampfte sich, als er sie so kauern sah. Ihr Gesicht war kreidebleich, ihr lädiertes Auge wurde zusehend rot.

Ich liebe dich, kleine Wildkatze.

Die plötzliche Erkenntnis hätte ihm einen Riesenschrecken einjagen müssen, tat sie aber nicht. Amy sah zu ihm auf, ihre Zähne klapperten unkontrolliert. Offensichtlich stand sie unter Schock. Er kniete sich zu ihr hin, strich mit einer Hand über ihr Haar.

„Co... Conchita“, stammelte sie. „Sie gehört zu ihnen.“

Mike blickte über die Schulter. Die Haushälterin war verschwunden. Mit etwas Glück würde sie Danny direkt in die Arme laufen. Beruhigt wandte er sich wieder Amy zu.

„Es ist vorbei, Baby“, murmelte er zärtlich. „Jetzt wird alles gut.“

„Da muss ich dich leider enttäuschen“, erklang plötzlich eine bekannte Stimme hinter ihm. „Eure Reise endet hier.“

Mike fuhr herum. In der Tür stand Danny und richtete die Waffe auf ihn. Amys entsetztes Keuchen bekam er nur am Rande mit.

„Pfoten hoch!“, befahl sein Stellvertreter. „Aber langsam.“

Mike stand mit erhobenen Händen auf und verzog das Gesicht vor Schmerz. Sein Oberschenkel brannte wie die

Hölle. Er konnte nicht verhindern, dass ihm die Galle hochkam. Seine Beretta steckte hinten in seinem Hosenbund, die andere Waffe lag unerreichbar in der Ecke.

„Danny, du verfluchter Dreckskerl!“, knurrte er.

„Oh, habe ich dir den Tag versaut?“

„Ich habe dir eine zweite Chance gegeben, habe dich ins Team geholt und dich sogar zu meinem Stellvertreter gemacht.“ Mike spuckte vor Danny auf den Boden. „Miss Deveraux hatte recht. Du taugst nichts.“

Ein spöttischer Ausdruck trat in die Augen seines Gegenübers. „Hättest du mal auf dein altes Frauchen gehört!“

„Warum, Danny? Warum hast du dich mit diesen Spinnern zusammengetan?“

„Wegen des Geldes natürlich. Was die wollen oder denken, ist mir scheißegal. Das sind Fanatiker, aber mit richtig viel Asche!“

Mike blickte seinen ehemaligen Stellvertreter und Freund lange an. „Einmal korrupt, immer korrupt, was Danny?“, sagte er mit einem kalten Lächeln.

Wut legte sich auf das Gesicht des rothaarigen Mannes. „Genug jetzt! Zeit für dich und deine Schlampe, zu sterben.“

Mike brach der kalte Schweiß aus, er machte einen Schritt zur Seite, um Amy mit seinem Körper zu schützen, so gut es ging.

„Ach, wie süß“, säuselte Danny und betätigte den Abzug.

Es gab einen lauten Knall.

Amy schrie.

Verwunderung breitete sich auf Dannys Gesicht aus, dann wankte er und brach mit einem Ächzen zusammen. Erleichtert blickte Mike über ihn hinweg zur Tür, durch die Aaron vor wenigen Sekunden getreten war.

„Du hast dir verdammt viel Zeit gelassen!“, murrte er.

Der blonde Hüne steckte seine Waffe ins Holster

zurück und grinste. „Gern geschehen."

Als sich Mike wieder Amy zuwandte, fiel sein Blick dorthin, wo der verwundete Kerl in der roten Kutte gelegen hatte. Dieser hatte das Chaos genutzt, um sich aus dem Staub zu machen. Offensichtlich gab es in diesem Schuppen einen weiteren Eingang, den es zu finden galt.

„Wir haben zwei Flüchtige", klärte Mike Aaron schnell auf. „Ein Mann und eine Frau." Mit wenigen Worten beschrieb er die beiden.

„Wir kümmern uns darum", antwortete der Cop. „Kümmer du dich in der Zwischenzeit um deine Freundin. Sie sieht ganz schön ramponiert aus."

„Und was ist mit ihm?", fragte Mike und meinte damit Danny, auf dessen Gesicht sich eine Reihe Gefühle abzeichnete: Unglaube. Verwirrung. Schmerz.

„Den nehme ich gleich mit."

Während Aaron seinen Leuten über ein winziges Mikro unterhalb seines Kinns Anweisungen erteilte, beugte sich Mike über Danny, dessen Arm stark blutete.

„W... wie?", stotterte dieser.

„Du müsstest mich eigentlich besser kennen, Danny", sagte Mike mit emotionsloser Stimme. „Bei Situationen, in denen ich meinem Partner nicht trauen kann, sorge ich gewöhnlich für Rückendeckung."

„Aber woher wusstest du?

„Nevilles Bemerkung hat mich stutzig gemacht. Als du erwähntest, dass du den Ort hier kennst, hat er „natürlich" gesagt. Ich habe mich gefragt, warum. Also habe ich Aaron angerufen, während du hinter einem Kaktus pissen warst, und habe um Verstärkung gebeten. Für alle Fälle. Eine gute Entscheidung würde ich meinen."

„Fick dich!"

„Ja genau, Danny." Und dann an Aaron gewandt: „Schaff dieses Stück Scheiße hier weg!"

Mike eilte daraufhin zu Amy und band ihre Füße los, dann hob er sie auf seine Arme. Mit einem erschöpften Seufzen schmiegte sie sich an ihn. Sein Herz drohte, aus seiner Brust zu springen, und machte den Schmerz in seinem Bein fast vergessen.

„Komm, Baby“, sagte er sanft. „Wir gehen nach Hause.“

Leider stellte sich das als nicht so einfach heraus. Zunächst fuhren sie ins Krankenhaus, wo Amys Gesicht behandelt und Mikes Wunde am rechten Oberschenkel genäht wurde. Ein Holzsplitter hatte sich tief in sein Fleisch gebohrt, als er sich beim Schusswechsel im Schuppen auf den Boden geworfen hatte. Glücklicherweise hatte Aaron ein Einsehen und wollte erst am nächsten Tag ihre Aussage zu Protokoll nehmen. Dennoch war die Sonne bereits untergegangen, als beide endlich vor Mikes Tür standen.

„Heute Nacht schläfst du bei mir“, sagte er.

Sie nickte. In der Zwischenzeit hatte jemand von der Fluggesellschaft angerufen, um ihr mitzuteilen, dass für morgen ein Platz im Flieger frei geworden war. Sie hätte heute Nacht nirgendwo anders sein wollen als bei Mike.

„Alles okay?“

Wieder nickte sie. Dann betraten sie die Suite, und Amy blieb wie angewurzelt stehen. Sie bebte von Kopf bis Fuß, und ihre Augen schwammen in Tränen, ohne dass sie etwas dagegen tun konnte.

„Du gehst erst einmal unter die Dusche. Nimm dir so viel Zeit, wie du brauchst. In der Zwischenzeit bestelle ich uns etwas zu essen“, erklärte Mike, während er Jacke und Schuhe auszog. „Du hast seit Stunden nichts mehr im Magen, Baby, du musst dich stärken und danach gehst d...“

Ihre Blicke begegneten sich. Sie stolperte ein paar Schritte auf ihn zu, Sekunden später drückte er sie an seine Brust. Ihre Lippen trafen sich, er hielt ihren Kopf fest und sah ihr tief in die Augen, während ein Zittern durch seinen Körper ging.

„Verdammt, Amy! Was hat dich nur zu der verrückten Idee verleitet, auf eigene Faust loszuziehen. Ich könnte dich erwürgen", wisperte er in ihrem Mund, während er nicht aufhörte, sie zu küssen. „Ist ja gut", fügte er sanft hinzu, als sie leise schluchzte. „Du bist jetzt in Sicherheit."

Sie spürte seine Wärme, die Härte seiner Muskeln, seine beschützenden Arme. Nie würde sie den Moment vergessen, als er mit vorgehaltener Waffe in den Schuppen gekommen war, um sie zu retten. Wie Kohlen hatten seine Augen geglüht, ein Engel auf Rachefeldzug, der Olivier für immer aus ihrem Gedächtnis gelöscht hatte.

Sein Kuss war zärtlich und strafend zugleich, vor allem aber besitzergreifend. Irgendwann löste sich Mike von ihr und zog sie Richtung Badezimmer, ohne sie aus den Augen zu lassen. Sehr behutsam zog er ihr das Shirt aus, dann waren die Shorts dran. Sie wehrte sich nicht, als er sich an ihrem BH zu schaffen machte und ihr das Höschen über den Hintern zog. Vertrauensvoll begab sie sich in seine Hände wie ein unschuldiges Kind. Anschließend drehte er die Dusche auf, bis das Wasser die richtige Temperatur hatte, dann schob er sie in die Kabine. Als er sich später zu ihr gesellte, erwachte sie aus ihrer Trance. Sie nahm den Schwamm von der Ablage, gab etwas Duschgel darauf, dann stellte sie sich hinter ihn und seifte seinen Rücken ein, langsam und gründlich. Ihre Fingerspitzen zeichneten seine Muskeln nach, fuhren seine Wirbelsäule entlang und packten seinen Hintern, um ihn sanft zu kneten. Er ließ es widerstandslos geschehen.

Sie wurde wagemutiger, stellte sich vor ihn und wusch seine Schultern, mit seiner Brust nahm sie sich besonders viel Zeit. Obwohl sein Schwanz inzwischen waagerecht von seinem Körper abstand, berührte er sie nicht, dennoch spürte sie seinen brennenden Blick auf ihrer Haut. Sie lehnte sich gegen seinen festen Körper, ließ den Schwamm sanft über seinen Bauch gleiten und genoss das warme Wasser, das über ihre Körper rann.

„Danke, dass du mich gerettet hast", flüsterte sie.

„Habe ich gern gemacht." Ein liebevolles Lächeln stahl sich auf seine Lippen. „Du bist die tapferste Frau, die ich kenne."

„Und du bist der tapferste Mann, den ich kenne."

Ihre Blicke verschmolzen ineinander.

„Tut es weh?", fragte sie leise und zeigte auf das Duschpflaster an seinem Oberschenkel, das die genähte Wunde vor dem Wasser schützen sollte.

„Nein."

In ihrem Blick lag milder Spott.

„Na gut, ein bisschen vielleicht", bekannte er.

Ihre nassen Haare fielen nach vorn, als sie in die Knie ging, um die verwundete Stelle mit kleinen Küssen zu bedecken. Inzwischen hatte sein Schwanz eine eindrucksvolle Größe erreicht und stand nur wenige Zentimeter von ihrem Gesicht ab. Sie konnte nicht widerstehen und hauchte einen Kuss auf die pralle Eichel.

„Was tust du da, Amy?"

„Wonach sieht's denn aus?"

„Du hast eine geprellte Schulter und ein ziemlich fieses Veilchen, verflucht!"

„Willst du damit sagen, dass ich dir nicht hübsch genug bin?", spielte sie die Empörte, während sich ihre Finger um seinen Schwanz schlossen.

Er sog scharf die Luft durch die Nase ein, entzog sich ihr aber nicht.

„Nein, natürlich nicht. Du ... du bist wunderschön!", stammelte er. „Aber ..."

„Nichts aber, Mike! Morgen fliege ich zurück nach Hause, vorher will ich jeden Zentimeter deines Körpers schmecken."

Mit einem kecken Zungenschlag leckte sie über seine Eichel.

„Bleib hier", bat er leise.

„Ich kann nicht."

Ihr Herz wurde schwer, und bevor er etwas sagen konnte, was ihre Entscheidung ins Wanken bringen würde, stülpte sie ihren Mund über seinen Schwanz, fuhr mit der Zunge über die samtige Haut. Er schmeckte so gut. Als sie zu saugen begann, löste er sich grob von ihr und zog sie nach oben.

„Ich meine es ernst, Amy."

„Was sollte das bringen?"

„Wir könnten uns besser kennenzulernen ..." Er machte eine hilflose Geste. „So was in der Art."

„Und dann? Du lebst hier, ich lebe in Europa." Sie blickte ihn traurig an. „Bitte lass uns nicht streiten, Mike. Nicht nach einem solchen Tag. Irgendwann komme ich zurück."

„Wirst du nicht." Das Wasser rann ihm tränengleich übers Gesicht. „Im Moment meinst du es vielleicht ehrlich, aber am Ende wirst du kneifen."

„Warum sagst du das?"

„Du hast Angst, Amy. Ich sehe es dir an."

Sie seufzte. „Also kein Sex heute Nacht?"

Er sah sie lange an. Sein Adamsapfel bewegte sich, als er hart schluckte. „Verdammt, Baby! Diese letzte Erinnerung wirst du mir nicht nehmen."

Dann riss er sie in seine Arme und küsste sie leidenschaftlich. Seine Hände waren überall, seine Lippen folgten unermüdlich.

„Der Arzt meinte, du sollst deinen Oberschenkel schonen", neckte sie ihn, als er sie gegen die Kachelwand presste und schmerzvoll das Gesicht verzog.

Er fluchte leise. „Das hat er."

Sie wechselten die Position. Amy ging vor ihm breitbeinig in die Hocke und hielt sich an ihm fest, indem sie ihre Finger in seinen Hintern grub. Als ein einzelner Lusttropfen aus seinem Schwanz quoll, leckte sie ihn zärtlich ab, genoss den salzigen Geschmack. Dann packte sie den unteren Teil seines pochenden Fleischs und schob ihn sich in den Mund. Ihr Kopf bewegte sich vor und zurück, während sie ihn verwöhnte. Die ganze Zeit über hielt sie die Augen auf sein Gesicht geheftet. Sie spürte, wie ein heißes Zittern über seinen Körper lief, als sie ihn tiefer in sich aufnahm. Sie saugte und leckte, bis er es nicht mehr aushielt. Mit einem leisen Knurren packte er ihren Kopf und rammte seinen Schwanz in ihren Rachen, während sie das Ächzen und Stöhnen genoss, das seine Stöße begleiteten. Ein flatternder Atemzug entriss sich ihrer Brust, als er sich mit einem befreiten Schrei in ihrem Mund entlud. Es lag so viel Schmerz, Wut, aber auch Leidenschaft in diesem Schrei, dass ihr erneut die Tränen kamen.

Hinterher rutschte er langsam an der Kachelwand hinunter, wobei ihm ein leises „Autsch“ entfuhr, weil es in seinem Oberschenkel unangenehm zog.

„Du bist ‘ne echte Memme, Mike „ich bin der coolste Typ in Vegas“ Stenton“, zog sie ihn lächelnd auf.

„Ich dachte, ich sei der tapferste Mann, den du kennst. Außerdem habe ich nie behauptet, cool zu sein, Baby“, sagte er mit einem schiefen, etwas verlegenen Grinsen und nahm sie in die Arme. „Ich hatte eine Scheißangst um dich, weißt du das?“, murmelte er in ihrer Halsbeuge.

Sie schmiegte sich an ihn. „Zum Glück warst du rechtzeitig da.“

„Ja.“ Er machte eine kleine Pause. „Amy, bitte, ich w...“

Schnell verschloss sie seinen Mund mit einem Kuss. „Lass uns nicht mehr reden, Mike“, flüsterte sie. „Ich will nur eins, dich die ganze Nacht lieben.“

Er sagte nicht Nein.

Game Over

Nachdem Amy am nächsten Morgen ihre Aussage im Betonpalast des Police Departments gemacht hatte, bereitete sie sich auf ihre Rückreise vor. In der Zwischenzeit hatte Danny gestanden, am Vortag eine kurze Abwesenheit vom Sicherheitsmeeting genutzt zu haben, um nicht nur Amys Nachricht von Mikes Handy zu löschen, sondern auch um ihre Sachen in einer der leer stehenden Hotelsuiten zu verstauen. In der Hoffnung, Mike würde Amys jähe Abreise hinnehmen und das Ganze auf sich beruhen lassen.

Ein Hotelpage hatte Amys Eigentum zurückgebracht. Nun war alles gepackt, und sie hatte gerade ihren letzten Koffer geschlossen, als das Telefon klingelte. Miss Deveraux wollte sie noch einmal sehen, hieß es, und erwartete sie zum Tee. Der Treffpunkt entpuppte sich als eine Art Palmengarten unter einer Glaskuppel mit Riesenstauden und Baumfarnen, Azaleen, Rosen und Orchideen. Durchdringender Vogelgesang machte die tropische Stimmung perfekt, wobei Amy den Verdacht hegte, dass dieser aus dem Lautsprecher kam. Die Gastgeberin selbst saß an einem runden Marmortisch, der sehr malerisch neben einem Wasserbassin mit Seerosen stand. Sie trug einen weißen Turban und eine passende Tunika.

„Wie geht es Mike?“, war kurioserweise die erste Frage, die sie Amy stellte, nachdem der allgegenwärtige Hausdiener José ihnen Tee gebracht hatte.

Die junge Frau versuchte, ihren beschleunigten Puls zu ignorieren. „Gut, schätze ich.“

Dass er ihr seit dem Morgen aus dem Weg ging, behielt

sie für sich.

Ein strenger Blick aus eisblauen Augen traf sie. „Sie wollen uns also verlassen?“

„Ich muss, Miss Deveraux.“

„Mike wirkt darüber nicht sehr erfreut.“

Statt einer Antwort biss sich Amy auf die Lippen.

„Wie wär’s mit einem Job?“

Amy sah sie mit tellergroßen Augen an. „Ein Job?“

„Ja, als professionelle Pokerspielerin. Sie haben Talent, wie ich gehört habe, und Sie sind hübsch. Unsere High Roller werden entzückt sein, mit Ihnen spielen zu dürfen. Eine attraktive Frau am Spieltisch stellt für reiche Männer einen unwiderstehlichen Reiz dar.“

Amy blinzelte. „Ich bin Ihnen für Ihr Angebot sehr dankbar, Miss Deveraux, aber wenn Sie meine Vergangenheit kennen würden, wüssten Sie, dass ich ...“ Sie schluckte den Kloß in ihrem Hals hinunter. Was gäbe sie für eine zweite Chance! „Ich habe ein Vorleben und ...“

Edith Deveraux winkte ungeduldig ab. „Mike hat mir alles erzählt. Das stört mich nicht.“

„Aber unter diesen Umständen bekäme ich niemals eine Green Card!“

Die alte Frau lehnte sich nach vorn. „Meine Familie besitzt einigen Einfluss. Dieses Land verdankt uns sehr viel, darunter zwei Senatoren und einen Präsidentschaftskandidaten.“ Um ihren Mund zuckte ein verächtlicher Zug. „Alles drei Idioten, wenn Sie mich fragen!“

Amy musste widerwillig schmunzeln.

„Wenn ich will, dass Sie eine Green Card erhalten, bekommen Sie auch eine.“

Ein Funke Hoffnung loderte in Amys Herz auf. Gab es in diesem Land für sie eine Zukunft? Gemeinsam mit dem Mann, den sie liebte?

Wie eine fette Spinne kroch die Panik ihren Rücken hoch. Energisch schüttelte sie den Kopf.

„Was ist es?“, fragte Miss Deveraux. Sie klang

ungeduldig, fast ärgerlich. „In Frankreich hält Sie doch nichts, so weit ich das verstanden habe."

„Ich habe einen guten Job und eine hübsche Wohnung direkt am Me..."

„Papperlapapp!", unterbrach die andere sie erneut. „Es hängt mit Mike zusammen, richtig?" Ihr Unmut verflog so schnell, wie er gekommen war. „Das, was ich über ihn und seinen Frauenverschleiß gesagt habe, dürfen Sie nicht ernst nehmen, Kind. Das war das dumme Geschwätz einer alten Frau. Mike ist ein guter Junge."

„Ich weiß", murmelte Amy.

„Aber?"

„Ich muss in Ruhe über alles nachdenken, Miss Deveraux. In Mikes Nähe kann ich nicht klar denken. Er macht mich verrückt."

„Ja, das kenne ich! Der Junge kann einen manchmal auf die Palme bringen."

Lächelnd blickten sich die beiden Frauen an. In einer spontanen Geste ergriff Miss Deveraux Amys Hände.

„Kind, im Leben muss man auch Risiken eingehen", sagte sie eindringlich. „Das tun Sie beim Pokern doch auch, ohne zu zögern, obwohl Sie alles verlieren könnten. Sogar Ihre Existenz."

„Ja." Amy senkte den Kopf. „Aber nicht mein Herz."

Miss Deveraux sagte eine Weile nichts, tätschelte Amys Hand.

„Sie werden das Richtige tun", sagte sie schließlich. „Da bin ich sicher."

In der Ferne hob eine Boeing 747 ab, Menschen mit Koffern und Reisetaschen zogen an ihnen vorbei, rempelten sie an, doch sie nahmen es nicht zur Kenntnis. Sie waren in ihrem eigenen Universum gefangen, einem Universum aus Verzweiflung und Hilflosigkeit.

„Ich muss dir etwas gestehen, Baby."

„Was?"

„Ich war es, der dafür gesorgt hat, dass du deinen Flug

nicht umbuchen kannst. Und auch, dass du heute wieder fliegen kannst." Mike schluckte. „Ich fühle mich schrecklich schuldig, weil du wegen mir in diese gefährliche Situation geraten bist."

Sie hätte erbost sein müssen, stattdessen wurde ihr Herz noch schwerer. „Warum hast du das getan?"

„Kannst du es nicht erraten?"

Sie verschränkte die Arme vor der Brust. „Nein", sagte sie mit ihrer unerbittlichen Lehrerinnenstimme.

„Weil ich dich länger bei mir haben wollte."

Wortlos starrte sie ihn an, während ihr Puls raste.

„Herrgott, Amy! Ich habe mich in dich verliebt." Die Wut in seinen Augen ließ ihn mehr denn je wie ein Raubtier erscheinen. „Aber ich werde hier nicht auf meinen Knien herumrutschen und dich anflehen, zu bleiben."

„Das würde eh nichts bringen", sagte sie leise.

„Dann fick ich dir eben dein verfluchtes, grüblerisches Gehirn raus, direkt hier an der Glaswand!"

Sie stieß ein sehr zittriges Lachen aus. „Auch das wäre sinnlos, abgesehen davon, dass man uns wegen öffentlichen Ärgernisses verhaften würde. Gib mir einfach nur etwas Zeit, Mike."

„Zeit wofür, verdammt nochmal?"

„Zum Nachdenken. Wir kennen uns erst seit fünf Tagen."

„Und? Wen interessiert das?"

„Ich habe schon einmal einen schweren Fehler begangen, ich möchte nicht wieder einen machen. Kannst du das nicht verstehen?"

„Ich bin kein Fehler!", maulte er wie ein Kleinkind.

Sie küsste ihn auf den Mund, kämpfte mit den Tränen. „Hab etwas Geduld mit mir", murmelte sie, bevor sie sich sanft von ihm löste. „Okay?"

Er drehte den Kopf weg. Manchmal konnte er ein richtiger Dickschädel sein!

Sachte fasste sie ihn am Kinn, zwang ihn, sie

anzusehen. Seine Miene wirkte abweisend, doch sie ließ sich nicht täuschen.

„Okay?", wiederholte sie leise.

In seiner Antwort schwangen Wut und Resignation. „Okay."

Nachdem sie die Sicherheitskontrolle passiert hatte, drehte sie sich noch einmal um. Ihre Blicke saugten sich aneinander fest. Ich liebe dich, formten ihre Lippen lautlos. Dann schoben sich die Menschen mit ihren Taschen und Koffern vor ihn, und er war aus ihrem tränenverschleierten Blickfeld verschwunden.

Epilog

Der kobaltblaue Fond eines dämmernden Himmels, darüber das zarte Rosa von Oleander vermengt mit violettfarbenen Wischern. Mittendrin ein flammenrotes Pferd. Der Pinsel huschte emsig über die Leinwand, hier eine Linie in Orange, dort ein Tupfer Purpur und dann dieses gelbe Lichtermeer auf tiefschwarzem Grund.

„Darf ich sehen?“

Die Stimme in ihrem Rücken war von Neugier erfüllt.

„Es ist noch nicht fertig ...“

„Spring über deinen Schatten!“ Er hauchte ihr einen Kuss in den Nacken. „Zeig es mir.“

„Also gut.“ Sie rutschte etwas zur Seite und knetete nervös ihre Finger, als er regungslos auf das Bild starrte. „Und? Wie findest du’s?“

Seine Augen funkelten. „Wunderschön.“

„Du brauchst nicht zu lügen, Mike.“

„Ich lüge nicht“, sagte er mit einem zärtlichen Lächeln.

Verlegen fuhr sie sich durch die Haare. „Okay und jetzt du!“

„Was? Jetzt?“ Er klang leicht panisch.

„Ja. Du hast sie doch dabei oder etwa nicht?“

„Im Auto, wie immer. Falls es mich überkommt.“

„Na, dann mal los!“

Versonnen blickte Amy ihm nach, als er Richtung Parkplatz stapfte. Zehn Monate waren vergangen, seit Mike sie aus den Händen dieser Irren befreit hatte, die sich selbst „Der Harnisch Gottes“ genannt hatten. Conchita war noch am gleichen Tag von der Polizei aufgegriffen worden, allerdings hatte es danach Monate gedauert, bis sie den Anführer gestellt hatten: einen Arbeitersohn aus

Detroit namens Linus Withers, der nach einigen miesen Jobs dazu übergegangen war, meist gut betuchte Gleichgesinnte um sich zu scharen und ihnen den einzig wahren Weg zur Erlösung aufzuzeigen. In den letzten fünf Jahren hatte er übers Internet Tausende von Anhänger davon überzeugen können, dass es für ihr Seelenheil besser wäre, sich von ihren weltlichen Gütern zu trennen und sie dem Gemeinwohl zur Verfügung zu stellen. Mit dem angenehmen Nebeneffekt, dass Withers Gruppierung ein millionenschweres Vermögen angehäuft hatte.

Abgesehen von Hassparolen im Internet gegen Abtreibungsärzte, Schwule und andere „Diener des Satans" war die Gruppe unauffällig geblieben. Ein Pulverfass, das jedoch jeden Moment zu explodieren drohte. Den Funken löste schließlich der Selbstmord eines ihrer Mitglieder aus: Sam Roache, ein 48-jähriger Strumpffabrikant aus Austin, der zweihunderttausend Dollar vom „Gemeinwohl" abgezweigt und bei einem privaten Pokerspiel in Nassau auf den Bahamas verloren hatte. Er war von fünf Spielern über den Tisch gezogen worden, die dank ihrer jahrelangen Erfahrung als Kasinomitarbeiter ein leichtes Spiel mit dem unerfahrenen Texaner gehabt hatten. Man hatte Roache wenige Tage später aufgehängt in seinem Büro aufgefunden.

Ihren Gewinn hatten die Spieler auf einem gemeinsamen Konto auf den Cayman Islands deponiert, allerdings bekamen sie nicht mehr die Gelegenheit, das Geld auf den Kopf zu hauen. Zumindest vier von ihnen nicht, darunter Rick Mahoney und Antoine Renard. Nach Meinung von Linus Withers und seinen Gefolgsleuten hatten die Fünf den Tod verdient, weil sie einen frommen Mann nicht nur dazu verleitet hatten, aus Habgier Geld zu unterschlagen, sondern auch sich Gotteswillen zu widersetzen, indem er Selbstmord beging. Wäre „Der Harnisch Gottes" nicht vorzeitig gestoppt worden, hätte es den letzten Mitspieler ebenfalls das Leben gekostet. Die Ironie war, dass Frank Mahoney vermutlich die ganze

Sache ins Rollen gebracht hatte, als er Sam Roache mit seinem Vater bekannt gemacht hatte.

Die Polizei hatte inzwischen mehrere Komplizen festgenommen, darunter auch John Neville, der mit Dannys Hilfe Rick Mahoney in einen Vorratsraum im *Tahiti Grand* gelockt und umgebracht hatte. Nach Nevilles Geständnis waren dort Blutspuren gefunden worden. Der spektakuläre Fall hatte die Medien wochenlang beherrscht und die breite Öffentlichkeit erschüttert. Schlecht für Direktor Lombardi. All die Bemühungen, den Fall geheim zu halten, nutzten am Ende nichts, und inzwischen wusste die ganze Welt, dass auch sein Kasino ins Visier einer fanatischen Gruppe geraten war.

Amy schauderte. Was für eine entsetzliche Geschichte! In diesem Moment spürte sie Mikes warme Hände auf ihren Schultern. Eine Trost spendende Geste, die sie ins wundervolle Hier und Jetzt zurückbrachte. Vor gut sechs Monaten hatte er plötzlich vor ihrer Tür in Menton gestanden, um ihr mitzuteilen, dass sie verdammt noch mal genug Zeit gehabt hätte, nachzudenken und dass er sie jetzt mitnehmen würde. Er hatte leichtes Spiel mit ihr gehabt. Zumal sie sich bis zu diesem Tag, als er sich groß und männlich und herrlich wütend vor ihr aufgebaut hatte, aus Sehnsucht nach ihm verzehrt hatte. Nur ihr dummer Stolz hatte sie die ganzen Monate davon abgehalten, den nächsten Flug nach Vegas zu nehmen. Trotz aller Dringlichkeit hatte es noch zwei Wochen gedauert, bis sie ihren Job und ihre Wohnung gekündigt und mit Unterstützung von Miss Deveraux alle nötigen Formalitäten erledigt hatte. Charles war nicht gerade begeistert gewesen, aber das war ihr egal. Dennoch hatte sie Schwermut empfunden, als sie die Mittelmeerküste zum letzten Mal erblickt hatte. Angesichts der Traurigkeit in ihren Augen hatte Mike versprochen, jedes zweite Wochenende mit ihr ans Meer zu fahren.

Mit einem etwas verlegenen Lächeln, das ihr Herz anschwellen ließ, nahm er nun seine Klarinette aus dem

Etui und baute sie Stück für Stück zusammen, dann führte er das Mundstück an die Lippen und befeuchtete das Blatt. Amy meinte, noch nie etwas Sinnlicheres gesehen zu haben.

Er setzte die Klarinette an den Mund und begann zu spielen. Eine Melodie schwang sich zum Himmel, und Amy brauchte einen Moment, um sie wiederzuerkennen. „You'll always be beautiful in my eyes."

Oh!

Überwältigt schaute sie Mike an. Während hinter ihm der Red Rock Canyon langsam erwachte, hielt er die Augen geschlossen, und ein friedlicher Glanz lag auf seinem Gesicht.

„Und?", fragte er, als es zu Ende war. Seine Stimme bebte leicht vor Anspannung.

„Ich habe noch nie etwas Schöneres gehört", antwortete sie heiser und meinte es auch so.

„Ach, verliebte Menschen reden immer so dummes Zeug", murmelte er sichtlich ergriffen.

Sie stieß ein kleines Lachen aus. „Wahrscheinlich hast du recht."

Er legte die Klarinette beiseite und zog sie auf seinen Schoß. Sie saß ganz still, während seine Hände ihre Schenkel entlang strichen.

„In einer Stunde beginnt meine Schicht, Liebling", flüsterte sie, als er den Reißverschluss ihrer Shorts öffnete. „Ich weiß nicht, ob wir noch so viel Zeit haben."

Statt einer Antwort küsste er sie, und so kam es, dass sie sich im Schein der aufgehenden Sonne liebten. Unendlich sanft und bedächtig. Als sie gemeinsam kamen, geschah es beinahe bewegungslos und in tiefer Eintracht.

„Heirate mich", sagte er hinterher.

Ihr Herz vollführte einen Dreifachlooping. „Nur weil ich dein einziger Fan bin, musst du dich nicht gleich verpflichtet fühlen", versuchte sie zu scherzen.

„Das ist nicht der Grund, und das weißt du."

Sein intensiver Blick brachte ihre Nerven zum Flattern.

„Aber wir kennen uns nicht mal ein Jahr“, flüsterte sie.

„Fängst du schon wieder damit an? Du bist wirklich von Zahlen besessen, weißt du das? Wir lieben uns. Nur darauf kommt es an!“

„Geht das überhaupt so einfach mit der Heirat?“, fragte sie etwas kleinlaut angesichts seines Ausbruchs.

„Warum soll das nicht gehen? Du hast einen Job im Kasino, einen festen Wohnsitz und mit Edith den besten Leumundszeugen, den man sich vorstellen kann. Außerdem wurde mit deiner Hilfe eine Mordserie aufgeklärt. Das wiegt schwerer als eine Vorstrafe und eine etwas dubiose Einreise. Und du hast mich: den coolsten Typen von Vegas.“ Er grinste selbstgefällig. „Was soll da noch schief gehen?“

„Du hast recht.“ Ihr wurde leicht ums Herz, sie lachte übermütig. „Nichts.“

Überhaupt nichts.

An diesem Tag kam Amy eine Stunde zu spät zur Arbeit, was ihr Miss Deveraux ausnahmsweise nachsah – in Anbetracht der Tatsache, dass es sie über alle Maßen entzückte, im Alter von 83 Jahren noch einmal in die Rolle der Brautjungfer zu schlüpfen.

Liebe Leserin, lieber Leser,

es hat viel Spaß gemacht, die Liebesgeschichte von Amy und Mike zu Papier zu bringen, und ich hoffe, Sie hatten beim Lesen ebenso viel Vergnügen.
„Spiel mit Risiko“ ist in Eigenregie entstanden. Es bedeutet, dass kein Verlag und damit auch keine große Werbemaschinerie dahintersteht. Umso wichtiger sind Ihre Empfehlungen. Sollten Ihnen Amy und Mike ein wenig ans Herz gewachsen sein, erzählen Sie es bitte weiter. Vielleicht finden Sie auch die Zeit, ein paar nette Zeilen bei amazon zu verfassen. Damit würden Sie mir eine große Freude machen.

Ich danke Ihnen und wünsche Ihnen eine schöne Zeit.

Herzlichst,

Ihre Amélie Duval

amelieduval66@gmail.com

Sie finden mich auch auf Twitter und Facebook.

AMÉLIE DUVAL Französische Autorin, 1972 in Dijon geboren, schreibt seit vielen Jahren Romane im Bereich Romance und Fantasy. Seit kurzem verfasst sie auch Geschichten, in denen große Gefühle mit einer ordentlichen Portion Erotik gewürzt werden. Weil die Mischung für ihren Verlag zu scharf ist, hat sie beschlossen, sie unter dem Pseudonym Amélie Duval (Amélie ist der Name ihrer verstorbenen Großmutter) in Eigenregie zu veröffentlichen.

Heute lebt sie mit ihrem Mann und ihrem Hund in einem Haus aus der Jahrhundertwende mit Garten und einer Laube, wo sie am liebsten sitzt und schreibt. Nach fast zwanzig Jahren Ehe ist Amélie Duval immer noch in ihren Mann verliebt – und in die Liebe. Denn sie ist es, die uns stark macht.

Weitere Bücher von Amélie Duval:

WUNDES HERZ

Frankreich, 1765: Sie ist eine junge Witwe, die mit ihrem kleinen Sohn vor den Häschern des Königs flüchtet. Er ist ein an Leib und Seele gezeichneter Kriegsheld, der mit dem Schicksal hadert.

Als Claire de Beaufort von Wegelagerern überfallen wird, bewahrt ein unheimlicher Fremder sie vor dem Schlimmsten. Ihre Erleichterung währt allerdings nicht lange, denn ihr Retter ist Julien, Marquis de Sauvigny, ein treuer Gefolgsmann Ludwig XV. und einer der gefürchtetsten Männer Frankreichs. Also verschweigt sie ihm ihre wahre Identität. Als er sie verführt, erfährt sie in seinen Armen eine noch nie dagewesene Ekstase. Doch Julien de Sauvigny ist ein unbarmherziger Mann. Nachdem er ihre Lüge durchschaut hat, stellt er sie vor die Wahl: Entweder gibt sie sich ihm bedingungslos hin, wann immer er es verlangt, oder er liefert sie dem König aus ...

„Bittersüß und prickelnd."

Taschenbuch: 192 Seiten, EUR 7,99
ISBN: 978-1507737958
Erscheinungsdatum: Februar 2015
eBook: EUR 2,99
Exklusiv bei amazon!

REIZENDE ISABELLE

Frankreich, 1740: Roy Flannigan, Captain der *Southern Star*, hält nicht viel von Frauen, von Liebe noch weniger. Als er mit seinen Piraten eine Brigg mit Passagieren entert, lässt er die Männer auf hoher See aussetzen. Die Frauen nimmt er gefangen, um sie auf dem Sklavenmarkt von Tanger zu verkaufen. Während eines heftigen Sturms fällt sein Blick zufällig auf die eher unscheinbare Isabelle. Obwohl er sich dagegen wehrt, giert sein Körper danach, sie zu besitzen. Als er seinem Verlangen nachgibt und sie als seine Beute beansprucht, wird die junge Frau in einen gefährlichen Strudel aus Lust und Leidenschaft gerissen. Denn während er sie zu seiner Hure macht, setzt sie ihr Herz aufs Spiel ...

„Prickelnde Erotik, bei der die Romantik nicht zu kurz kommt."

Taschenbuch: 264 Seiten, EUR 9,90
Erscheinungsdatum: September 2014
ISBN: 978-1505435092
Exklusiv bei amazon!

eBook: EUR 3,99
Überall erhältlich!

OBJEKT UND BEGIERDE

Die New Yorker Polizistin Felicity Nolan ist davon besessen, den geheimnisvollen Meisterdieb Breeze zu fassen. Um ihr Ziel zu erreichen, vernachlässigt sie nicht nur ihr Privatleben, sondern auch ihren Job, was sie mehr als einmal an einer Suspendierung vorbeischrammen lässt.

Kyle Everett will in Paris einen großen Coup landen. Alles liefe wie geschmiert, wäre da nicht diese lästige, kleine Polizistin, die ihm dicht auf den Fersen ist! Als sie ihm nach Paris folgt, sieht er keine andere Möglichkeit, als einen schmutzigen Trick anzuwenden. Er engagiert den äußerst talentierten Callboy Alain. Kyles Plan scheint aufzugehen, denn schon nach kurzer Zeit weiß Felicity nicht mehr, wo ihr der Kopf steht. Doch auch für Kyle bleibt das heiße Liebesspiel der beiden nicht ohne Folgen. Plötzlich kann sich der kühle Taktiker nicht mehr auf seine Aufgabe konzentrieren, zu allem Überfluss treten gefährliche Gegner auf den Plan. Und so beschließt Kyle, sich persönlich um das Problem „Felicity Nolan“ zu kümmern ...

Taschenbuch: 204 Seiten, EUR 7,99
Erscheinungsdatum: April 2015
ISBN: 978- 1511909839
Exklusiv bei amazon!

eBook: EUR 2,99
Überall erhältlich!

Amélie Duval

Objekt und Begierde
(Leseprobe)

Begegnung mit einem Phantom

Der Lichtstrahl seiner winzigen Taschenlampe wanderte über ihr ebenmäßiges Gesicht, blieb einen Augenblick an den vollen Lippen haften, bevor er weiter über die sanfte Wölbung ihres Rückens fuhr und den Schwung ihres Hinterns nachzeichnete. Ihre Haltung hatte etwas Beherztes an sich, das ihn faszinierte, in ihrer schmalen Hand hielt sie einen Langbogen. Ihre nackten Brüste waren klein und hoch angesetzt. Beim Anblick der harten Knospen musste er lächeln. Der Künstler war für seine Detailverliebtheit berüchtigt gewesen. Die jungfräuliche Jägerin aus Bronze, die 1926 erschaffen worden war, besaß einen Wert von hundertfünfzigtausend Dollar, doch das war nicht der Grund, warum seine behandschuhten Finger sie zielsicher und dennoch behutsam umschlossen. Sie stand schon seit Langem auf seiner Wunschliste, und ihr würde ein besonderer Platz zuteilwerden, von wo aus er sie bewundern konnte, wann immer ihm der Sinn danach stand. Er verband selten Arbeit mit Vergnügen, aber in diesem Fall machte er eine Ausnahme. Sein eigentlicher Auftrag lag bereits säuberlich eingepackt in seinem Rucksack. Die diamantenbesetzte Schatulle aus dem späten 19. Jahrhundert war protzig, ungemein wertvoll und würde ihm ein hübsches Sümmchen einbringen.

Leise öffnete er das Fenster und griff nach dem Seil, um den gleichen Weg zu nehmen, den er kurz zuvor benutzt hatte. Er kletterte auf das Fensterbrett und schwang sich hinaus. Die Geräusche der Stadt empfingen ihn. Einer Stadt, die ihm nach wie vor fremd war, außer nachts, wenn er auf den Dächern unterwegs war und auf den wimmelnden Ameisenhaufen hinunterblickte, der ihm derzeit Zuflucht bot. Obwohl New Yorks Vorliebe für Anonymität ihn zu einem willkommenen Gerücht schrumpfen ließ, würde er dem Big Apple schon bald den Rücken kehren. Ein Bild blitzte vor seinem inneren Auge auf, von einem sonnendurchfluteten Haus mit weiß getünchten Mauern und blühenden Hortensien. Für einen Moment glaubte er, den Ozean zu riechen …

Mit den Beinen stützte er sich an der Hausfassade ab, während er mühelos nach oben kletterte. Kraft und Eleganz bestimmten seine Bewegungen. Sein Puls schlug gleichmäßig, eine tödliche Ruhe hatte von ihm Besitz ergriffen, wie stets, wenn seine Pläne aufgingen. Was meistens der Fall war. Der Nachthimmel über seinem Kopf war nicht mehr als eine Ahnung, von den Lichtern der Großstadt nahezu verschluckt. Oben angekommen zog er sich über den Dachvorsprung, holte das Seil ein, um es in seinem Rucksack zu verstauen. Es gab kein Zaudern, keine Unsicherheit. Er war lautlos und unsichtbar. Ein Schatten in der Nacht.

„Polizei! Stehen bleiben!“, rief eine weibliche Stimme in seinem Rücken.

Scheiße.

„Halten Sie Ihre Hände so, dass ich sie sehen kann.“ Während sein Herz ruhig weiterschlug, spielten sich in seinem Kopf diverse Szenarien ab. Schließlich hob er die Arme, den Rucksack hatte er noch in der Hand. „Gut, und jetzt drehen Sie sich langsam um“, forderte die Frau weiter.

Er gehorchte. Sie stand keine fünf Meter von ihm entfernt, mit der rechten Hand hielt sie die Waffe auf ihn gerichtet, während sie ihm mit der linken ihre Polizeimarke entgegenstreckte. Sie trug eine Jeans, ein Top und darüber ein blaues Männerhemd, das dem launigen Wind ausgesetzt war, der übers Dach fegte. Auch ihre rötlich braunen Haare, die sie zu einem Pferdeschwanz zusammengebunden hatte, flatterten wild hin und her. In ihrem Blick las er Entschlossenheit. Ihr Gesicht mit den hohen Wangenknochen und leicht schräg stehenden Augen wies auf indianische Vorfahren hin. Ohne ihren Blick von ihm abzuwenden, steckte die Polizistin ihre Marke weg und fischte aus ihrer Gesäßtasche ein paar Handschellen, dann trat sie zwei Schritte vor.

Komm ruhig näher, Schätzchen.

„Setzen Sie den Rucksack ab, aber langsam."

Wieder tat er, was sie verlangte, während sie jede seiner Bewegungen aufmerksam verfolgte. Er musste unter seiner Maske lächeln. Sie hatte gegen ihn keine Chance. Nachdem er den Rucksack mit äußerster Vorsicht auf dem Boden abgestellt hatte, schließlich wollte er seine Beute nicht beschädigen, machte er eine Bewegung auf sie zu.

„Keinen Schritt weiter!", rief sie.

Zum ersten Mal hörte er einen Hauch Unsicherheit in ihrer Stimme, und er konnte spüren, wie sie gegen den Instinkt ankämpfte, zurückzuweichen. In seiner schwarzen Montur und gleichfarbigen Sturmhaube bot er einen bedrohlichen Anblick, erst recht für jemanden, der zwei Kopf kleiner war als er. Sein Mitgefühl hielt sich in Grenzen. Schließlich war sie ein Cop.

„Ich will, dass Sie sich die Handschellen anlegen", befahl sie weiter.

Er konnte den Triumph in ihren grünen Augen sehen.

„Und wenn nicht?"

„Dann schieße ich Ihnen ins Knie. Keine Fassadenkletterei mehr, *Breeze*!"

Sie spuckte den Spitznamen verächtlich aus, den ihm die Medien verpasst hatten, weil er O-Ton „bei seinen Raubzügen wie eine Brise vorüberzog und wieder verschwand, ohne eine Spur zu hinterlassen". Er selbst wusste nicht, ob er den Namen schmeichelhaft oder albern finden sollte. Wahrscheinlich etwas von beidem.

„Also gut, Sie haben mich." Er machte eine hilflose Geste. „Nur bitte, schießen Sie nicht."

Du bist so was von erledigt.

Sie schien einen Moment lang zu zögern, vermutlich

hatte sie mit größerem Widerstand gerechnet, dann warf sie ihm die Handschellen zu. Die Pistole hielt sie weiterhin auf ihn gerichtet, trotzdem reichte diese kurze Sekunde der Unachtsamkeit aus. Im Nu schätzte er Windrichtung und -stärke ab, dann vollführte er eine blitzschnelle Bewegung seines rechten Handgelenks, gleichzeitig machte er eine Rolle seitwärts für den Fall, dass ihre Waffe losging. Doch die Polizistin kam nicht mehr dazu, ihre Glock abzufeuern. Ihre Augen verdrehten sich, die Pistole fiel klirrend zu Boden, und sie brach mit einem leisen Ächzen zusammen. Es gab ein hässliches Geräusch, als ihr Hinterkopf hart auf dem Beton aufschlug.

Schon sprang er wieder auf die Füße. Mit zwei Schritten war er bei ihr, kickte die Glock weg und beugte sich über sie. Vorsichtig zog er den Wurfpfeil aus ihrer Schulter heraus, dann legte er einen Handschuh ab, um nach ihrem Puls zu tasten. Dieser schlug langsam, aber gleichmäßig. In fünf Minuten würde die betäubende Wirkung des Gifts nachlassen, und sie würde aufwachen. Bevor er sich wieder aufrichtete, besah er ihren Hinterkopf. Kein Blut. Das Einzige, was das emsige Vögelchen zurückbehalten würde, wären eine schmerzhafte Beule und jede Menge verletzten Stolz.

Nachdenklich blickte er auf die Polizistin hinunter. Detective Felicity Nolan vom 23. Revier. Seit fast einem Jahr war sie ihm auf den Fersen, doch so nah wie heute war sie ihm noch nie gekommen. Allmählich entwickelte sie sich zu einem echten Ärgernis! Ihm kam ein Gedanke, und er verzog das Gesicht zu einem hämischen Lächeln. Er hob die Handschellen vom Boden auf, zog ihre Arme nach hinten und fesselte sie. Dann suchte er ihre Jeanstaschen nach dem Schlüssel ab. Seine Fingerspitzen fanden ein Handy und eine Geldbörse. Letztere zog er heraus und wurde fündig. Kurz überlegte er, dann wurde sein Grinsen breiter, und er warf den winzigen Schlüssel im hohen Bogen weg. Strafe musste sein! Abschließend steckte er die Geldbörse an ihren Platz zurück.

Das lauter werdende Geräusch eines kreisenden Hubschraubers schreckte ihn auf. Er schulterte seinen Rucksack, eilte im Laufschritt zur Stahltür, die ihn zurück in den wimmelnden Ameisenhaufen führen würde, und war kurz danach verschwunden.

Printed in France by Amazon
Brétigny-sur-Orge, FR

18750605R00140